btb

Aus Freude am Lesen

btb

Buch

August 1759: Noch hat Friedrich II. die Niederlage in der Schlacht von Kunersdorf nicht verdaut, als die Nachricht vom Tod des Herrn von Criewens im Feldlager eintrifft. Der Vorleser der Königin war Verbindungsmann zum wichtigsten preußischen Agenten in Schweden. Sollte er wirklich bei einem gewöhnlichen Raubüberfall umgekommen sein? Das ist wieder ein Fall für den Hofkoch Honoré Langustier, der nach Berlin reisen muss, um im Zwielicht von militärischer Geheimhaltung und Gegenspionage als Sonderkommissar des Königs zu ermitteln. Seine kriegswichtigen Nachforschungen führen ihn dabei in eine Seeschlacht.

Autor

Tom Wolf, geboren 1964 in Bad Homburg, studierte Literaturwissenschaft und promovierte 1996 in Tübingen. Er ist als freier Autor für verschiedene Tageszeitungen tätig. Seit 2001 lässt er in seinen Preußenkrimis Hofkoch Honoré Langustier im Auftrag des Alten Fritz ermitteln.
Tom Wolf wurde im Jahr 2005 mit dem Berliner Literaturpreis "Krimifuchs" ausgezeichnet. Von Februar bis Juni 2006 war er "Stadtschreiber zu Rheinsberg".

Tom Wolf bei btb

Mord nach jeder Fasson. Ein Preußen-Krimi (73084)
Tödliche Passion. Ein Preußen-Krimi (73085)
Zepter und Mordio. Ein Preußen-Krimi (73478)

Tom Wolf

Teuflische Pläne

Ein Preußen-Krimi

btb

Die Originalausgabe erschien unter dem Titel
»Smaragdgrün. Teuflische Pläne« im berlin.krimi.verlag.

FSC
Mixed Sources
Product group from well-managed
forests and other controlled sources

Cert no. GFA-COC-1223
www.fsc.org

Verlagsgruppe Random House FSC-DEU-0100
Das für dieses Buch verwendete FSC-zertifizierte Papier *Munken Print*
liefert Arctic Paper Munkedals AB, Schweden.

1. Auflage
Genehmigte Taschenbuchausgabe Januar 2007,
btb Verlag in der Verlagsgruppe Random House GmbH, München

Umschlaggestaltung: Design Team München
Umschlagcollage: Artothek
Satz: DTP im Verlag
Druck und Bindung: Clausen & Bosse, Leck
SR · Herstellung: Augustin Wiesbeck
Printed in Germany
ISBN: 978-3-442-73503-7

www.btb-verlag.de

Gewidmet Wilhelmine,
Markgräfin von Bayreuth,
deren Memoiren mir stets eine
hilfreiche Erfrischung waren

Verzeichnis der historischen Personen und *fiktiven* Hauptakteure

Becker, Adalbert von – Polizeichef von Berlin
Beeren, Marie Gräfin von – Tochter Honoré Langustiers
Bilgewasser, Günter Haubold von – Befehlshaber der preußischen Flottille im Frischen Haff; Kapitän der »Friedrich Wilhelm zu Pferde«
Criewen, Cäsar von – Bruder der Nachfolgenden; Rittmeister des Rathenower Leibkarabinier-Regiments Nr. 11
Criewen, Emil von – Bruder des Vorhergehenden und der Nachfolgenden; Gutsherr auf Alt-Modern
Criewen, Hellmuth von – Bruder der Vorhergehenden und des Nachfolgenden; Kammerherr der Königin; Verbindungsmann Friedrichs II. zu Schwedens Königstreuen
Criewen, Hermann von – Bruder der Vorhergehenden; Besitzer des Gutes Wassersuppe
d'Argens, Jean Baptiste de Boyer, Marquis – französischer Schriftsteller und Direktor der Philosophischen Klasse der Königlich Preußischen Akademie der Wissenschaften
Elisabeth Christine – Königin in Preußen
Eller, Johann Theodor – Charité-Direktor, Pathologe, ehemaliger königlicher Leibchirurg
Friedrich II. – König in Preußen
Göbel, Gottfried – Schiffskoch auf der »Friedrich Wilhelm zu Pferde«

Güllbrandt, Egmont von – schwedischer Etatsminister, Mitglied der Partei der »Hüte«
Hessel, Carl – Diener Hellmuth von Criewens
Huber, Carlotte Adelheid – Leibköchin der Königin Elisabeth Christine
Lafontaine, Sophie – Unterköchin der Madame Huber
Langustier, Honoré – Zweiter Hofküchenmeister Friedrichs II.
Mellenthin, Franz von – Besitzer des Gutes Nevermin, Kartoffelpionier
Pfannenstiel, Friedrich Wilhelm – Leinenweber und Prophet
Quappendorff, Louise Albertine Freifrau von – Gesellschafterin der Königin
Wallraff, Johann Heinrich – Wagenbauer
Värnshagen, Leopoldine Ludwigia von – Base Hellmuth von Criewens
Duffke, Georg – Kutscher Hellmuth von Criewens
Würmerhelm, Wieland Alexander Baron von – Kammerherr der Königin

Der glücklichste Tag im Leben ist der,
an dem man es verlässt.
Ich beklage seit langem nur die Lebendigen,
nicht die Toten.
Friedrich II.

Donnerstag, der 16. August 1759

»Wir haben Unglück gehabt, mein lieber Marquis. Der Sieg war unser, er wäre vollständig gewesen, da verlor unsere Infanterie die Geduld und verließ das Schlachtfeld. Der Feind marschiert auf Berlin.«

Flügeladjutant von Götz, der das Diktat des Königs aufnahm, gab dem Brieffranzösisch gleich etwas Pfiff. Der Adressat war schließlich kein simpler militärischer Befehlsempfänger, sondern ein Marquis. Behände flog die Feder über das Papier:

»Die russische Infanterie ist zum Glück fast völlig vernichtet. Mit allem, was ich von meinen Überresten zusammenkratzen kann, werfe ich mich bei Fürstenwalde dem Gegner notdürftig in den Weg. Entweder werden wir abgeschlachtet oder wir retten die Hauptstadt!«

Der Regent in seiner schmutzigen blauen Uniform des Ersten Regiments Garde, mit verschossenen Stulpenstiefeln und einem Dreispitz, dessen weiße Kranichfeder schon bessere, unzerknickte Tage gesehen hatte, suchte weiter nach Worten. Ein Anfall von Fingergicht verhinderte, dass er eigenhändig schrieb. Vor einem großen Fenster schritt er auf und ab, blickte im Diktieren auf einen verwilderten Barockgarten hinaus, der in den Farben des sterbenden Sommers prangte. Sangen nicht auch die Schwäne am schönsten, kurz bevor sie starben, fragte er sich. Dann tönte seine Stimme wieder. Der Schreiber schrieb:

»Wenn ich Ihnen raten darf, so warten Sie das Ende in Potsdam ab oder besser in Magdeburg. Und gedenken Sie eines Freundes, der Sie liebt und Sie hochschätzen wird bis zum letzten Seufzer.«

Der König seufzte. Nach einer Pause fügte er hinzu:

»Ich seindt hier in Madlitz auf dem Gut des Generalmajors Finck, dem Bruder des Ministers, dem die Kosaken ausgeplündert haben, des Schadens übersteigt aber nicht ein paar hundert Talers. Leben Sie wohl, mein Lieber, studieren tapfer den Zeno in diesen kritischen Zeiten und lassen dem Epikur nur schön bleiben.«

Von Götz – bemüht, verständliche Sätze zu Papier zu bringen – entsann sich des Briefdiktats, das er vor vier Tagen in einem zerschossenen Bauernhaus bei Ötscher an der leise gurgelnden Oder behutsam umformuliert hatte: »Das ist ein grausamer Schlag, ich werde ihn nicht überleben … ich glaube, es ist alles verloren … adieu, auf immer.« Er registrierte erfreut, dass sich der oberste Befehlshaber wieder etwas gefangen hatte. Das zwischenzeitlich dem Bruder Heinrich übertragene Kommando über die Armee hatte er wieder an sich genommen, die Ampullen mit dem Opium waren zurück in die inwendigen Uniformtaschen gewandert.

»Es seindt gut. Lassen Sie den Brief gleich expedieren.«

Mit diesen Worten war von Götz entlassen.

Der König bosselte bis kurz vor sechs Uhr fruchtlos an seiner Nachahmung des *Salomo* von Voltaire herum. Ein weiser König – war er das? Er ging aus dem Zimmer im Obergeschoss des Madlitzer Gutshauses in den alten, düsteren Saal hinunter, wo ihn Honoré Langustier, sein Zweiter Hofküchenmeister – zurzeit Dienst habender erster Feldkoch –, der Generaladjutant von Krusemarck, die Flügeladjutanten von Götz und von Beeskow sowie der Major Finck von Finckenstein nebst Familie erwarteten. Die königlichen Windspiele Alkmene und Antigone begleiteten ihn die Treppe hinab. Als sie das Essen rochen, verbissen sie sich im Tischtuch, das zum schwer unterdrückten Ärger der Hausherrin an zwei Stellen Verwundungen davontrug. Just in dem Moment, als Langustier begann, die hauseigenen Bedienten mit dem leicht ramponierten Steingutgeschirr im Servieren zu unterrichten, sprengte ein Meldereiter vor das asymmetrische, zweiflüglige Gebäude.

Von Krusemarck eilte hinaus und kam mit einigen Briefschaften zurück. Da der König begierig war, alle eintreffenden Nachrichten umgehend zur Kenntnis zu nehmen, ließ er sich sogleich in einer Ecke des Raumes auf einem Sofa nieder, um die Depeschen zu studieren. Er verlangte nach Papier, Tinte und Feder und setzte an einem rasch herbeigetragenen kleinen Tischchen eigenhändig ein Schreiben auf. Von Götzens Frage, ob er dies übernehmen solle, wurde abschlägig beschieden.

Als der Regent endlich zu Tisch bat, schien er niedergeschlagen. Seine gerade erst zurückgewonnene Fassung, verzeichnete von Götz bestürzt, war wieder dahin.

Die Abendtafel wurde zu einer Katastrophe. Langustier, dessen nicht mehr ganz reinlicher tressenbesetzter Rock über der blauen Uniform vom importanten Bauch zu einem wahren Feldherrnhügel ausgebeult wurde, musste mit ansehen, wie seine Truppen auf dem Schlachtfeld verendeten: Im Salat von Wachtel und Gänseleber mit Trüffelvinaigrette wurde achtlos gestochert, an der gelierten Tomatenconsommé desinteressiert herumgelöffelt, die Dorade Rosé mit grünem Salat und Pomeranzenbutter keines royalen Blicks gewürdigt. Der oderländische Bauernhahn mit Pfifferlingsnudeln sah sich einer derart verletzenden Nichtachtung preisgegeben, dass es Langustier einen Stich ins Mark versetzte. Der König, der bis dahin von allen Speisen nur eine klitzekleine Kostprobe genommen hatte, warf seiner Lieblingshündin Alkmene den engelszarten Flügel seines Hähnchens hin.

Langustier bedachte den verzogenen Köter, der jetzt sein fettiges Beutestück übers Parkett schleifte, dass der abgenutzte Nussbaum an den so geölten Stellen in alter Pracht aufleuchtete, mit einem Blick tiefsten Widerwillens. Es war eine herbe Schmach, zusehen zu müssen, wie seine Kunst hier vor die Hunde ging! Vergleichsweise hart kam es ihn an, dass sein ganzer Stolz, jenes wahrhaft königliche Dessert, welches auf diese zwei Gänge zu je zwei Schüsseln folgte: Vanillemousse im Hippenblatt mit Erdbeersorbet, unberührt auf dem Silberteller des Monarchen zerfloss.

Unter Aufbietung aller Autorität hatte er einen Gehilfen auf die Marwitzschen Güter bei Gusow geschickt, um einen der letzten, schon schwer tropfenden Brocken Oder-Eis zu erhalten, die noch im dortigen Kellerdepot schlummerten. Ehrfürchtig hatte er ihn zerkleinert und die Bröckchen mit Salz vermischt, um sie zur Entwicklung knisternder Kälte anzuspornen. Nach einer halben Stunde rührender Bemühung war aus dem Erdbeersaft in einer auf die knackende Kälte gesetzten Silberschüssel ein köstlicher rötlicher Schneematsch geworden. Wieder einmal hatte er das schier Unmögliche möglich gemacht – und jetzt das. Langustier erstarrte. Sollte er sich etwa beim Abschmecken gravierend vermessen haben?

Ein Blitzen im Auge des wetterwendischen, oft jähzornigen Regenten würde genügen, und alles wäre dahin. Schimpflich entlassen und lebenslang in die Festung verbracht, dürfte der frühere Beherrscher der Töpfe seinen

Lebensabend bei schmutzigem Wasser und verschimmelten Brotkanten verbringen – vielleicht sogar angekettet an die Bettstatt wie Friedrich von der Trenck, der schon seit fünf Jahren in Magdeburgs Sternschanze schmachtete. Alle Welt lachte über ihn: Zwei zurückliegende Haftstrafen hätten ihm klarmachen müssen, dass es für einen Freiherrn völlig unmöglich war, mit der Prinzessin und Königsschwester Amalie zu liebäugeln! Nach fast zwanzig Jahren unterm Schwarzen Adler hatte Langustiers Mentalität bereits preußische Züge angenommen. Er kämpfte jedes Aufbegehren gegen sein unausweichliches Schicksal nieder: Die Haft geschähe ihm recht, sollte er seine Arbeit nicht zur königlichen Zufriedenheit verrichtet haben. Er überlegte kurz und sachlich, welches die nächstbeste Festung wäre, und mutmaßte, dass er den Lebensabend wohl in Küstrin verbringen würde.

Der König erhob sich und nickte seinen Tafelgästen zu, die tapfer ausgeharrt und sich an der dargebotenen Kollation gelabt hatten. Sie lächelten Langustier dankbar zu, um ihn wissen zu lassen, dass des Königs Misslaune keinesfalls auf die Qualität seiner Arbeit zurückzuführen wäre. Er blieb freilich im Zweifel, und sein Herz schlug schneller, als der Monarch ihn und von Krusemarck zu einem kleinen Rundgang im Freien berief. Das erste Wort des Regenten versetzte Langustier in einen Zustand der hellsten Auflösung, und sein Herz machte einen gewaltigen Sprung ins Leere, denn es lautete:

»Küstrin!«

Der Monarch wies mit dem Stock in eine Richtung hinter dem kleinen Hügel, auf den sie sich zubewegten:

»Es seindt nicht weit von hier und macht mir ganz depressiv! Mir ekelt vor seinen Festungsmauern, denn mein Vater ließ mich dort eine garstige Lektion beibringen.«

Kurz legte der König seinem Zweiten Hofküchenmeister die knochige Hand auf die Schulter und sagte in tröstendem Ton:

»Seien Sie mich gnädig wegen der Preziösen, die ich verschmäht. Es deucht mir, Sie möchten mich mit eklatanten Genüssen ein Schlaraffia vorzaubern, das selbst dem Heliogabelus frappierte, wo mich doch heutigen Tags allein Sparta auf meiner Tafel commod erscheint! Schauen Sie mir nur an: Auf der Seite seindt die Haare längst grau, die Zähne zerbrechen und fallen mir lose wie Bachkiesel zum Munde heraus, mein Gesicht liegt in lauter Runzeln wie ein Weibsrock. Der Rücken endlich spannt sich krümmer als ein Flitzebogen.«

Langustiers Schulter, wo des Königs schmutziger Lederhandschuh verweilt hatte, schien erfroren, indes rollte ihm ein Findling von der Seele. Das Gespräch nahm freilich dennoch keine lebensfrohe Wendung. So lag die verhängnisvolle Schlacht bei Kunersdorf wirklich drückend auf dem königlichen Magen, von dem er bislang angenommen, dass er nicht zu irritieren wäre. Hatte nicht der Kammerherr Algarotti stets gewitzelt: »Die Magenverstimmungen sind für das gemeine Volk!«, und sich darüber beklagt, bei Hofe ohne Appetit die schärfsten Dinge essen zu müssen?

Der König klagte weiter:

»Es wird Zeit für den Frieden, sonst werden Hunger und Pest die Menschheit an den Geißeln und Tyrannen rächen und Angreifer und Verteidiger, Freunde und Feinde zusammen hinraffen. Gott schütze uns davor und habe Erbarmen mit meiner Seele, falls wir denn eine haben sollten, wie die Pfaffen uns weismachen wollen! Sechstausend Gemeine tot, zehntausend ohnfähig fortzukämpfen; sie seindt blessiert, gefangen oder vermisst. Der Generalmajor Puttkammer ist auf dem Acker liegen geblieben. So viele Edle wurden mir übel zerhauen: der Prinz von Württemberg, Hülsen, Wedel, Knoblauch, Klitzing, Stutterheim, Platen, Spaun und Finck. Und Itzenblitz! Alle hart massakriert, von Seidlitz hat gar die Stimme verloren. Ohnfern der Stelle, da mich der Rittmeister von Prittwitz aus dem Hinterhalt der Kosaken herausgeholt, lag ein Major von Reitwein mit einer schlimmen Wunde. Er ist nach Berlin in die Charité verbracht worden und nur knapp dem Tod entronnen. Möchte wissen, wer ihn so zugerichtet hat. Wenn es wirklich die Kosaken waren, seindt sie mich sehr nah gewest. Eine Kugel ruinierte mich die schönste, meine Favorite-Tabatière!«

Für einen bangen Augenblick beschäftigte diese furchtbare Havarie den König mehr als alles andere. Er zog eine verbeulte Tabaksdose aus dem Rock. Langustier glaubte sogar, im Auge des Regenten eine Träne funkeln zu sehen. Dann fasste dieser sich und fuhr fort:

»Major von Kleist, der ein Bataillon des Infanterieregiments von Hausse kommandierte, ward ebenfalls hart malträtiert. Krusemarck, was können Sie mich davon erzählen?«

Der König nahm eine Prise Spaniol, und sein Blick streifte kurz die im Tabak liegende Musketenkugel, die ihm – von dem edlen Behältnis rein zufällig aufgehalten – glücklicherweise nur eine Quetschung an der Hüfte beigebracht hatte. Der Generaladjutant nahm Haltung an und berichtete:

»Die Russen verschossen Kleist die rechte Hand, doch er ritt weiter, sie verstümmelten ihm die Linke, während er tapfer gegen sie anstrebte. Erst als ihm die Feindeskugeln das rechte Bein durchsiebten, musste er Halt machen, da er nicht mehr sicher im Sattel saß. Einen Feldscher, der ihm eben die Blessuren mit Spiritus ausreiben wollte, traf es voll in den Kopf, so dass er tot über dem Verwundeten hinfiel. Kosaken rissen Kleist die Kleider vom Leib. Sie stahlen ihm Hut und Perücke und ließen ihn bloß am Leben, weil er sie auf Polnisch angeredet hatte. Später weckten ihn russische Husaren aus dem Erschöpfungsschlaf, betteten ihn auf Stroh und gaben ihm Mantel, Hut, Wasser und Brot. Doch die Kosaken kamen zurück und nahmen ihm die schützende Kleidung wieder weg. Gegen zehn Uhr fand ihn schließlich ein russischer Kavalleriehauptmann namens von Stackelberg, legte ihn auf einen Wagen und ließ ihn nach Frankfurt bringen, wo man ihn verband und ins Haus des Professors Nikolai brachte. Es steht übel um ihn, wenngleich die Ärzte nicht ganz verzweifelt sind.«

Langustier genoss die frische, von Pulverdampf ganz ungetrübte Luft. Nichts hier erinnerte an Krieg und Tod. Er stellte sich vor, welchen Reiz ein Landschaftspark nach englischem Vorbild in dieser märkischen Einöde haben würde: Man müsste nur ein paar Blickachsen hineinroden, den Barockgarten um das Haus entfernen und die Wege in Schlingen und Schlaufen durch das hügelige Gelände ziehen, wo schon jetzt in anmutigem Wechsel bewaldete Höhen auf weite, von Buschwerk eingerahmte Wiesen folgten.

Das Herrenhaus war hinter einer Waldzunge zurückgeblieben. Ein kleiner See mit einer Insel lockte jetzt die Spaziergänger. Auf das mürbe Brückengeländer gestützt, sagte der König:

»Wo alles darnieder fällt, seindt selbst so ein Fleck kein rechter Trost, denn er wirkt wie ein hübsches Bild, das gleich eine Kanonenkugel zerschmettern wird. Mir könnte Sans Souci nicht erfrischen, wenn ich den Feind vor seinen Toren wüsste.«

Langustier fragte mit gebotener Zurückhaltung:

»Steht es wirklich so schlimm, Sire, wie man sich erzählt?«

Der König horchte auf, und in seinen großen Augen blitzte es:

»Sagt mich, mein lieber Langustier, was erzählt man?«

Langustier druckste ein wenig herum, um schließlich in aller Vorsicht zu erwidern:

»Nun, Sire, mit Permiss – es wird gemunkelt, dass man in Berlin nicht mehr sicher sei, dass sich die Königin zum Auszug rüste. Ein Leinenweber namens Pfannenstiel predige, so heißt es, am offenen Fenster vom Jüngsten Gericht und von der preußischen Apokalypse.«

Der König lachte herzlich, nickte aber dazu.

»Der lose Vogel übertreibt. Wenngleich das Genre wohl gewählt, so seindt das doch nur Stiel, nicht Pfanne. Die Königin und die Prinzessinnen frühstücken längst in Magdeburg, denn sie nahmen auf meinen Wink schon gestern Reißaus. Noch seindt Berlin aber nicht verloren. Ich gehe morgen mit allem, was mich geblieben, nach Fürstenwalde, wo auch ein Train von fünfzig Zwölf-Pfünders-Kanons ankommen wird. Mögen Hadik und Laudon mich getrost zur letzten Schlacht auffordern, ich werde ihnen den Sieg nicht leicht machen. Sie sehen, mein Freund, es seindt zwar dunkel, aber Luna glimmet noch. Was freilich den Ausgang tangieret, so werden Sie in Kurzem entweder ein De profundis oder ein Te deum tirilieren.«

Langustier dachte an seine Tochter Marie in der Hauptstadt. Was würde geschehen, wenn die entscheidende Schlacht verloren ginge? Der König schritt auf die kleine Insel und blickte sich um, als vermute er aufgesperrte Ohren zwischen Baumstämmen und Gebüsch. Leise sprach er:

»Zweifellos werden wir nur wenige sein, die Feinde zu verjagen, und Hadiks Russen könnten Berlin wieder rupfen und der besten Kunstschätze exspoliieren wie vor zwei Jahren. Wenn Sie nur lange genug auf der Welt seindt, erleben Sie alles und auch das Gegenteil.«

Ein Rascheln ließ sie zusammenfahren. Langustier ermannte sich und sprang ins Unterholz, um jeden etwaigen Lauscher oder Attentäter zu überwältigen; von Krusemarck folgte ihm eilig, um nicht vom Mute eines Kochs beschämt zu werden. Doch es war nur eine Waldamsel, die jetzt mit Gezeter vor ihnen aufflog. Der König, den die beiden unbedacht allein gelassen hatten, lächelte, als sie unverrichteter Dinge wieder bei ihm erschienen. Er spielte mit einem Stück für die Gegend typischen roten Feuersteins, der sich aus der Natursteinmauer der Brücke gelöst hatte.

»Wenn mir nur eine Kugel ordentlich träfe. Das wäre mich jetzt ein wahres Sans Souci.«

Langustier murmelte beschwichtigend, um den Monarchen von den selbstmörderischen Visionen abzubringen. Sie gingen weiter und fanden am anderen Ende der Insel einen schönen Aussichtspunkt, an dem sie etliche Augenblicke schweigend verweilten. Dann schickte der Regent seinen Adjutanten zum Herrenhaus zurück, damit er die ausgehenden Ordres vorbereitete. Wenige Stichworte mussten von Krusemarck hierzu genügen.

»Es seindt gut, dass ich Sie jetzt allein spreche, Monsieur«, sagte der König zu Langustier mit einem Ernst in der Stimme, der aufhorchen ließ. »Ich hätte Sie sonst nachher en suite zu mich gebeten. Das Abgehen der Königin und ihres Hofstaats nach Magdeburg geschah unterm Unstern, denn bei der Ausfahrt aus Berlin seindt der Herr von Criewen, ein mir sehr lieber Mann, von feigen Kujons aufs Blut traktiert und um sein feines Leben gebracht worden. Seine Kutsche erlitt im Schlosshof Schiffbruch, weshalb er erst einen Tag später nach Magdeburg abfuhr. So kam er nicht in den Schutz der Bewachung und des großen Pulks, sondern fuhr alleine, wie auf dem Präsentiertablett durch die Wälders. Das seindt beileibe nicht die sicherste Art zu reisen, wie mir selbsten schon öfters dünkte.«

Der König sah erst in eine unbestimmte Ferne, dann auf eine Fernstraße von Waldameisen im Sand am Boden vor sich.

»Criewens Position war die eines Vorlesers bei Ihrer Majestät, der Königin, doch nur, um zu camouflieren, dass er insgeheim mein erträglichster Korrespondent mit Schweden gewesen seindt. Wir haben da einen Menschen im schwedischen Reichsrat sitzen, der offiziell den antimonarchischen Hüten zugehört, in Wahrheit aber ein Königstreuer ist. Als meine Schwester vor Jahren die Verhältnisse ins Lot rücken wollte, war er einer ihrer Verbündeten. Zum Glück kam er unentdeckt davon, und so hängte man ihm nicht an der Gurgel auf wie die übrigen Edlen. Seit Schweden nun in Krieg getreten ist, hat er uns eine Menge nützlicher Facta über die Strategien und die Vorhaben der Gegenseite beigebracht. Die Schweden führen etwas im Schilde, das macht mich fast größere Angst als die russisch-österreichische Lumpenbagage, gegen die ich hier antrete. Und mich seindt Aufklärung gerade jetzt bitter nötig!«

Er schwieg einen Moment und fügte hinzu:

»Von Criewen war indessen auch ansonsten ein liebwerter, treuer Untertan, vor dem ich allen Grund hatte, bestens zu sorgen. Ich kenne ihm seit den Tag von Küstrin. Ihn so enden zu sehen, frappieret mir und seindt mich sehr niederschlagend.«

Langustier versuchte, sich einen Reim hierauf zu machen. Ein Vorleser der Königin als Kontaktmann für einen schwedischen Spion? Das war in der Tat keine schlechte Tarnung. Der König ließ ihm keine Zeit für Spekulationen. Er strebte eilig durch einen Hohlweg dem Herrenhaus zu.

»Ich habe mit mir Consilium gehalten und resolviert, dass Sie rasch nach Berlin müssen; wenn nötig auch weiters bis in die Festung Magdeburg, um der Sache auf den Grund zu gehen. Seit Sie mich in der Goldgeschichte so patente accompagniert haben, traue ich Ihnen mehr zu als all den Canaillen in denen Ämters. Ihr Kollege Joyard wird von seinem Posten bei Heinrich nach Fürstenwalde befohlen, und ich schicke meinem Bruder dafür zwei junge Italiener aus Ihrem Küchentrupp.«

Der König hatte, weil ihm in der Sonne plötzlich fürchterlich heiß wurde, seinen Dreispitz abgenommen und fächelte sich Luft zu.

»Der Major von Kehlheim reitet heute Nacht express retour à Berlin. Begleiten Sie ihm, aber behalten Sie Ihre Mission vor Ihnen. Sie darf nicht zu viele Ohren interessieren, hören Sie mir? Hier seindt ein Permiss – zeigen Sie's nur jedem von den Schäkers, der querschießt oder sein Maul versperrt hält, wo er es auftun muss! Was den Corpus belangt, so wenden Sie sich an Eller. Und wenn Sie schon einmal in die Charité seindt, machen Sie Visite bei dem braven von Reitwein und sagen ihm, dass ich ihm nicht vergesse! Lassen Sie sich berichten, wer mich diese fatale Kugel zugesandt.«

Der König tippte an seine eingedellte Tabaksdose und schnupfte mit einem Höllenzug etwas Spaniol auf. Er überreichte Langustier stolz das verfertigte Schreiben, der es nahm und die Augenbrauen krauszog: Entsetzt musste er gewahren, dass hier mit souveräner Hand gänzlich unentschlüsselbare Dinge hingeschludert waren. Nur das zittrige »Friech« des Königs und der schwarze Siegellackfladen mit dem Abdruck seines Kammerpetschafts ließen sich bei reichlich gutem Willen als königlich anerkennen.

Langustier verneigte sich ebenso resigniert wie wild entschlossen, auch ohne diesen nutzlosen Dienstausweis zum Ziel zu gelangen. Bewegt schied er vom König, denn er war sich durchaus nicht sicher, ob er ihn lebend wiedersehen würde. Er eilte davon, um sich reisefertig zu machen, und war schon einige Schritte gegangen, als ihm die allerhöchste Stimme nachrief:

»Erholen Sie ihm nur gut. Und inspizieren mir gründlich die Schlossküchen. Ob nicht etwa Unsauberkeiten darein gekommen seindt. Dass mich bis zur Rückkunft nur alles darin wohl aufgehoben bleibt. Gott bewahre Ihm!«

Im Augenwinkel sah Langustier, dass eben der Flügel- und der Generaladjutant aus dem Haus getreten waren. Der König spielte offenbar Komödie, indem er ihnen vormachte, seinen Kriegskoch beurlaubt zu haben. Es sah ganz so aus, als ob der Monarch nur ihm vertraute.

Kurz nach neun Uhr begann Langustier mit Major von Kehlheim, der dem Kürassier-Regiment K13, dem Leibregiment zu Pferde unter General Schorlemmer, angehörte, den nächtlichen Ritt nach Berlin. Von Kehlheims gestopft volles Felleisen enthielt inzwischen säuberlich vom Kammersekretär geschriebene königliche Anweisungen für die in Berlin, Potsdam und Rathenow stehenden Regimenter.

»Wäre Ihnen eine Kutsche nicht lieber?«, fragte der schmale Offizier, dessen feuerroter Uniformrock im fahlen Abendlicht schwelbrandgleich leuchtete, seinen wohlbeleibten Schützling, der sich gerade mit einer verblüffenden Gelassenheit aufs Pferd schwang.

»Mitnichten, Monsieur! Schlaglöcher von Kartoffelsackformat mit den wurmstichigen Rädern einer wackeligen Karosse auszumessen, ist das reinste Gift für meinen sensiblen Rücken. Das sanfte Auf und Ab beim Reiten wirkt dagegen wie Balsam. Achten Sie nicht auf mich, ich werde Ihnen wohl kaum verloren gehen.«

Das ließ sich von Kehlheim nicht zweimal sagen und legte ein haarsträubendes Tempo vor. Er setzte über kleine

Hecken, Gräben und Zäune und schien der festen Überzeugung, dass sein Begleiter bei diesem Parforceritt unter keinen Umständen mithalten könnte. Langustier indessen, der schon seit Jünglingstagen jede sich nur bietende Gelegenheit genutzt hatte, sich in der vierhufigen Fortbewegung zu perfektionieren, stand ihm in nichts nach. Ab und zu überholte er den Vorreiter gar und hatte ihn schon bald zu einer Revision seiner Beurteilung gezwungen.

»Wo haben Sie so vorzüglich reiten gelernt, Monsieur?«

Von Kehlheim fragte es voller Respekt, als sie nach zwei Stunden in der »Dusteren Schlucht«, einer übel beleumundeten Schänke nahe des Schlosses Steinhöfel, die Pferde tränkten und mit Stroh abtrockneten. Bis Berlin würden sie zweimal frische Tiere bemühen müssen.

»Beim Transportieren wertvoller Kurierpost – Trüffeln, Austern und Wein –, die möglichst umgehend vom Markt in die Küche meines Vaters expediert werden mussten. Er hatte das angesehenste Restaurant in ganz Straßburg!«

»Haben Sie nie daran gedacht, das Küchendasein mit dem beschwingten Leben eines Feldkuriers zu vertauschen?«

»O – nein! Sie glauben nicht, wie viel Flugfähigkeit von uns Köchen verlangt wird! Da ist der ganze Organismus gefordert. Zur wahren Probe der körperlichen Fasson taugt ein Tag hinter dem Herd ebenso gut wie ein forscher Ritt.«

Freitag, der 17. August 1759

Nach einer letzten Rast in Köpenick erreichten sie gegen vier Uhr morgens das Frankfurter Tor. Langustier hatte beschlossen, zuerst in der verwaisten Schlossküche nach dem Rechten zu sehen, nicht zuletzt freilich, um sich an einem Schinken aus der Räucherkammer und einer Flasche Wein zu laben. Nach der zurückliegenden siebenstündigen Strapaze, so fand er, war das gerechtfertigt. Der Major eskortierte ihn bis ans Schlossportal Nummer drei, bevor er sich zum Quartier der Gens d'Armes im Großen Stall Unter den Linden begab, um für die umgehende Weiterleitung seiner Befehlspost an die örtlichen und Potsdamer Dienststellen zu sorgen. Der König hatte ihm befohlen, Langustier sicher nach Berlin zu bringen. Jetzt, wo dieser Auftrag erfüllt war, bedauerte von Kehlheim im Grunde ihren Abschied, denn er hatte selten einen so interessanten und kurzweiligen Begleiter gehabt.

Die sanft entschlummerte Wache am Eosanderportal schreckte zusammen und ließ den Zweiten Hofküchenmeister anstandslos als einen vertrauten Bediensteten passieren, froh, dass überhaupt einmal etwas passierte in dieser Nacht. Langustier schlurfte zerschmettert durch den großen oder äußeren Schlosshof unter dem Alabastersaal von 1681 hindurch in den inneren oder Schlüterhof. Das kolossale

Schloss lag in völliger Finsternis und Hütter, der Kastellan, genüsslich in den Federn. Schon seit Jahren bestellte ihn kein früh aufstehender König mehr um drei oder vier des Morgens zum Rapport. Er bewohnte die vier Zimmer, die links an den tunnelartigen Verbindungsgang zwischen äußerem und innerem Schlosshof angrenzten. Sie lagen ebenfalls unterhalb des Alabastersaals und waren ursprünglich für die Küchenmeister vorgesehen gewesen. Zu Zeiten des Soldatenkönigs hatten diese dort auch wirklich gewohnt. Die Küchenbeamten des Sohnes waren jedoch so selten vor Ort, dass es sich nicht lohnte, sich dauerhaft dort einzuquartieren. Der Erste Hofküchenmeister Emile Joyard nächtigte bei Bedarf in einem Zimmer der Kastellanswohnung. Der Zweite hatte unweit einen ständigen Unterschlupf bei seiner Tochter, der Gräfin von Beeren, gefunden, in einer riesigen, wunderschönen Wohnung, die er ursprünglich, im Jahr seines Amtsantritts 1740, einmal für sich gemietet hatte.

Der frühe Ankömmling war in den Schlüterhof getreten und warf einen Blick über die rechte Schulter: Neben dem Tunnel schlossen sich die Räume der königlichen Kaffeeküche unter dem gewaltigen Hohlraum des Alabastersaales an, gefolgt vom so genannten »Café« und der Hofkonditorei, die bereits im linker Hand angrenzenden, höheren Quergebäude von 1593 lagen. Langustier richtete den Blick wieder nach vorn und steuerte mit leichtem Rechtsdrall auf die gegenüberliegende Wand zu. Er trat durch das Schlüterportal in den Schlüterbau, durchmaß geradewegs das gigantische Treppenhaus, vorbei an dessen felskaskadenförmigen Treppenläufen. Schnurstracks verschwand er am anderen Ende des Raumes zwischen zwei Säulen. Jetzt war er bereits im ältesten Spreeflügel – auch die Burg genannt – und wandte sich nach links zum Eingang der Hauptküche. Die braune, mit Schnitzereien verzierte Tür war abgeschlossen, wie zu erwarten stand. Der große Schlüssel, den er hervornestelte, krächzte im Schloss. Er trat in die Hauptküche, entzündete mit Quarzsteinen und Feuerschwamm eine bereitstehende Feuerkieke. Er nahm die Öllampe mit aufgesetztem gläsernen Reservoir an ihrem hohen Fuß und leuchtete in die Runde. Alles glänzte in schönster Ordnung. Die weiten Flächen der Böden waren geschrubbt und gewienert. Er durchwandelte die zwei großen, miteinander verbundenen Hallen der königlichen Speisebereitung und kam zu einem schmalen Durchlass in der rechten Wand. Eine zweimal fünf Stufen messende Stiege führte von dort in den Keller des einstigen Hauses der Herzogin hinab, wo Bratenküche und Bäckerei, durch eine kleine Türöffnung verbunden, aufeinanderfolgten. Von der Bäckerei aus gelangte man durch die dickste Mauer der alten Burg in den so genannten Grünen Hut, einen im Schloss erhalten gebliebenen Turm der mittelalterlichen Cöllnischen Stadtmauer. Eine schwere eisenbeschlagene Tür, die kaum einer ohne Not zu öffnen wagte, führte direkt ins tiefste Verlies, wo die Eiserne Jungfrau stand, eine schauerliche aufklappbare Hohlform mit weiblichen Konturen und langen Eisendornen in Deckel und Boden, die jeden hineingelegten Delinquenten qualvoll zu Tode brachten, wenn man die Form langsam schloss. Zu kurfürstlicher Zeit hatte man die Überreste der zu Tode Gefolterten durch ein Loch im Fußboden und einen unterirdischen, schräg abwärts führenden Schacht direkt in die Spree befördert. Das ohnehin kühle Gelass, in dem es schon lange keinen unterirdischen Gang zur Spree mehr gab, aber noch eine kalte Luftströmung, die von dem einstigen Vorhandensein eines solchen Schachtes künden mochte, wurde jetzt als Speisekammer genutzt.

Um seinen Inspektionsgang zu vervollständigen, stieg Langustier leicht ächzend in die zunächst liegende Bratenküche hinab. Zehn ungleiche, hohe mittelalterliche Stufen galt es zu bewältigen, die Lampe sondierend in die Höhe gereckt: Der Anblick war alles andere als zufrieden stellend. Der Inspektor schickte einen Stoßseufzer zur rußgeschwärzten Decke. Die Bratenfolterkammer war zwar aufgeräumt, doch er merkte deutlich, dass dies in großer Eile geschehen war. Töpfe, Pfannen, Kasserollen standen und hingen unordentlich, ein Brat-Spieß, an dem Reste seiner letzten Fracht klebten, lehnte am Herdsims.

Langustier stellte sich die fürchterliche Bedrängnis vor, mit der die Köchinnen den Ort verlassen haben mussten. Hätte er geduldig alles bis aufs Kleinste an seinen Platz gestellt? Auge in Auge mit dem herannahenden Feind, den mordbrennenden, plündernden Russen? Den Teufel auch, selbstredend hätte er!

Er stellte die Lampe ab und zündete mehr Lichter an, um restlos klar zu sehen. Wutentbrannt bog er den blutigen Spieß gerade, wischte ihn gehörig ab und platzierte ihn auf seinem Gestänge. Er stapelte die Töpfe, richtete auch akribisch die Bratpfannen in absteigender Linie an den Haken aus. Ein Topf mit Rinderbrühe, ein Rest Bratensuds, wurde kurzerhand durch die Bäckerei und die dicke Eisentür in den Grünen Hut zur Eisernen Jungfrau verfrachtet. Vielleicht ließe er sich, an diesem kühlen Ort gelagert, einer späteren Verwendung zuführen. Langustier war es gewohnt zu sparen und dem Verderb ein Bein zu stellen. Mit den abgezählten Talern des Königs wäre sonst kaum ein Auskommen. Er stellte den Topf auf eine kleine, am Boden liegende Platte Bayreuther Marmors, direkt neben das scheußliche Folterinstrument. Die Jungfrau stand offen und lud zum Hineinsitzen ein. Klappe zu, Affe tot. Er beeilte sich, wieder aus dem Grünen Hut hinauszukommen.

Als es vom Dom her sieben schlug (man hörte das Läuten

drunten im Bratkerker nur dumpf), waren alle Übelstände beseitigt. Selbst der Hofmarschall, der normalerweise keinen Fuß in die schmutzigen Küchen setzte, würde nichts zu beanstanden finden, wenn es ihm einfiele, im nächsten Moment durch die Tür zu spazieren und einen Blick in das tiefste Küchengelass zu werfen. Doch der alte, verrückte von Pöllnitz war wie alle Hofschranzen längst in Magdeburg oder sonst wo. Langustier wischte sich den Schweiß von der Stirn und verließ die kalte Bratenhölle wieder.

Durch den ersten großen Küchensaal ging er hinaus in den »Eishof«, einen kleinen Innenhof, in dem unter Lindenbäumen die zentrale Eiskate stand, und strebte mit wachsender Vorfreude den Vorratskammern zu, wo dreihundert schwere Schinken unter der Decke hingen. Er schnitt sich von einem Exemplar ein ordentliches Stück ab und wechselte in den Weinkeller, wo die Vorräte zwar unsäglich geschmälert, jedoch nicht ganz vernichtet waren. Müde und nicht willens, weitere Überraschungen zu erdulden, öffnete er eine von silbergrauen Spinnenfäden eingehäkelte Flasche Burgunder des Traditionshauses Bouchard in Beaune – ein Volnay-Cailleret von uralten Reben mit dem Etikett »Ancienne Cuvée Carnot« aus dem Jahr 1731. Er genoss den vollmundigen Rebsaft aus dem Gründungsjahr dieser Firma, als hätte ihm der Weingott persönlich eingeschenkt. Ein halbes Brot aus seiner soldatischen Umhängetasche ziehend, hockte er sich auf ein Fass und ließ die kurzen Beine baumeln. Der Schinken duftete. Zufrieden mampfend starrte er in das dunkle Gewölbe, dessen Ruhe nur vom Quieken einer Schlossmaus unterbrochen wurde. Er gedachte der unsicheren Zeitläufte, in denen eine Stunde wie diese ein kostbares Geschenk des Himmels war.

Viel zu bald schon musste er sich wieder erheben. Er schloss Keller- wie Küchengewölbe hinter sich ab und verwahrte beide Schlüssel in seinem Gepäck. Kurz nach acht Uhr schickte Langustier sich an, das Gebäude durch Portal Nummer eins zu verlassen. Gerade rechtzeitig kam ihm der Gedanke, den inzwischen sicherlich erwachten Kastellan von seiner Ankunft in Kenntnis zu setzen. Er fand Hütter, mit der Dormeuse auf dem Kopf, in einem der Fenster seiner Wohnung wie in einem Bilderrahmen sichtbar. Als er Langustier bemerkte, leuchtete sein Gesicht, und er öffnete das Fenster. Der Küchenmeister sagte:

»Sollte Sie jemand nach mir fragen oder Post für mich anlangen, so bitte ich um umgehende Nachricht, Monsieur.«

»Ergebenster Diener!«

Es fiel Langustier ein zu fragen:

»Waren die Damen von der Schönhauser Küchenbrigade längere Zeit zu Gast?«

»Zwei Tage, wohnten in den Polnischen Kammern. Und sie haben alles sauber hinterlassen, oder nicht?«

Langustier knurrte:

»Des Bratenmeisters fettige Gruft zählte nicht zum Saubersten.«

Hütter kratzte sich schuldbewusst unter der Schlafhaube.

»Es war dies der einzige Raum, den ich nicht zweimal kontrollierte. Es ging ja alles drunter und drüber. Der arme Herr von Criewen – Gott hab ihn selig – ließ am Dienstagmittag in der Hauptküche sein Gepäck unterstellen. Seine verkrachte Kutsche musste weg zum Reparieren. Und er hatte wohl Angst, dass sich jemand an seinen Koffern und Kisten vergreifen würde.«

»Wann haben Sie am Dienstag die Hauptküche abgesperrt?«, erkundigte sich Langustier.

»So gegen eins. Alle waren schon weg, nur von Criewens Diener und sein Kutscher schleppten letzte Gepäckstücke. Die Huber war mit ihrer Truppe bereits kurz vor zwölf abgereist, als der große Wagentreck loszuckelte. Es ist schön, dass Sie da unten mal nach dem Rechten gesehen haben. Tja, und am Mittwochmorgen sperrte ich Hessel und dem Kutscher Duffke auf, damit sie die reparierte Kutsche wieder mit dem Krempel beladen konnten. Ich hab ihnen geholfen, besonders bei den Holzbehältern. Diesmal waren sie schlauer und vertäuten das Schwerste am Heck des Wagens. Es herrschte keine zeitliche Bedrängnis mehr. Als alles aus der Hauptküche raus war, bin ich nicht mehr in die Bratenküche hinunter und habe daher die dortige Unordnung nicht bemerkt. Sie und den Bratenteufel können ja der Grüne Hut und die Eiserne Jungfrau nicht schrecken – unsereins dagegen geht so ungern in diese Satansregion.«

Langustier grinste über den allbekannten Spitznamen für seinen Kollegen, den Bratenmeister Spick, sagte weiter nichts als »So, so« und schritt hutwedelnd davon.

Die Stadt hatte sich belebt wie an jedem Markttag. Als die Menschen den Küchenmeister des Königs erblickten, der aus dem Portal Nummer eins unterhalb der Königswohnung auf den Schlossplatz heraustrat, begann ein aufgeregtes Getuschel, von dem Langustier richtig vermutete, dass es auf völlig falschen Schlüssen beruhte.

»Der König ist in Berlin, da ist sein Leibkoch!«, schrie einer.

»Jetzt, wo die Russen schon fast vor dem Tor stehen, lässt er uns nicht im Stich. Der König ist anders als die Königin!«, brüllte ein zweiter, und man begann zusammenzulaufen, um den Zweiten Hofküchenmeister zu der Sache zu verhören. Die Menschen umringten ihn wie ein in die Enge getriebenes Wild. Langustier musste seine ganze Stimmgewalt aufbieten, um das Gerücht zu zerstreuen, bevor es recht aufgekommen war – in statu nascendi, sozusagen.

»Nur keine falschen Nachrichten, ihr guten Leute«, rief er. »Seine Königliche Majestät wird die Russen gehörig in die Bredouille bringen! Der König wird Berlin mit allem, was er an Truppen hat, verteidigen.«

Die Zuhörer jubelten und klatschten.

»Aber solange die Feinde nicht besiegt sind – die Österreicher, die Franzosen, die Reichstruppen, die Russen und die Schweden –, solange wird der König nicht zurückkommen, weder hierher noch nach Potsdam. Und er hat Ihrer Königlichen Majestät, der Königin, anbefohlen, zur Sicherheit für die königliche Familie und den Thronschatz, so wie er es schon seit zwei Jahren getan, bei allen Fällen, in denen eine seiner Armeen demoliert würde und die Russen oder Österreicher durch die Neumark drängten, sich nach Magdeburg zu begeben. Ausdrücklich hat er auch der Garnison befohlen, stets mit der königlichen Familie und dem Schatz zusammen zu gehen.«

Langustier entsann sich des königlichen Geheimbefehls, den er vor zwei Jahren zufällig gesehen hatte, worin die Zeit, in der sie jetzt lebten, mit weiser königlicher Voraussicht als düstere Zukunft ausgemalt war:

»Sollte ich getötet werden, so müssen die öffentlichen Geschäfte ohne die geringste Veränderung, und ohne dass man merke, dass sie in anderen Händen seien, ihren Gang fortgehen. Sollte mir die Fatalität widerfahren, von dem Feinde zum Gefangenen gemacht zu werden, so verbiete ich, dass man die mindeste Rücksicht auf meine Person nehme oder sich im Geringsten an das kehre, was ich etwa aus meiner Gefangenschaft schreiben sollte. Wenn mir ein solches Unglück begegnet, will ich mich dem Staate opfern und man muss meinem Bruder gehorchen – welcher, so wie alle meine Minister und Generäle, mir mit ihren Köpfen dafür haften, dass keine Provinz als Lösegeld für mich angeboten werde, sondern dass man mit dem Krieg fortfahre und seinen Vorteil betreibe, als wie wenn ich nie jemalen auf der Welt existierend gewest seindt.«

Langustier hatte geschwiegen, ganz in die Erinnerung versunken. Das Klatschen erstarb. Schließlich zerstreuten sich die Leute. Langustier wischte sich den Schweiß von der Stirn. Ein Volksredner, soviel sah er, wollte und würde er nicht werden. Das wäre zu anstrengend. Er ging am Marstall vorbei in die Rossstraße, wo seine Tochter, die »Delikatessengräfin«, wohnte.

Marie von Beeren fiel ihm um den Hals wie einem längst Totgeglaubten.

»Der Himmel sei gepriesen! Was machst du hier? Was weißt du von Adrian? Bleibst du länger? Stehen die Russen vor der Stadt? Ist der König in Berlin?«, so sprudelten ihre Fragen. Sie hatte lange nichts von ihrem Mann, dem preußischen Generallieutenant, gehört.

Langustier beklopfte sie beruhigend und antwortete zunächst auf die Frage nach Adrian. Er wusste nicht viel, denn die Truppen hatten im Krieg wenig Austausch untereinander.

»Er ist beim Prinzen Heinrich gut aufgehoben, du kannst ganz beruhigt sein. Augenblicklich sind sie in Dürings Vorwerk, glaube ich. Wenn er seltener schreibt, so deshalb, weil strenge Bestimmungen erlassen worden sind. Die Russen und Österreicher kannten bislang jeden Schritt auf unsrer Seite im Voraus. Keiner mag sagen, warum, und jetzt vermutet man überall Spione, die in den Briefen lesen. So kann man bloß schreiben: Siehe, ich lebe, mir geht es gut, ich darf dir nicht schreiben, wo ich bin und wie dreckig unser Lager ist. – Seine in Kay erhaltene Verwundung ist vollends wieder verheilt. Der Prinz will ihm schon bald ein neues Regiment anvertrauen. Bis dahin spielt er brav den Generaladjutanten und begleitet Se. Königliche Hoheit von Arbeitsessen zu Arbeitsessen.«

»Und – wo stehen die Russen? Die Österreicher? Gestern hieß es, sie seien schon in Köpenick?«

Dies war also ihre zweitwichtigste Frage. Wie es dem armen, gebeutelten Vater ergangen war, kümmerte sie nicht.

»Dummes Zeug, wer immer das erzählt hat. Ich bin von Fürstenwalde bis in die Rossstraße keinem Russen und keinem Österreicher begegnet, und ich wage die Prophezeiung, dass die Berliner dieses Jahr verschont bleiben werden. Der König sammelt seine Truppen eine Tagesreise von hier, um einen möglichen Marsch auf Berlin abzuwehren. In Kunersdorf ist nicht die Welt untergegangen. Der Feind hat in dem Moment von uns abgelassen, da er den tödlichen Stoß hätte führen können. Weiß der Himmel, wieso er es nicht tat. Vielleicht hat man Laudon und Hadik an der Nase herumgeführt? Spitzel und Agenten berichten hüben und drüben allerlei Erlogenes, und die Heerführer knobeln, ob sie es glauben sollen oder nicht. Kaum einer trifft rationale Entscheidungen. Es geschehen Dinge in diesem verfluchten Krieg, die kein normaler Mensch mehr begreift. Man sagt nicht umsonst, alle gewöhnlichen Leute seien Normalsterbliche – was anderes als sterben bleibt ihnen gar nicht zu tun übrig. Das ist der Grund, weshalb ich da bin. Du hast vielleicht von dem toten Vorleser gehört?«

Sie nickte. Und wenn sie ehrlich war, bedeutete ihr sein Kommen gar keine so große Überraschung. Die königliche Polizei brauchte wieder einmal unabhängige Unterstützung. Wäre es keine Sünde, so zu denken, hätte sie dem Toten beinahe ihren Dank abgestattet. Sie hatte sich freilich nicht nur um ihren Ehegatten, sondern auch um den Vater Sorgen gemacht. Sich beim König aufzuhalten, hieß längst nicht mehr automatisch, außer Gefahr zu sein. Angeblich hatten sie bei Kunersdorf sogar auf Se. Königliche Majestät geschossen. Marie bemerkte jetzt erst mit Erschrecken, wie abgekämpft der Vater aussah.

»Du hast nicht geschlafen und nicht gefrühstückt!«, lautete ihre knappe Diagnose, und er widersprach nicht. Wie gut doch ein Quäntchen Mitleid tat. Das mit dem Essen stimmte zwar nicht völlig, aber doch fast. Ein halber Schinken und ein Laib Brot zählten ja wirklich nicht, zu schweigen von der Flasche Rebsaft. Und wer dachte an das Pfund herrlich fester, in Madeira eingelegter Matjesheringe, die man ihnen nächtens in Köpenick zu dampfenden Pellkartoffeln vorgesetzt hatte? Zum Glück für den Major von Kehlheim, der vor Hunger fast umgekommen war, kannte er den Kastellan des Köpenicker Schlosses, in dem seit 1749 die verwitwete Herzogin Marie Henriette wohnte – ein Vetter des Berliner Hütters.

Um einen Apfel, ein Butterbrot und einen Hühnerschlegel reicher, gehorchte er seiner Tochter und legte sich aufs Ohr. Wenigstens für zwei Stündchen. Laut drangen schon Minuten später apokalyptisch anmutende Sägegeräusche durch die Zimmer.

Seine Wünsche, was das Wecken anging, wurden gründlich missachtet. Die Glocken der Petri- und der Gertraudenkirche schlugen mit höllischem Getöse die unheilige Mittagsstunde, als er mit einem Aufschrei aus dem Bett sprang:

»Attacke!«

Die Zwillinge von Maries vormaligem Hausmädchen, die hier Schutz vor dem Waisenhaus gefunden hatten, nachdem Adelheid an gebrochenem Herzen gestorben war, brachen in wieherndes Gelächter aus. Er schnitt ihnen Grimassen, die ihre Heiterkeit erst steigerten, dann panische Flucht auslösten. Vorsichtig lugten sie um die Schrankecke, um zu sehen, was die zerzauste und bärbeißige Gestalt auf dem Bettrand nun veranstaltete.

»Der General von Ziethen! Passt auf!«

Seine Augen begannen leicht zu schielen, während er sich ein tonnenförmiges Kissen als Fell-Kappe aufdrückte und die Mundwinkel nach unten fallen ließ. Er strich sich das Haar an den Seiten nach hinten und warf sich eine Tischdecke um den Hals. Mit zwei Fingern deutete er die Bartstriche an, die über die abwärts gebogenen Lippen ein Dach setzten.

Plötzlich stand Marie in der Tür.

»Willst du mit deinen Zerrbildern etwa die Autorität unsrer obersten Heeresleitung untergraben?«

Ihr Anblick verscheuchte die letzte Schläfrigkeit.

»O nein, liebste Tochter. Ich wollte nur dem größten unsrer Helden ein lebendiges Denkmal setzen.«

Er blickte die Kinder ernst an und fragte:

»Was ist, wenn der große Friedrich kommt?«

Elisabeth schaute vorwitzig zu ihrem Bruder Fritz und sagte mit luftschnappender Stimme:

»Und wenn der große Friedrich kommt
und klopft nur auf die Hosen,
so läuft die ganze Reichsarmee,
Panduren und Franzosen!«

Langustier wuschelte dem Kleinen im Haar herum und sinnierte, ob es wohl eine preußische Armee gäbe, wenn Fritz groß genug wäre, in sie einzutreten. Marie schickte die gickelnden Kinder hinaus. Langustier fragte:

»Sag, warum hast du mich nicht geweckt? Der König besoldet mich nicht fürs Herumliegen. Ich müsste schon längst bei der Arbeit sein.«

»Papperlapapp. Wolltest du vielleicht im Stehen sofort wieder einschlafen? Wenn der allergnädigste Herr Vater erst einmal Toilette gemacht haben, gibt es etwas Gescheites zu essen.«

Das war freilich ein Argument. Seine Tochter, die Delikatesswarenhändlerin, würde ihm zweifellos Erlesenes vorsetzen. Hatte er gestern nicht einen Geruch von eingemachten Leipziger Lerchen wahrgenommen? Unleugbar hingen die ausgeprägten Marken gemahlenen Mokkas und frisch gebackenen Weißbrots in der Luft. Langustier erschien herausgeputzt und mit einem Zivilanzug montiert, als heißes Wasser gerade feines Kaffeepuder benetzte und unbeschreiblichen Duft freisetzte.

Gegen eins strebte der Zweite Hofküchenmeister mit streng geheimem Sonderauftrag und zufrieden sattem Lächeln den Fiakern auf dem Schlossplatz zu. Heftig trauerte er dem Geschmack von getrüffelter Entenleber nach, der sich erst in Wohlgefallen auflöste, als nach etwa zwanzig Minuten Fahrt die Charité im kotbespritzten Kutschfenster erschien.

Er betrat den Bau, in dem es nicht eben sonderlich gut roch, und fragte eine der Schwestern, wo er den Major von Reitwein finden könnte. Zwar war er vor allem hergekommen, um sich mit dem Leiter der Anstalt über den toten von Criewen zu unterhalten, doch des Königs Bitte, auch nach dem verwundeten Offizier zu sehen, war seinem Gedächtnis gleichermaßen eingebrannt.

Die Frau deutete auf die offene Tür eines nahen Saales, aus dem ihm beim Eintritt üble Ausdünstungen von mannigfachen Wunden entgegenwehten, und führte ihn zu einem Bett, in dem eine dick eingemummte Gestalt lag. Zittern überlief den gekrümmten Körper, welcher Langustier wie die überdimensionale Puppe eines Insekts vorkam, der den einzigen Makel besaß, dass aus seinem oberen Ende ein menschlicher Kopf mit einer hässlichen, blutigen Bandage herausragte. Ein unablässiges Stöhnen und Wimmern erfüllte die stickige Luft. Langustier war umgeben von den Opfern königlichen Krieges.

»Major von Reitwein?«

Der Kokon regte sich, und eine schwache Stimme fragte tastend:

»Wer schickt Sie?«

Langustier stellte sich vor und begann zaghaft:

»Sie sind auf dem Feld dem König nahe gewesen, kurz bevor der gegnerische Streich Sie niederstreckte?«

Von Reitwein nickte.

»Der König versichert Sie seines größten Wohlwollens und wird Sie für Ihre Tapferkeit belohnen!«

Von Reitwein wendete den Kopf ab. Es schien ihn nicht sonderlich zu interessieren, was ihm ein ferner König versprach. Langustier sagte:

»Ich stand in der Feldküche, als es passierte. Bitte schildern Sie mir doch, was sich zutrug und was Sie in der Nähe des Königs erlebt.«

Schleppend begann der schwer Verwundete, doch die Erinnerung riss ihn schließlich mit:

»Wir hatten 53000 Mann, Russen und Österreicher zählten dagegen 70000. Es gelang uns, mit dem verstärkten rechten Flügel den linken des Gegners zu werfen und bis zum Zentrum hin aufzurollen. Dann aber hinderte uns das schwierige Terrain, wo der Gegner im Kuhgrund und auf dem großen Spitzberg starke Deckung hatte, am weiteren Vorrücken. Der Angriff stockte. Jetzt setzte der König auf einmal mit rücksichtsloser Kühnheit den linken Flügel ein, der eigentlich zur Sicherung des Rückzugs bei einem Misserfolg bestimmt war, um die Entscheidung zu erzwingen. Aber das scheiterte am Gelände und an der festen Stellung der Gegner. Laudon brachte mit der österreichischen Kavallerie unsere Bataillone zur Auflösung. Der König war mitten im Gedränge, ich etwa dreißig Ruten weit von ihm entfernt. Ich sah, wie ihm nacheinander zwei Pferde unterm Leib erschossen wurden. Vorm Ende ergriff er unbeirrbar eine Fahne des Regiments Prinz Heinrich und wollte mit dem Ruf ›Wer ein braver Soldat seindt, der folge mich!‹ das Bataillon zum Angriff bewegen. Aber keiner rührte sich. Also blieb er wieder stehen. Es war tragisch anzusehen. Das war die eigentliche Tragödie von Kunersdorf, will ich meinen.«

Von Reitwein hielt inne, da ihn das Reden sehr anstrengte.

»Der Rückzug war durch nichts mehr zu vermeiden. Mit zwei Bataillonen suchte er einmal mehr eine Feuerlinie zu bilden, um den Rückzug abzusichern. Ich hörte ihn ganz deutlich schreien: ›Kann mir denn keine Kugel endlich treffen?‹«

Langustier hakte nach:

»Se. Königliche Majestät haben mich gebeten, Sie zu fragen, was Sie von Ihrem Gegner sehen konnten, ehe der Streich Sie niederstreckte.«

Von Reitweins Kopf war mit einer Lage von Binden umwickelt, die sein rechtes Auge vollständig verhüllte. Sein linkes hingegen, das bislang geschlossen inmitten einer Aussparung des Verbandes wie in einem Nest geruht hatte, öffnete sich nun, um das Bild einer schokoladenfarbenen Kugelgestalt aufzunehmen, an der durch eine von silbernen Tressen überrankte himbeerrosa Weste und ein schneeweißes Spitzenjabot die Vorderseite markiert war. Die Kugelgestalt war Langustier.

»Was mich niederstreckte, war kein Streich, Monsieur. Es war eine Kugel. Und sie war gezielt mir zugedacht. Der

Schütze stand direkt vor mir, als er abdrückte. Er trug eine Kosakenuniform. Nur durch ein Wunder verfehlte er mein Herz und schoss mir auch an der Lunge vorbei durch den ganzen Leib. Ich fühlte einen höllischen Schlag gegen die Brust und stürzte zu Boden. Der Schütze hielt mich für tot, da ich mich nicht bewegte, was mir wohl das Leben gerettet hat. Ich sah ihn aber vom Boden aus genau vor mir, auf dem Kopf stehend zwar, aber nicht weniger deutlich. Er drehte sich um, während im wallenden Gefechtsdunst etwa zwanzig Schritt hinter ihm der König von den Zietenhusaren des Rittmeisters von Prittwitz abgeschirmt wurde und sich auf seinem eilig herangeführten Pferd aus der Gefahr begab. Das war ein skurriles Bild, denn die Beine von Pferd und Reiter schienen in den Wolken zu stecken, welche in Wahrheit Schwaden von Pulverdampf waren. Eben hatten russische Kosaken einen vergeblichen Versuch unternommen, den König und die Seinen zu überwältigen. Der Schütze konnte daher nicht sicher zielen. Ich hörte sein Fluchen, wusste jedoch nicht, welcher Sprache dieser Fluch entsprang. Es war kein österreichischer Fluch, kein russischer, kein französischer und kein polnischer. Ich habe lange darüber nachgedacht, und glauben Sie mir –«

(er senkte die Stimme)

»– hier hat man weiß Gott Zeit zum Nachdenken, wenn sich auch die Muße oft vom Lärm des Lamentos verscheucht sieht! Was ich also jetzt glaube, ist, dass es ein schwedischer Fluch war!«

»Was tat der vermeintliche Schwede weiter?«

»Er hatte zuvor seelenruhig auf den König angelegt, der sich unweit vor ihm wie auf einem Präsentierteller bewegte.«

»Und Sie verabsäumten es, ihm in den Arm zu fallen?«, fragte Langustier mit lauerndem Unterton.

»Was denken Sie von mir, mein Herr?«

In von Reitweins Stimme klang echte Empörung, und für einen Moment schien es, als wolle die Schmetterlingshülle aus Bandagen platzen und ein kerngesunder Krieger ihr entschlüpfen. Doch dann schloss sich das aufgerissene Auge ebenso jäh wieder, und das hinter Binden fast unsichtbare Antlitz des Majors verzerrte sich vor Schmerzen, während er sagte:

»Ich rief den Eisenfresser an und hielt mein Bajonett bereit, um ihn aufzuspießen. Leider hatte ich gerade geschossen und der Lauf war leer. Er feuerte seelenruhig, bevor er sich umdrehte. Ich sah den König schwanken, was mich zweifellos um die Beherztheit brachte, mit der zu operieren nötig gewesen wäre. Ich glaubte Se. Königliche Majestät getroffen, und eine Welt stürzte für mich ein. Der Oberste, Einzige! Der beste und größte aller Monarchen! Die Seele des Vaterlands! Für einen entscheidenden Moment war ich wie gelähmt und jeder Regung unfähig. Ich nahm kaum wahr, dass mein Kontrahent eine geladene Pistole aus der Tasche zog und mich mit ihrem Feuer begrüßte. Da brach schon der Schuss über mich herein oder durch mich hindurch. Der Attentäter verschwand in Windeseile wie ein Nebelhauch. Was ich dann vom Boden aus sah – dass der König zwar zu Boden gegangen, doch keineswegs tot war, da er sich rasch wieder aufrichtete – fiel wie Balsam auf meine Wunde. Ich verlor das Bewusstsein mit der Gewissheit, dass unsere Sonne keineswegs untergegangen, dass der preußische Adler zwar lädiert, aber nicht vom Himmel gestürzt war.«

Langustier drückte von Reitweins Hand und sagte:

»Monsieur, obgleich diese Erinnerungen Sie bereits hart genug ankommen, wären Se. Königliche Majestät und ich Ihnen sehr zu Dank verpflichtet, wenn Sie versuchten, den Schützen und seine Waffen zu beschreiben. Es steht anzunehmen, dass Schurken wie dieser es nicht bei einem Versuch belassen, den König anzugreifen.«

Von Reitwein ächzte und das Sprechen fiel ihm schwerer.

»Er sah aus wie ein Kosake, aber es war ein Kavalleriegewehr, wie es die Husaren tragen, aus dem er den Schuss auf den König abgab. Sicher hatte er es einem Gefallenen abgenommen. Die Pistole hingegen, die er auf mich abschoss, war eine M 1742, eine preußische Husarenpistole, denn sie war etwas länger als die gewöhnliche Kurzwaffe der Kavallerie. Außerdem hatte sie einen Ring am Kolben für den am Sattel befestigten Fangriemen.«

Nach einem Moment des Atemschöpfens sagte er gefasster:

»Leider war sein Antlitz nur für den Bruchteil jenes Momentes zwischen meinem besorgten Blick in Richtung König und dem Einblick in den feuernden Pistolenlauf mir zugewandt. Er hatte ein hageres, längliches Gesicht mit einer vornehm gebogenen Aristokratennase. Das Haar kam rötlich-blond unter der Kappe hervor. Als die Sonne plötzlich durch den Nebel brach, verschattete sie ihn – in eben dem Moment, als der Schuss losging. Er war einen Kopf größer als ich, der ich im Regiment der Längste bin. Also ein wirklicher Riese. Sozusagen. Der Soldatenkönig hätte seine helle Freude an ihm gehabt.«

Von Reitwein hustete und bäumte sich auf wie im Todeskampf. Sein Kopf sank erschöpft zur Seite. Langustier drückte die Hand des Verwundeten vorsichtig zum Abschied und setzte den Dreispitz auf, den er auf das Bett gelegt hatte. Das Wehklagen der übrigen Versehrten begleitete ihn zur Tür hinaus. Unweigerlich atmete er auf, als er sich auf dem Gang unter den weißbehaubten Engelsgestalten der Schwestern wiederfand, die lautlos auf und ab schwebten. Er nahm den ihm bekannten Weg zum Studierzimmer des medizinischen Direktors im ersten Stock des kasernenartigen Gebäudes.

Als er Johann Theodor Eller in dessen Stube aufsuchte, fragte sich Langustier erschauernd, wo der unverwüstliche, kerngesunde Mann geblieben war, mit dem er sich so oft über medizinisch-forensische Fragen ausgetauscht hatte. Dies schien nicht Eller zu sein, sondern sein Schatten.

»Es ist nicht das, wonach es aussieht«, sagte Eller, der Langustiers unausgesprochene Frage, seinen körperlichen Verfall betreffend, unschwer erriet. »Ich wollte fast, es wäre die Lustseuche, die mich zerfrisst – dann hätte ich wenigstens ein bisschen Zerstreuung gehabt. Es ist aber der unbarmherzige Krebs, der mir durch die Knochen kriecht und mich langsam zerfleischt. Gegen die Schmerzen der Geschwulst hab ich nur dieses Mittel hier.«

Eller schnippte mit dem rechten Zeigefinger gegen einen voluminösen Glasballon, der auf dem Tisch stand und keineswegs Wasser enthielt, wie sein Gast messerscharf schloss.

Langustier drückte Eller lange die knochige Hand. Was gab es zu sagen in einer solchen Situation? Im Zweifelsfall gar nichts, entschied er und zeigte wie zur Entschuldigung das Permiss des Königs vor.

»Lassen Sie mich einmal sehen –«, sagte Eller, »was auf diesem Wisch geschrieben steht: Blablablablabla – F.« Er verzog das schmerzgepeinigte Gesicht zu einem gequälten Lächeln. »Unzweifelhaft haben wir es hier mit einem wertvollen grafischen Originalwerk des Königs zu tun. Sie wollen also erfahren, was es mit dem toten Vorleser auf sich hat? Nun denn, Sie müssen es ja wissen. Wenn Ihnen so viel daran liegt.«

Entsetzt gewahrte Langustier das riesige volle Schnapsglas, das ihm der Pathologe mit tödlich ruhiger Hand in die seine drückte. Er verließ mit Eller das Studierkabinett, wo Präparatebehälter mit sämtlichen Organen aufgetürmt standen, die sich ein zünftiger Medizinstudent als Anschauungsmaterial nur je wünschen konnte.

Während sie in die Kühle des Leichenkellers hinabstiegen, der mit seinem frostigen Anhauch Langustier schon beim allerersten Besuch 1740 fasziniert hatte, bedauerte er Eller in seinem traurigen Schicksal zutiefst. Im schwankenden Licht der Lampe wirkte er wie der leibhaftige Tod.

Beim Treppensteigen schwappte es gefährlich im Glas. Langustier blieb stehen und passte den Flüssigkeitspegel im Glas seinen Bewegungen an. Ein Fluss beißenden Kornbrandes rann ihm durch die Gurgel. Zischend schien der höllische Absud die Röhre hinunterzulaufen. Was für ein Glück, dass er anständig gefrühstückt hatte. Vorsichtig tappte er weiter. Zu beiden Seiten scheuerten die Mauersteine gefährlich an seinem Samtkleid. Kalt wurde es, kälter und endlich eiskalt.

Am Ort des Grauens angelangt, ruhten sie aus. Eller hatte seine Laterne an einen von der Decke baumelnden Haken gehängt, an dem sie sich kläglich quietschend beruhigte. Ihr schwankender Schein warf erst aufgeregte Schatten, dann kamen allmählich selbst diese düsteren Projektionen zur Ruhe.

Der zwischen ihnen stehende, leicht abfallend gemauerte Tisch besaß einen schmalen umlaufenden Wall, eine deutliche Neigung zu einer längs verlaufenden Rinne sowie eine Abflussöffnung am unteren Ende. Die Klinkersteine der Tischplatte wirkten sauber und glänzten im Lampenlicht. Den Eimer, der am Fußende unter dem Ausfluss hing, füllte eine stille rote Flüssigkeit. Jetzt stach Langustier ein süßlicher Geruch in die Nase, ein Geruch nach gedämpften roten Rüben? Gärendem Sauerkraut? Kochender Kürbisstampfe?

Während er, innerlich ausweichend, nach Entsprechungen aus dem Reich der Küchenpflanzen suchte, nahm der Hausherr einen gewaltigen Schluck.

Eller zögerte auf eine Langustier bislang unvertraute Art, den Leichnam zu enthüllen, der – wie üblich, wenn sie sich begegneten – zwischen ihnen lag. Langustier forschte in dem eingefallenen Gesicht seines Gegenübers, in dem sich ein Schmerz aufbäumte, bevor ihm der Alkohol kurzzeitig Zügel anlegte.

»Trinken Sie etwas, Monsieur. Das beruhigt die Nerven und betäubt angenehm die aufnehmenden Sinne. Es hat schon seinen Grund, dass ich Ihnen diese Überdosis an die Hand gab. Was Sie hier erwartet, kann man nur ertragen, wenn man nicht mehr ganz so klar sieht. Der Tote hat übrigens genau Ihr Alter, ist aber – halten zu Gnaden – anderthalb Häupter größer gewesen.«

Langustier hielt nicht viel von Vorreden. Dennoch fügte er sich Ellers Ansinnen. Als der Schleier fiel, schluckte er in der Tat weit heftiger. Vieles sieht das Auge eines Koches, viel Blutiges und Zerfleischtes, das dem Gast gnädig verborgen bleibt. Manchem zart besaiteten Zeitgenossen mag eine geköpfte rote Rübe, die, wenn sie gekocht ist, Blut genug verspritzen kann, um eine ganze Küche wie ein Schlachtfeld erscheinen zu lassen, schon grausig genug vorkommen. Hätte einer aber die unerschrockenen Augen und Nerven eines Koches wie Langustier besessen und wäre dennoch zusammengezuckt wie eine geöffnete Auster nach dem Begießen mit Zitronensaft, so müsste der Anblick, der ihm geboten worden wäre, schon ein ganz und gar widerwärtiger gewesen sein. Und bei Gott, das war er.

Der Leichnam war nicht mehr vollständig, es fehlten ganze Partien aus Brust, Seite und den unteren Weichteilen.

»O – Monsieur! Warum haben Sie den armen Menschenrest so geschlachtet gelassen, wie er ist? Gebietet es die Ästhetik nicht, ihn aufzuräumen, nachdem man ihn im Dienste der Forschung leer geräumt hat? Es klaffen herbe Breschen in ihm!«

Er trank automatisch wie von Sinnen.

»Ich wäre Ihnen im Übrigen sehr verbunden, mein Freund, wenn Sie mir verraten könnten, wo und wann man den Unglücklichen gefunden und wie er aussah, bevor er seinen jetzigen Zustand erreicht hat.«

Eller atmete rasselnd, während er sich ebenfalls Branntwein einflößte.

»Sie in diesem Missverständnis zu lassen, brächte Sie zu ganz falschen Schlüssen!«

Er machte eine Pause, die Langustier blutig lang wurde.

Missverständnis? Was sollte das bedeuten?

»Er bietet sich Ihnen äußerlich genau so dar, wie er aufgefunden wurde. Ich habe mein konservatorisches Werk an ihm längst nicht begonnen. Und wenn ich es genau bedenke – «

(Eller trank das Glas bis zur Hälfte leer)

»– bin ich des ewigen Extrahierens sowieso recht müde. An diesem Höfling ist nicht mehr viel zu holen. Ein Lungenflügel? Vielleicht eine Schrumpfniere?«

Langustier verzog angewidert das Gesicht. Wie war das möglich, dass man einen Menschen so übel zugerichtet fand? Eller hatte ein Einsehen und bedeckte den Kadaver des Herrn von Criewen. Er redete weiter.

»Man wurde seiner gestern in der Früh in einem Dickicht bei Spandau gewahr, an einer ziemlich unsicheren Stelle, wo des Öfteren bereits Raubüberfälle verübt wurden – in der Murellenschlucht.«

Das Wort jagte Langustier einen Schauer über den Rücken. Was waren Murellen? Es klang deutlich gefährlicher als Mirabellen.

»Man fand ihn? Wer war man?«

»Ein Bauer, der zu seinem Acker am Pichelsberg marschierte. Er sah die Schuhschnallen im Unterholz in der Morgensonne leuchten.«

»Stammen die Wunden und Löcher tatsächlich von demjenigen, der ihn ins Jenseits verfrachtete? Das muss ja eine Bestie gewesen sein!«

»Nein, wer immer von Criewens Tod herbeiführte, hat dieses Schlachtfest nicht zu verantworten, oder sagen wir, nur indirekt, indem er den Toten im Wald seinem Schicksal überließ. Die Verheerung geht auf Kosten äußerst ausgehungerter Nutznießer der Tat. Ein weiterer Tag und nichts wäre mehr von ihm übrig geblieben. Bemerkenswert immerhin, dass der Magen zur Gänze vorhanden war.«

»Ein Rudel Wölfe?«, forschte Langustier zaghaft. Eller schüttelte den Kopf.

»Nein. Die lieben das Jagen und Hetzen ihrer Beute. Im Rudel übrigens jagen sie nur im Winter. Den Sommer über finden wir sie einzeln oder paarweise. Ich denke eher an mehrere allesfressende, verwilderte Vertreter von *Canis lupus forma familiaris,* streunende Haushunde. Die Jäger werden dieser verwilderten Mischungen aus allen erdenklichen Hundesorten rein gar nicht mehr Herr.«

Langustier sah im Geiste ein reinrassiges königliches Windspiel vor sich, die Schnauze in einem blutarmen Höfling vergraben. Er spülte die unpassende Vision mit einem tüchtigen Quantum Schnaps hinunter.

»Die Anzeichen sind recht deutlich zu erkennen: fetzige Wundränder, unregelmäßige Riss-Quetschwunden mit charakteristischen Schürfungen und Kratzspuren, ein typischer rissiger Grund sowie bogenförmig in Reihe stehende Hautvertrocknungen, die als Zahnabdrücke eines Hundegebisses gedeutet werden müssen. Sowohl der ramponierte teure

Rock, als auch die ausgedehnten Gewebedefekte am Toten sind eindeutig die Folge des Beutelns, jener für Hunde charakteristischen Fressweise, bei der das Opfer mit den Eck- und Schneidezähnen erfasst und unter heftigen Kopfbewegungen nach allen Seiten geschüttelt wird.«

Langustier hatte angewidert zugehört.

»Ich bewundere immer wieder die Kaltblütigkeit des Mediziners, der ungerührt über den blutigsten Kasus zu referieren vermag.«

Eller lächelte bitter. Langustier blickte in die Notizen, die er sich gemacht hatte, und fragte:

»Sie sprachen von dem Hundefraß als einer postmortalen Erscheinung. War es Ihnen angesichts dieser menschlichen Ruinenlandschaft denn überhaupt gegeben, die Ursache des Exitus' dingfest zu machen?«

Eller schlug kurz das Tuch über der unverletzt gebliebenen Körperhälfte zurück und deutete auf eine Stelle, etwa fünf Zoll neben dem Hauptkrater, der in etwa dort zu lokalisieren war, wo vormals das von Criewensche Herz seinen Sitz gehabt hatte.

»Es ist pures Glück, dass der Befraß sich nicht auf dieser Seite ereignete – einen halben Zoll links neben der rechten Brustwarze findet sich diese eher unscheinbare Wunde. Bei genauerer Betrachtung erweist sie sich als ein Einstich an der Vorderseite des Brustkorbs. Die Weste und Hemdbrust des Herrn zeigen an den fraglichen Stellen ebenfalls Löcher. Ich fand einen Stichkanal von rechts vorne unten nach links hinten oben bis knapp unter das Schulterblatt. Brustweichteilgewebe hatte den Einstich kulissenartig verschlossen, und in der Tiefe lag die vierte Rippe fraktiert. Der Stichkanal verlief durch den vierten Rippenzwischenraum und die rechte Brusthöhle ohne Verletzung der rechten Lunge, trat dann in den Mittelfellraum ein, wobei der Höhenunterschied zwischen der Eintrittsstelle rechts unten und dem Austritt rechts oben drei Zoll betrug. Das Mittelfell war dickschichtig eingeblutet, was auf eine Touchierung und Eröffnung der oberen Hohlvene hindeutet. Das im Wesentlichen wahrscheinlich unverletzte Herz haben die Hunde recht vollständig extrahiert.«

Langustier fragte:

»Der Stichkanal führte von unten nach oben? War der Täter kleiner als das Opfer?«

»Schwer zu sagen, denn das kommt ganz auf beider Position während der Tat an! Gleich groß oder gar größer wäre aber eher unwahrscheinlich, denn sonst wäre der Stich nicht so geführt worden. Der Täter hätte die Waffe wahrscheinlich anders angefasst und der Stich wäre vielleicht tiefer angesetzt worden und der Stichkanal möglicherweise flacher verlaufen.«

Es war faszinierend, wie sich der Ellersche Organismus dem unentwegten Alkoholkonsum angepasst hatte. Nicht das kleinste Anzeichen einer Trunkenheit ließ sich erkennen, während er doch von dem Laien ohnedies nur schwer verständlichen Materien sprach. Klar und deutlich intonierte der Pathologe sein karges Resümee:

»Todesursache: inneres Verbluten nach Bruststich mit Eröffnung der Vena cava superior.«

Langustier hatte sein Notizbüchlein hervorgezogen und schabte mit den letzten Bleiatomen eines abgenagten Stiftes nur ihm persönlich entschlüsselbare Hieroglyphen hinein.

»Exquisit, mein Herr! Musste beim Verbluten nicht auch jede Menge Blut nach außen dringen und den Ort des Geschehens markieren? Welches Werkzeug kommt für diese Tat in Frage? Und schließlich: Wie viel Kraft benötigte der Täter?«

»Zum Ersten: nein! Das Blut blieb vollends in der Brusthöhle. Zum Zweiten: Ich vermute, dass es ein spitzer, aber nicht unbedingt scharfer Gegenstand gewesen ist. Er ist an die vierte Rippe geprallt, welche dadurch brach, wodurch er kordial abrutschte. Da der Thorax nicht gerade, sondern insbesondere das Mittelfell nahezu in der Frontalebene ansteigend durchstochen wurde – wie der Stichkanal zeigt –, dürfte das Werkzeug durch den Rippenkontakt eine deutlich erkennbare Längsverformung davongetragen haben. Wäre es aus Holz gewesen, so wäre es bei seiner gewaltsamen Umlenkung unweigerlich gesplittert. Beim Herausziehen wären zwangsläufig Teile davon hängen oder stecken geblieben. Ich fand aber auch nicht den kleinsten Holzsplitter in der Wunde. Somit würde ich annehmen, dass es ein metallischer, stabförmiger Gegenstand war. Etwa so dick wie mein kleiner Finger, würde ich sagen. Somit zum Dritten: Es war keine unmenschliche Kraft für einen solchen Stoß vonnöten. Jeder Koch hätte es spielend geschafft.«

Langustier schnaufte tief und seufzte.

»Die Hunde fledderten also, das schließe ich aus Ihren Worten, die Leiche dort, wo sie von dem Täter abgelegt worden war. Heißt das, Sie glauben, dass die Tötung anderswo stattgefunden hat?«

Eller zuckte die Achseln.

»Das herauszufinden steht bei Ihnen, Monsieur!«

Langustier fragte weiter:

»Gibt es irgendeine Vermutung, wann von Criewen gestorben ist?«

»Sie kennen mich als einen Mann der exakten Wissenschaften, Monsieur. Ich würde es mir nie verzeihen, Ihnen vage Vermutungen aufzutischen. Da er am Donnerstagmorgen gefunden wurde, bin ich geneigt, der vergleichsweise gering fortgeschrittenen Tiefe des Fraßes und der gerade erst einsetzenden Auflösung nach zu urteilen, als Todesdatum den Dienstag, spätestens die Nacht auf den Mittwoch in Betracht zu ziehen. Am Fundort der Leiche im Hohlweg war es kühl, sonst würde sie schon stärker zersetzt sein. Im Hinblick auf die Zeit Genaueres beschwören zu wollen, wäre vermessen.«

»Ist es nicht erstaunlich, dass die Hunde schon so weit gekommen waren, als der Bauer den Toten fand? Müsste er dazu nicht viel länger gelegen haben?«

»Mitnichten. Es wurde bereits über Fälle von Tierfraß berichtet, bei denen innerhalb von wenigen Stunden weitgehende Skelettierungen zu beobachten waren. Ein einzelner Hund hat an einem ausgewachsenen Herrchen auch keinen ewigen Vorrat. Ist Ihnen der Fall der alten Baronin von Riepenfell bekannt? Sie lebte, durchs Glücksspiel verarmt – oder besser: durch ihr beharrliches Unglück – mit ihrer Dogge in einer kleinen Wohnung am Hackeschen Markt, ging fast nie aus, bekam einmal in der Woche Vorräte gebracht. Man fand sie eine Woche nach ihrem von aller Umwelt unbemerkt erfolgten Hinscheiden als blütenrein genagtes und im ganzen Wohnraum verstreutes Knochengerippe. Dies gebe ich allen Hundebesitzern zu bedenken, die zurückgezogen mit ihren Schützlingen in der Großstadt leben.«

Langustier war froh, dass er keinen Drang zu dieser Art von Tierliebe verspürte. Den König, sollte er jemals in diese missliche Lage kommen, würde man freilich früher finden. Er ohrfeigte sich innerlich bei einem solchen, vom Kornbrand hervorgerufenen Gedanken und betrachtete mit leicht verschleiertem Blick die Restmenge Alkohol in seinem Glas. Eller drängte ihn zurück zur Quelle in die Studierstube, doch Langustier musste erst einen Blick auf die Kleidung des Höflings werfen, deren Taschen freilich nichts von Belang enthielten. Selbst das Schnupftuch wies nichts als das unverdächtige Monogramm seines Besitzers auf.

Langustier folgte nun endlich Eller, der sich umgewendet und ihn beobachtet hatte, bereitwillig wieder in die Oberwelt. Nach dem Gesehenen schien ihm der Genuss eines weiteren Quantums des wasserklaren Beruhigungsmittels nicht verwerflich. In Anbetracht seines unsicheren Ganges, der ihn mehrere Stufen verfehlen ließ, fand er es jedoch sinnvoll, sicherheitshalber einiges zu notieren, denn sein Schädel wähnte sich schon kaum mehr in der Lage, für späteres Erinnern Gewähr zu leisten. Er kratzte mit sterbendem Stift recht fahrig quer über die unschuldigen Blätter seines kleinen Notizbuches.

»Wer von des Königs Polizeioffizieren wurde mit dem Fall betraut?«, fragte er, als er sich vorsichtig inmitten der Präparate auf einen wackeligen Stuhl in Ellers Studienkammer niedergelassen hatte. Eller goss ihm ein und versorgte sich dann ebenfalls.

»Der Polizeipräsident von Becker persönlich. Er hat zwei Assistenten an seiner Seite, die in Paris die Polizeischule besuchten. Sie haben, glaube ich, gute Arbeit bei der Sicherung der spärlichen Spuren geleistet. Sie sollten sie unbedingt befragen.«

»Haben Sie erfahren können, wie und wann von Criewen Richtung Magdeburg reiste?«

»Sie verzeihen, doch das übersteigt die Möglichkeiten und das Interesse eines alten, kranken Pathologen. Ich bin momentan damit beschäftigt, mich auf eine weitaus längere Reise vorzubereiten. Ich weiß nur, dass er einen Zettel im Futter seines Rockes eingenäht hatte. Es war ein sauber herausgetrenntes Blatt aus einer Druckschrift. Die Rückseite war mit Tusche so akkurat geschwärzt, dass schlechterdings nichts darauf lesbar war. Dies wollte ich Ihnen drunten nicht sagen, um Sie nicht an eigenen Entdeckungen zu hindern.«

Er gönnte sich ein Quäntchen Stolz, indem er sich an die Brust tippte.

»Mir ist diese Petitesse ja aufgefallen; den Herren Polizisten nicht!«

Er trank aus und setzte hinzu:

»Freilich habe ich ihn abgegeben.«

Langustier, der bemerkte, wie sehr das Gespräch sein Gegenüber anstrengte, wollte schleunigst sein Notizbuch zuklappen, doch Ellers Stimme hielt ihn davon ab:

»Einen winzigen Blick hineinzuwerfen, konnte ich mir nicht versagen – und eine säuberliche Abschrift anzufertigen. Das Ergebnis nutzte mir freilich nichts, aber Ihnen vielleicht.«

Langustier war voll Bewunderung und Dankbarkeit. Eller reichte ihm den kurzen französischen Text:

> *O welch ein Fürst! Schön wie ich selbst, liebenswürdig, gütig, geistsprühend und voll glühender Liebe. Ich liebte ihn, wie man eben zum erstenmal liebt: abgöttisch und voller Hingabe. Unsere Hochzeit wurde mit unerhörtem Prunk vorbereitet. Feste, Ringelstechen, Opernaufführungen jagten einander, und ganz Italien dichtete mir zu Ehren Sonette, von denen allerdings kein einziges leidlich gut war. Ich war fast auf dem Gipfel meines Glückes, als eine alte Marquise, die ehemalige Mätresse meines Fürsten, ihn zu einer Tasse Schokolade einlud. Kaum 24 Stunden später starb er unter entsetzlichen Krämpfen. Aber das war nur der Anfang.*

Eine höchst reimlose Geschichte war das, fast wie der Auszug aus einem Abenteuerroman.

»Glauben Sie, es ist eine verschlüsselte Botschaft?«

»Die man so in ein Buch gedruckt hat? Mir sagt es nichts, doch ich denke, Sie werden damit fertig.«

Langustier knickte den Bogen und steckte ihn in sein Notizbuch. Er schüttelte sich, um wieder klar zu sehen.

»Verzeihung, aber das muss dieses Gesöff sein. Es macht mich ganz kirre. Monsieur: Sie haben wie immer Hervorragendes geleistet! Ich weiß nicht, was ich künftig ohne Sie machen werde. Ich wünsche Ihnen alles Gute.«

Eller zeigte keinerlei Anzeichen seiner inneren Bewegung, sondern erwiderte mit wehmütigem Lächeln:

»Wir gehen alle denselben Weg. Bloß das Wann, Wo und Wie unterscheidet uns. Das sollte allen Sterblichen eine große Beruhigung sein. Und uns beiden sollte es Rührseligkeiten ersparen!«

Sie fanden keine besseren Worte des Abschieds und stießen ein letztes Mal mit den Gläsern an, bevor sie sich umarmten.

Der Polizeipräfekt von Berlin, Adalbert von Becker, empfing Langustier im Gebäude des Großen Stalles über dem Hauptquartier der Gens d'Armes in seinem riesigen marmorverkleideten Arbeitssaal. Langustier reichte dem etwas grobschlächtig wirkenden Mann mit dem Schmiss auf der rechten Wange, den er bei der Plünderung Berlins durch die Russen vor einem Jahr davongetragen hatte, das königliche Permissschreiben. Berlins Polizeichef blickte kurz darauf, grinste und gab es kommentarlos retour.

»Sind mir bereits per Stafette angekündigt worden! Wollen in meine Ermittlungen im Hahneberg-Murellenschlucht-Fall hineinpfuschen?«

Schon wieder diese Murellen. Langustier schwankte wie eine Pappel im Wind. Zu ungeheuerlich war die Schnapsmenge gewesen, die sich nur langsam in seinem zwar viel erprobten, aber auch in seiner engelsgeduldigen Offenheit gegen alle Spielarten des Hochprozentigen nicht unendlich dehnbaren Organismus verteilte. Mit Gewalt zwang er sich, kühl in der wichtigen Befragung von Beckers fortzufahren, ja sie recht eigentlich erst einmal zu beginnen, wobei er sich an den kaum lesbaren Notizen in seinem Büchlein entlanghangelte. Er brauchte verflixt bald ein neues Schreibutensil.

»Ganz untertänigster Monsieur, äh, Diener, sagen Sie mir bitte schön eines: Welche Route fuhr von Criewens Kutsche?«

Von Becker, der inzwischen Platz genommen hatte und nichts mehr herbeisehnte als den Moment, da der unbequeme, übel riechende Mensch vor ihm die hohe Tür hinter sich schlösse, hob die Augen von dem Papierstapel auf seinem gewaltigen Arbeitstisch. Mit einer Logik, deren Schärfe an Ockhams Rasiermesser heranreichte, erkannte er, wozu auch ein kurzer Blick genügt hätte: Der Herr war betrunken! Von Becker ließ sich herab, ihm trotzdem zu antworten.

»Der Wagen des Vorlesers Ihrer Königlichen Majestät ist am Mittwoch, einen Tag nach Abfahrt des Haupttrosses, von dem Kutscher Duffke durch den Tiergarten über Charlottenburg und Ruhleben nach Spandau chauffiert worden, dann weiter durch Staaken in Richtung Wustermark. Eine halbe Stunde vor Dalgow wurde das Gefährt, in dem von Criewen mit seinem Diener Hessel unterwegs war, in einen Hinterhalt gelockt. Mehrere Gauner drangen auf die Insassen ein. Von Criewen kam dabei zu Tode, während Diener und Chauffeur ihr Heil in der Flucht suchten.«

Langustier fühlte in der Tat, wie sich plötzlich ein Schleier über sein Gehirn legte. Doch er raffte sich zu der zweifellos wichtigen Frage auf:

»Wieso fuhr er erst am Mittwoch? Die Abfahrt Ihrer Majestät, der Königin, erfolgte doch bereits am Dienstag?«

»Erfolgte durchaus, erfolgte durchaus! Von Criewen aber musste, da sein Wagen im letzten Moment wegen eines Schadens unbenutzbar wurde, selbigen erst reparieren lassen. Die Königin fuhr voraus. Sein Kutscher Duffke hat sie am Dienstagmittag zum Wagenbauer Wallraff gebracht.«

»Die Königin?«, fiel Langustier mit einem leichten Nachhall in der Stimme ein.

»Die Kutsche, Monsieur. Darf doch um Contenance ersuchen. Und tags darauf, am Mittwoch, hat selbiger Duffke sie wieder abgeholt – die Kutsche! –, um mit von Criewen und Hessel in direkter Linie Magdeburg anzusteuern. Die Chancen, vor der Königin am Ziel anzukommen, standen nicht schlecht, denn Ihre Königliche Majestät machten eine ausgedehnte Rast auf dem Schloss der Briests in Nennhausen. Der Umweg erklärt sich durch die dort wartende Prinzessin Heinrich, der man gleich am Dienstag früh einen Meldereiter nach Rheinsberg geschickt hatte. Sie hatte die Königin sehnsüchtig erwartet, wie natürlich auch die königliche Eskorte der Garde, denn die Bürger auf dem flachen Land reagierten nicht viel anders als die Städter auf den Treck der hochwohlgeborenen Flüchtlinge. Überall Groll und Feindseligkeit gegen die feige Landflucht.«

Die Notizen verschwammen unter Langustiers wässrigen Augen. Von Becker schnaufte. Er lief Gefahr, vor diesem aufdringlichen, beim König wegen seiner Kochkünste angesehenen Subjekt, welches in alles und jedes seine großformatige Nase stecken musste, ins vergnügliche Plaudern zu geraten!

Der Polizeichef ordnete enerviert seine Papiere und schwieg. Langustier sah die Sache jetzt schon klarer. Dachte er umnebelt.

»Was taten Duffke und dieser Diener, als sie angegriffen wurden? Wie viele Angreifende waren es überhaupt? Was haben sie erzählt?«, setzte er rasch nach. Von Becker verknappte seine Mitteilungen deutlich, um ihn schneller loszuwerden.

»Die Angreifer geruhten uns nichts zu erzählen, sind wir ihrer doch leider bislang nicht habhaft geworden! Es waren vier oder fünf, genauer konnten die Überfallenen es nicht sagen, haben auch keinen erkannt, indes mehrere beschrieben. Aufmachung wie Banditen: wilder Haufen. Versperrten den Weg, zwangen zum Abbiegen. Zerrten Duffke vom Bock, Hessel und von Criewen halb aus der Kutsche. Handgemenge, ein erstickter Schrei. Hielten Hessel den blutigen Degen an die Gurgel und drohten mit kurzem Prozess, wie bei von Criewen. Der Diener war schlauer als sein Herr und holte das gesamte Gold aus der Reisekasse, einem Reisekoffer unter der aufklappbaren Kutschbank. Die Räuber verschwanden mitsamt Geld und Kutsche und dem sterbenden von Criewen. Wollten vorher vielleicht Duffke und Hessel töten, doch die liefen über den Hahneberg davon und kamen erst Stunden später in Spandau in die Feste, wo sie dem Kommandanten berichteten, was vorgefallen war. Wurden in einer Kutsche zum Berliner Stadthaus von Criewens zurückgebracht.«

»Welches wo?«, fragte Langustier, der jetzt Spaß an der Ellipse gefunden hatte.

»Vis à vis Molkenmarkt. Diener Hessel wohnt übrigens nebenan im Krögel. Der Kutscher über der Remise neben von Criewens Haus.«

Langustier schabte eifrig über das Papier seines Notizbuchs.

»Wo fand man die Kutsche? Eller sagte mir bereits, dass der Tote in der so genannten …«

(er entzifferte)

»… Murellenschlucht lag.«

»Die Kutsche fand sich gestern früh am Havelstrand

gegenüber vom Pichelswerder. Haben übrigens eine Botschaft bei dem Toten gefunden. Genauer gesagt verdanken wir diesen Fund der Aufmerksamkeit des Herrn Eller in der Charité. Handelt sich mit einiger Wahrscheinlichkeit um eine chiffrierte Nachricht. Leider konnten wir sie bislang nicht in Klartext umwandeln.«

»Könnten es der oder die Täter auf diese Botschaft abgesehen haben?«, fragte Langustier, im festen Glauben, ein Licht ginge ihm auf. Von Becker wiegte den Kopf, es wurde dann aber doch ein Schütteln:

»Halte das für unwahrscheinlich. Hätten weiß Gott besser danach gesucht! Überfall scheint sonnenklares Ziel der Täter gewesen.«

Langustier erwartete Helle, sah aber stattdessen nur Nebelfetzen. Er wollte den Polizeipräsidenten, der immer nervöser an seinen Papieren herumzupfte, wirklich nicht länger aufhalten. Irgendwie konnte er sich des Eindrucks nicht erwehren, dass dieser Herr ihn loszuwerden trachtete?! Formvollendet gedachte er sich deshalb nun zurückzuziehen und setzte im Rückwärtsschreiten mit dem Dreispitz in der Rechten zu einer kunstvollen Verbeugung an, seine momentane Manövrierfähigkeit stark überschätzend. Eine heftige Schwindelattacke nötigte ihn zu einem Ausfallschritt. Er fasste nach einem Halt und erwischte eines der Fenstergehänge, das er mit lautem Ratschen an sich riss, freilich ohne dass dies seinen Sturz hindern konnte. Die losgerissene Vorhangstange schoss wie ein Speer aus großer Höhe herab und verfehlte den Sitz des perplexen Polizeichefs nur knapp. Durch das geradlinige Auftreffen auf den harten roten Granit des Bodens verbog sie sich, eine sichtbare hässliche Marke im Gestein hinterlassend, bevor sie scheppernd in die Waagrechte kam. Langustier erhob sich mit einem Ächzen, befreite sich mühsam von dem Vorhang, der für einen Augenblick wie eine Soutane auf seinen Schultern geruht hatte, klopfte sich den Staub vom Rock und sagte zu seinem schreckensstarren Gegenüber:

»Pardon, Monsieur. Es ist mir nur gerade etwas Wichtiges eingefallen!«

Langustier gab es auf, mit seinem Bleistiftstummel weiter schreiben zu wollen, und fragte daher zum Abschied:

»Monsieur, untertänigster Diener Sr. Königlichen Majestät, läge es in Ihrer Macht, mir freundlicherweise mit einem frischen Crayon auszuhelfen?«

Schnaufend, in der Hoffnung, sich den unerwünschten Besucher umso sicherer vom Halse zu schaffen, schenkte von Becker Langustier einen neuen Bleistift: königsblau, mit einer winzigen goldenen Krone als Aufdruck. Sollte keiner sagen, der Berliner Polizeipräsident hegte Ressentiments gegen einen alkoholisierten Privatschnüffler von allerhöchsten Gnaden, mochte ihm dieser auch durch überflüssige Fragen wertvolle Stunden stehlen und das behördliche Ambiente ramponieren! Der Beschenkte bedankte sich überschwänglich und schwankte selig von dannen.

Langustier schwamm aus dem Großen Stall auf die Linden hinaus. Entgegenkommende bogen sich unter seinem Hauch. Schwerfällig stickte er einen unregelmäßigen Zickzackschritt in den hauptstädtischen Staub. In Wirklichkeit war ihm nur eines eingefallen: Es so schnell wie möglich dem Horizont gleichzutun und sich hinzulegen. Was er im vierten Obergeschoss in einer gewissen Wohnung auch kurz darauf tat. Gurgelnd entschlief er unter einer dicken Decke, die würzige Spätsommerluft, die durchs weit aufgerissene Fenster auf ihn einströmte, wie gasförmigen Branntwein einschnorchelnd.

Sonnabend, der 18. August 1759

Den Vorkehrungen seiner Tochter hatte Langustier es zu danken, dass ihm der Kopf am nächsten Morgen fast wie üblich auf den Schultern saß. Vornehme sowie sich vornehm dünkende Pärchen promenierten vor ihm her über das unvollendete Forum mit dem stattlichen Opernhaus. Über die Neue-Tor-Brücke ging er an den Wachen vorbei bis vor zur Hundebrücke. Am Wartenslebenschen Palais bog er rechts ab in die Niederlagstraße und erreichte schon nach einigen hundert Schritten den alten Packhof. Das Areal, normalerweise zum Einziehen der Akzise- und Steuerabgaben von anlangenden Schiffern, Kutschreisenden und Kaufleuten gedacht, war zu dieser Stunde nicht so überfüllt wie an einem Dienstag oder Freitag, wenn Markt war. Der knarrende Holzkran hievte gerade eine Ladung Tuch von einem Kahn. Die Ballen landeten auf einer großen Waage, neben der sich ein amtlicher Akziseschreiber aufgebaut hatte. Der Kapitän stand sorgenvoll dabei und starrte in den aufgelockerten Himmel. Ab und an schoss er einen hasserfüllten Blick auf den Schreiber ab.

An den leuchtenden roten Uniformröcken mit den dunkelblauen Aufschlägen und Unterkamisols erkannte Langustier die beiden Unteroffiziere des Kürassier-Regiments K 10 Gens d'Armes, Beckers Gehilfen, die einem kleinen, gelb livrierten Herrn mit blonder Allonge-Perücke und weißen Handschuhen und einem vier- bis fünfschrötigen Riesen zur Seite standen – ganz und gar nicht tatkräftig, wie es Langustier vorkam. Hinter der Gesellschaft prangte smaragdgrün und gülden ein Riesentrumm von Kutsche.

Langustier verneigte sich knapp gegen die beiden Amtspersonen. Kaum war er des Morgens aus tiefstem Traume an den reich gedeckten Frühstückstisch emporgestiegen, um sich an Sardellen, eingelegten Gurken und dem stärksten Kaffee zu laben, den das Küchenmädchen sich breitschlagen ließ zu brauen, war ihm ein Billet der beiden von Beckerschen Polizeioffiziere zugestellt worden, in dem diese ihn freundlich ersuchten, sie gegen zehn Uhr auf dem Packhof zu treffen. Er hatte dem einer Antwort harrenden Boten seine Einwilligung bedeutet und war gespannt, was ihn nun hier erwartete.

Die beiden Polizisten verneigten sich, und einer sagte:

»Es ist uns eine große Ehre, Monsieur! Wer hätte gedacht, dass wir einmal persönlich dem heimlichen Vorbild unserer kleinen Polizeitruppe gegenüberstehen würden?«

Es war für Langustier eine höchst ungewohnte Situation, sich beim amtlichen Nachwuchs derart hochgeschätzt zu finden. Überhaupt hatte seine Popularität nach der letzten Affäre, in der er tätig geworden war, um einiges zugenommen. Seine seidene erdbeerfarbene Brust spannte sich, während er sich bemühte, möglichst aufgeräumt über diese Ehrbezeugung hinwegzugehen.

»Meine Herren, Sie schmeicheln mir über Gebühr. Ich hoffe nicht, dass Sie sich nun, da Sie mich hier am Werke sehen, glauben zurücklehnen und aus den Ermittlungen heraushalten zu können. Im Augenblick bin ich wahrscheinlich ahnungsloser in dieser Angelegenheit als Sie.«

Von Blomberg, ein schmaler Bursche mit einigem Schalk

im Gesicht, kramte in seiner Patronentasche, in der sich auch ein Fach für Dokumente befand, und reichte Langustier eine Aufstellung.

»Das wird Sie interessieren, Monsieur. Ich glaube kaum, dass unser Chef sich Ihnen gegenüber besonders leutselig gezeigt hat.«

»Nun ja, man kennt sich und versteht sich, auch ohne viele Worte zu machen«, wich Langustier aus. Eigentlich, musste er sich eingestehen, hatte ihm von Becker eine ganze Menge verraten. Die Schwierigkeit bestand nur darin, das eigene Gekritzel, welches etliche Seiten seines kleinen Notizbuches wie ein Spinnengewebe überzog, irgendwelchen menschlichen Sprachen oder gar speziellen Bedeutungen von Worten zuzuordnen. Er hatte sich jedoch während des knappen Frühstücks, zu dem ihn Marie förmlich aus seiner Schlafkoje an den Tisch gezerrt hatte, dunkel einer kruden Überfall-mit-Mord-im-Wald-Geschichte entsonnen und war sich ziemlich sicher, dass die beiden nichtamtlichen Herrn, die etwas seitlich standen, Monsieur von Criewens Diener Hessel und seinen Kutscher Duffke vorstellten. Auch gegen diese verneigte er sich nun gemessen, um sein Augenmerk für den Moment auf den Inhalt seiner Hände zu konzentrieren und die sich merklich intensivierenden Klopfzeichen hinter seiner Stirn zu ignorieren.

Was er in Händen hielt, war eine kurze Liste mit den Namen von Orten und Toren sowie Uhrzeiten. Von Blomberg erläuterte, wozu er Langustier etwas beiseitenahm und seine Stimme dämpfte:

»Wir haben die Torwächter am Brandenburger Tor in Berlin und an den beiden in Frage kommenden Spandauer Toren nach den Kutschen gefragt, die sie am Mittwoch visitierten, und die Zeiten zusammengestellt, zu denen die nicht gerade unauffällige Kutsche beobachtet wurde. Visitiert hat sie leider niemand gründlich; genauso wenig konnte einer der Beamten angeben, wer auf dem Kutschbock saß und wie viele Personen darinnen. Der Wagen wurde registriert bei der Ausfahrt am Brandenburger Tor um 9.15 Uhr und bei der ersten Passage durch Spandau gegen 11.15 und 11.30 Uhr. Sodann erneut gegen 12.30 und 12.45 Uhr. Es scheint, als ob die Torwächter nach dem Tumult des Vortages, an dem die Straße ein einziger fahrender Marstall war, das Interesse an Kutschen verloren hatten. Sie gingen ihr Geschäft nicht sehr gründlich an. Die Berliner Kontrolleure haben nach ausgehender Konterbande in den großen Koffern gesucht; auf die Idee, dass unter dem Bock ein Versteck sein könnte, kamen sie nicht. Kein Wunder, dass der König zu wenig Steuern kassiert für seinen Krieg.«

Leiser fuhr er fort:

»Von Criewen hat die Herren an den Toren ohnehin stets mit Geschenken bedacht, damit sie seine Gefährte – und vor allem: seine *Gefährtinnen* – nicht so genau in Augenschein nahmen. Manchmal allerdings sei auch der Diener allein in Begleitung wechselnder adretter Damen unterwegs gewesen. Das hat mir einer der Herren, nachdem wir ihn gehörig in die Mangel nahmen, gestanden. Er hat sich am Mittwoch an diese Absprache gehalten und wirklich nichts sehen wollen.«

Langustier war ehrlich amüsiert: Der Vorleser der Königin als Hahn im Korb! Er klopfte anerkennend gegen das Papier.

»Respekt! Das nenne ich saubere Arbeit.«

Er wollte von Blomberg die Aufstellung zurückgeben, doch dieser wehrte ab, da es eine für ihr Vorbild bestimmte Abschrift war.

»Monsieur Hessel?«

Langustier blickte dem gelb livrierten Herrn aufmerksam

in die Augen, was durch ihre fast gleiche Größe erleichtert wurde. Von Criewens ehemaliger Diener war so groß wie er selbst, schlank und ausgesprochen gut aussehend. Sein Auge war lebhaft und nicht ohne Schalk. Sicher liefen ihm die Weibsleute dutzendweise nach. Da würde wohl auch die Tatsache wenig hinderlich sein, dass die beiden Lichter bzw. Augen etwas eng beieinander standen. Hessels Stimme klang unerwartet tief und zeugte von einem selbstbewussten, aber auch etwas melancholischen Sprecher.

»Untertäniger Diener, mein Herr. Der Himmel schickt Sie, dass endlich Bewegung in die Angelegenheit kommt.«

Die beiden Offiziere blickten etwas betreten zu Boden, weil ihnen diese Bemerkung einige innere Pein verursachte.

»O nein, nicht ganz, aber fast«, entgegnete Langustier. »Seine irdische Königliche Majestät haben mich gesandt! Man wünscht meine bescheidene Meinung über den Tod Ihres Herrn zu vernehmen, und da trifft es sich gut, dass ich Sie, Monsieur Hessel, und Sie, Monsieur Duffke, die so ungleich mehr hierüber wissen, befragen kann. Ich werde, was Sie mir auch sagen, stante pede an den König weiterleiten, dem dieser betrübliche Todesfall persönlich nahe geht. Vielleicht verraten Sie mir ein paar unschuldige Kleinigkeiten über Ihren Herrn und seinen letzten Tag? Vielleicht gestattet man uns gar, in der Kutsche die Ausfahrt nachzustellen und den Ort der Untat und ihrer Folgen in Augenschein zu nehmen?«

Hessel und Duffke sahen sich, wie es ihm schien, nicht gerade begeistert an und blickten dann auf die beiden Polizeioffiziere, von denen sie die einzig bindenden Entscheidungen erwarteten.

Duffke wandte immerhin ein:

»Halten zu Gnaden, Missjö, der olle Kasten ist reichlich feucht – stand etliche Stunden bis zum Wagenschlag im Wasser. Wird vielleicht nicht arg bequem sein!«

Doch Langustier winkte ab:

»Das werden wir aushalten! Nicht wahr, Monsieur Hessel?«

Der nickte vorsichtig.

»Eine glänzende Idee«, meinte der bisher schweigsame Polizeioffizier von Oertzen. Er zwinkerte seinem Kollegen verschwörerisch zu und ergänzte: »Ein bisschen frische Landluft wird uns gut tun! Wir kommen so selten heraus.«

Der Kutscher holte die Pferde aus dem Packhof-Stall. Unterdessen führte Hessel das Versteck unter dem Kutschbock vor. Mit der Geschicklichkeit eines Kammerdieners betätigte er einen kleinen, seitlich des Sitzes angebrachten Hebel, woraufhin sich die gesamte Sitzbank nach vorne klappen ließ und ein Hohlraum zum Vorschein kam.

»Hierin war von Criewens Geldkatze verborgen.«

Langustier verfolgte gespannt die Öffnung des kompakten kleinen Kutschenkoffers, der verloren in diesem Kofferraum stand. Wie alle Vertreter seiner Art bestand er aus einem Geflecht aus Weidenruten, über das eine mit wasserabweisendem Teer bestrichene Leinwand gespannt war. Das Schloss war aufgebrochen, und beim Zurückklappen des gewölbten Deckels kam nichts außer der Innenbespannung aus gestreifter, hell- und dunkelroter Seide zum Vorschein.

»Wie viel Geld war darin?«, fragte Langustier.

»Zehn Rollen Louisdor zu je 50 Stück, im Wert also 1500 Taler. Es war seine Notreserve, die er auf Reisen mit sich führte.«

Langustier machte große Augen. Das war ein hübsch erkleckliches und schwergewichtiges Sümmchen. So viel verdiente er in anderthalb Jahren. Die Polizisten nickten und lächelten stolz. Kein leichter Fall das, wie von Becker gesagt haben würde. Dieses unwesentliche Detail hatte ihm der Polizeipräfekt verschwiegen.

»Was war oder ist denn da drin?«, fragte Langustier und deutete auf ein ebenfalls rotseidenes und nur äußerst schwer vom Untergrund zu unterscheidendes kubisches Behältnis.

»Ich habe die Bücher meines Herrn darin untergebracht, denn er schien mir der einzige wirklich wassergeschützte Platz in der ganzen Kutsche zu sein. Sein Tagebuch steckte darin. Sonst war hier manchmal der Reiseproviant verstaut.«

Langustier spitzte die Ohren.

»Sein Tagebuch? Wo ist es jetzt?«

Von Oertzen hatte mit dieser Bitte gerechnet. Er zog das kleinformatige rote Lederbändchen aus einer Uniformtasche und reichte es Langustier. Von Criewens Tagebuch hatte den Geruch Braunschweigischer Wurst angenommen, was ihn die eng beschriebenen Seiten doppelt interessiert umblättern ließ. Doch es enthielt offensichtlich nur amouröse Geschichten. Er würde mit der Lektüre noch ein, zwei Tage warten können, ohne sich etwas zu vergeben.

»Haben Sie etwas dagegen, meine Herren«, fragte Langustier, »wenn ich mir dies einmal ausleihe?«

Es wurde ihm ebenso zuvorkommend gestattet wie die Entnahme von Voltaires *Candide* aus der an ihrem Ort verbliebenen Kutschenbibliothek – jener Lektüre, zu der er seit Monaten nicht gekommen war. Das Buch war bereits im Januar erschienen und kein Tag verstrichen, dass der König sich nicht in Schwärmereien darüber ergangen hätte.

Langustier erkundigte sich nach Blutspuren in der Kutsche, doch hatten sich keine gefunden.

»Monsieur Langustier?«

Langsam wurde ihm seine Bekanntheit unheimlich: In diesem Dorfe Berlin gab es offenbar niemanden mehr, der nicht seinen Namen wusste. Die Frage, ob dies mehr Fluch oder mehr Segen wäre, beschäftigte ihn jedoch nur Bruchteile eines Augenblicks, denn die Dame in Grün, welche da vor ihm stand, nahm ihn gefangen. Ihre Worte troffen wie heißes Wachs in Langustiers Ohren und machten sie für alles rundherum ertauben. Schokoladenbraune Locken umflorten ein engelsgleiches Antlitz mit den klaren Seen zweier blauer Augen darin, in denen sich das Licht der Morgensonne spiegelte.

»Es ist ein wohl gar artiger Zufall, dass ich Sie hier treffe, Monsieur! Ach, ich möchte fast sagen, dass Sie meine Rettung sind, wenngleich dies für Sie vielleicht allzu pathetisch klingen mag.«

»Ihre Rettung sein zu dürfen, Madame? Ich könnte mir nichts Schöneres vorstellen!«

Langustiers Augen wiesen jenen Grad von Verschleierung auf, den zuletzt Ellers Zaubertrank hervorgerufen hatte. Ihre Anrede war ihm wie Schnaps ins Blut geschossen. »Madame, dies ist Monsieur Hessel, der Diener des Herrn von Criewen! Monsieur, dies ist Madame ... Madame ...«

»Demoiselle Lafontaine! Monsieur Hessel kenne ich freilich, denn ich arbeite bei Madame Huber, der bayerischen Leibköchin Ihrer Majestät. Ich koche für die Königin!«

Langustier verbeugte sich. Sein Herz klopfte ihm bis zum Hals.

»Seien Sie versichert, Mademoiselle, dass ich die Trennung der Staaten und Küchen an unserem gespaltenen Königshof nie leb- und ernsthafter bedauert habe als in diesem Augenblick!«

Eine flüchtige Röte huschte über ihr Gesicht.

»Ich weiß kaum, wie ich beginnen soll – vielleicht am besten, indem ich den Zufall preise, der uns hier zusammengeführt hat! Denn ich glaube fast, ich hätte nicht den Mut gehabt, Sie aufzusuchen!«

Sie zückte den Fächer, der an ihrem Handgelenk hing, um ihre wiederkehrende Röte zu verdecken.

»Das Anliegen ist im Grunde nicht meines, und ist es doch.«

Langustier lächelte und konnte das Aufflammen einer gelinden, punktförmigen Röte auf Wangen und an Ohren nicht vermeiden. Und er hatte keinerlei Fächer zur Hand.

»Bitte erklären Sie sich bestimmter, Mademoiselle!«

Sie fasste sich und berichtete:

»Bei unserem überstürzten Aufbruch – ich meine den der Königin und ihres Hofstaates – hatten wir Köchinnen uns gerade mehr schlecht als recht der Notwendigkeit entledigt, für eine Unmenge von eiligen Gästen eine Art verlängertes Frühstück zu bereiten.«

Langustier seufzte, denn solche Aufgaben kannte er.

»In der Eile kam Madame Huber ein liebwerter Ring abhanden, was in unserer momentanen Lage ein besonders schmerzlicher Umstand ist. Deshalb meinte ich, dass es nicht mein Anliegen – und doch meines ist: Madame Huber bat mich während der Arbeit, sie an diesen Ring zu erinnern, den sie ablegte, weil er zu locker saß und sie ihn ungern beim Kochen verloren hätte. Sie legte ihn oben auf den Herdsims. Doch als wir gerade fertig waren, ging alles so schrecklich schnell: Es kam der Befehl zur Abfahrt. Im Handumdrehen waren wir mit dem Aufräumen fertig und rannten um unser Leben und unsere Koffer. Ich muss zu unserer Schande gestehen, dass wir beim Verlassen unserer Arbeitsstätte nicht so viel Sorgfalt an den Tag legten wie gewöhnlich. Kurz vor zwölf kam schließlich ein Haufen Gepäck hinein. Es muss die Bagage von Criewens gewesen sein, dessen Kutsche kaputt war. Wir sahen die Bedienten tüchtig schleppen, als wir abfuhren.«

Sie schluckte.

»Ich vergaß jedenfalls den Ring, und Madame Huber tat es ebenfalls. Man konnte nicht mehr in die Bratenküche. So blieb das gute Stück zurück.«

Langustier stellte sich die Hektik in den beiden Schlosshöfen vor, wo vielleicht hundert, vielleicht zweihundert Kutschen von Höflingen gestürmt wurden: Perücken, die herabfielen, Rocksäume, die beim Einsteigen zerrissen, eine Wolke aus Mehlpuder, herrenlose Koffer, die sich türmten, sowie Lakaien, die wahllos Behältnisse auf bereitgestellte Planwagen schichteten.

Sophie Lafontaines Worte fügten sich nahtlos diesem Bilde ein und ergänzten es bis zum Höhepunkt:

»Draußen war die Hölle los. In den Höfen bei den Kutschen herrschte Aufruhr. Zum Glück hatte Madame Huber eine Kutsche ergattert, die sie gegen zudringliche Konkurrentinnen mit ihrem Sonnenschirm verteidigte. Sie können sich kaum denken, wozu diese Hyänen in Samt und Seide fähig sind. Die Berliner standen in Pulks vor den Portalen und empfingen die Ausfahrenden mit Schimpf- und Spottworten. Mehrere Subjekte schlugen mit Knüppeln auf die Kutschkästen! Unglücklicherweise erhielt auch Ihre Königliche Majestät einen bitteren Abschied, indem man den Wagen, in dem sie fuhr, keineswegs unbehelligt ließ, sondern mit herben Flüchen bedachte.«

Langustier wunderte sich. Da fuhr nun eine zuvor in höchster Hast geflohene Köchin wieder zurück ins bedrohte Berlin, um den vergessenen Ring ihrer Chefin zu bergen. Ein einfacher Brief an ihn oder den Kastellan hätte dazu doch ausgereicht! Hatte die Huberin vielleicht Angst, man möchte Nachsuche halten, ihren Ring finden, ihn zu Geld machen und anschließend behaupten, er sei nicht zu finden gewesen? Was sollte das überhaupt für ein Ring sein? Madame Hubers letzter Verehrer war vor fast fünfzehn Jahren an einem Pflaumenkern erstickt – schrumpften die Finger im Alter so stark? Überhaupt, die Huberin! Eine intrigante, widerborstige bajuwarische Sudlerin hatte die Königinmutter sie einmal genannt, als in einer Schönhausener Sülze ein Hosenknopf aufgetaucht war.

Letztendlich aber war ihm das alles gleich; ja, er dankte der Bayerin, dem Verehrer, der ihr diesen Ring geschenkt, ach, er dankte allen Beteiligten, die dieses Zusammentreffen möglich gemacht hatten!

»Hatten Sie keine Furcht, Mademoiselle, Sie könnten den Russen oder den Österreichern in die Arme laufen, wenn Sie hierher zurückkehrten?«

»Nicht im Mindesten. Es wurde ja bereits nach Nennhausen hin berichtet, wo wir pausierten, dass keine akute Gefahr droht, ja, dass es eigentlich eine Fehlmeldung war, die uns zum Aufbruch verleitet hatte.«

Langustier wog den Kopf. Gewiss, vielleicht, wer wusste das schon?

»Auch wenn die Königin nichts hat verlauten lassen, so fürchten wir doch, dass es ihr auf die Dauer angesichts der hohen Magdeburger Kosten nicht möglich sein wird, uns alle weiterzubeschäftigen. Zwar sind sämtliche Kassen aus dem Schloss nach Magdeburg mit überführt worden und schlummern jetzt dort in der Feste. Doch uns Köchinnen braucht man dort gar nicht. Es gibt kaum Empfänge, keine Galadiners und keinerlei Bankette. Wozu uns also weiter bezahlen? Die Stadt wimmelt nur so vor kochenden Muhmen und honetten Bürgerstöchtern. Ihre Königliche Majestät verbringt die wenigste Zeit in der Domdechanei, sondern wird in der Stadt herumgereicht, dass es nicht mehr feierlich ist.«

Magdeburg musste schön sein, dachte Langustier verzaubert. Eine endlose Liste von Freitischen für die Königin und keine Arbeit für die Hofköchinnen. Ach, die Damen waren zu beneiden! Und diese hier ganz besonders. Wer würde ihr die Köchin ansehen? Lange Spitzenhandschuhe bis über den zierlichen Ellenbogen, ein gebauschtes grünes Seidenkleid mit einer das Dekolleté verhüllenden Respektueuse und ein Reifrock, der sie zu einer im Moment erstarrten Springbrunnenfontäne werden ließ. Ihr roter Rosenmund intonierte:

»Nun ja, wir harren gerade so eben aus. Aber es wäre mir lieb, wenn Sie mich in der Küche einmal Nachsuche nach diesem Ring halten ließen, Monsieur! Madame Huber versprach mir, durch seinen Verkauf genügend Geld zu erlösen, um uns eine Weile über das Ausbleiben des Lohnes hinwegzuhelfen. Deshalb entschloss ich mich, ihn für sie zu holen. Doch nun behauptet der Kastellan Hütter, dass allein Sie den Schlüssel zur Küche hätten, und will mir keinen Zutritt verschaffen.«

Generös ihr Geschmeide für die Untergebenen zu verkaufen, sah der als knauserig verschrienen Huberin gar nicht ähnlich. Die arme Mademoiselle schien einer schnöden Lüge aufgesessen zu sein. Für einen Augenblick überlegte Langustier, ob er ihr einfach den Schlüssel überlassen sollte, doch dann entschied er sich dagegen. Nicht, dass er ihr misstraut und das Verschwinden eines Topfes oder einer Kasserolle befürchtet hätte – er wollte sich auf gar keinen Fall um die Fortsetzung des Vergnügens ihrer Gesellschaft bringen.

»Ich bin untröstlich, dass ich mich nicht umgehend mit Ihnen auf die Suche begeben kann. Doch seien Sie versichert, dass es morgen früh möglich sein wird. Solange Sie hier sind, sollen Sie nicht darben, sondern mein Gast sein.«

Untröstlich, das war er wirklich, so wie sie tatsächlich verzweifelt war. Am liebsten hätte er sich gleich mit ihr in die Küche aufgemacht. Aber die Ernsthaftigkeit seiner Absicht, dem König möglichst bald mit Erkenntnissen im Falle von Criewens aufzuwarten, verbot ihm jede nicht sachdienliche Aktivität.

»Dürfte ich Sie morgen zum Frühstück erwarten, sagen wir gegen acht Uhr, bei meiner Tochter, der Gräfin von Beeren, über dem Delikatessenladen in der Rossstraße, vierter Stock? Es wäre mir eine große Freude! Und anschließend können wir uns umso hellsichtiger in die Küchen-Höhle begeben, um den Ring der Madame Huber wiederzufinden.«

Sophie Lafontaines Augen leuchteten auf.

»Darf ich mich auf Ihre Gesellschaft freuen?«

Ihre Brust hob und senkte sich, und sie raffte ihre Robe, als sie ihm zur Antwort ein »Mit Freuden, Monsieur!« zuhauchte. Es war ihm, als blähten sich die Segel der großen Schaluppe seines Glückes, als sie ihre meerblauen Augen im Abschied niederschlug. Für den Augenblick glaubte er, es wäre der Lufthauch, den ihre Wimpern verursacht hätten, der ihn so erfrischend traf, bis ihm aufging, dass es freilich nur ihr in Tätigkeit befindlicher Fächer gewesen sein konnte, der den Wirbel verursacht hatte.

Das Rauschen ihrer Glocke aus Röcken, die sich in sanfter Bewegung über den öden Platz entfernten, hypnotisierte ihn. Erst als Hessel sich durch ein Hüsteln in Erinnerung brachte, konnte Langustier seinen Blick von ihr lösen.

Duffke spannte an, und flugs wie der Wind ging es ab, quer durch die Stadt, durchs Brandenburger Tor hinaus, durch den Tiergarten, auf Charlottenburg und Spandau zu. Von Blomberg und von Oertzen ritten neben der Kutsche her, in der Hessel neben Langustier Platz genommen hatte. Die Feuchtigkeit am Boden störte sie nicht. Nur ließen sie zur besseren Durchlüftung die Fenster herabgeschoben.

»Wo waren Sie während des Abschiedsessens der Königin?«, fragte Langustier den etwas geistesabwesend dreinblickenden Diener. »Und – bei der Gelegenheit: Warum war die Königin im Stadtschloss und nicht in Schönhausen?«

»Man hatte dieses Mal in weiser Voraussicht alle Exilwilligen an einem Ort zusammengerufen. Dazu ist das Schönhauser Schloss zu klein. Da mich nun Herr von Criewen gebeten hatte, möglichst früh reisefertig zu sein, sein Gepäck parat zu halten sowie auch auf das Beladen seiner Kutsche Acht zu geben, war ich unter denen, die mit Sack und Pack und Räderwerk im großen Schlosshof die Abfahrt vorbereiteten.«

»Wann geschah der Unfall, der von Criewens Kutsche lahmlegte? Und wie?«, fragte Langustier.

»Die Glocken der Domkirche schallten herüber, daher weiß ich es genau: Es war elf Uhr auf den Punkt, als ich meinen Herrn verärgert abziehen sah. Kurz zuvor hatte sich der Vorfall mit den Kisten ereignet. Er ging in den Alabastersaal, wo man sich gerade zu Tisch setzte, da aufgetragen wurde. Beim Deponieren des Gepäckes vor der Schlossküche sah ich die Köchinnen der Königin geschäftig hin und her springen. Es herrschte ein derartiges Gewirbel auf dem großen Schlosshof, dass ich ihn erst wieder traf, als alle Gefährte schon auf und davon waren. Ich konnte nicht nach ihm suchen und musste somit eigenmächtige Entscheidungen treffen, denn Duffke und ich hatten alle Hände voll zu tun, das Gepäck wieder abzunehmen und zwischenzeitlich im Durchgang bei der Gigantentreppe vor der Schlossküche zu lagern. Wir hatten die ramponierte Kutsche vorsichtig direkt davor abgestellt.«

»Wie kam es zu der Panne?«

»Sicher ist Ihnen bekannt, dass der große Gelehrte und Präsident der Akademie, Monsieur de Maupertuis, zwei Tage nach der Einnahme Münsters durch die Franzosen, am 27. Juli, in Basel gestorben ist. Da Madame de Maupertuis die in Berlin befindlichen naturkundlichen Kollektionen und wissenschaftlich wertvollen Tierpräparate nicht mehr um sich haben wollte und keine Mittel für ihren Transport nach Basel besaß, beauftragte sie den Schweizer Repräsentanten, selbige der Akademie zu überlassen, sofern sie nicht bei einer vorausgehenden Versteigerung Liebhaber fänden. Der Großteil wurde daraufhin verauktioniert, und Frau von Quappendorff, die eine Vorliebe für polierte Gesteine entwickelt hatte, erwarb fast die gesamte Marmor-Abteilung für ihr privates Vitrinen- oder Sammlungszimmer. Die drei großen, ungeheuer schweren Kisten befanden sich im Spenerschen Naturalienkabinett im zweiten Obergeschoss des Schlosses, wo die Auktion vor einer Woche stattgehabt hatte. Da Frau von Quappendorff der Ansicht war, diese Raritäten dürften unter keinen Umständen den Russen in die Hände fallen, mussten die Steinkästen unbedingt mitgeführt werden. Doch auf ihrer schmalen Kutsche war kein Platz mehr. Auch wäre sie wohl unter der Last zerbrochen. Mein Herr, der mit Frau von Quappendorff seit Jahren eine Liaison unterhielt, entbot sich, ganz Kavalier, die Last auf seine Kutsche zu nehmen. Nun hatten der Diener und zwei Heiducken der Frau von Quappendorff eben die dritte Kiste auf das Dach gewuchtet – eine Notwendigkeit, da hintenauf kein Platz mehr und kein Gepäckwagen aufzutreiben war –, wo sie vertäut werden sollten, als eines der Vorspannpferde einen Satz tat und die drei Behälter alle zugleich auf die linke Seite rutschten. Da sie schon locker vertäut waren, rutschte die dritte Kiste über den Rand des Daches hinaus und riss den Kutschkörper heftig nach links. Die Räder auf der rechten Seite hoben sich knirschend. Während die Pferde von einigen hinzugesprungenen Helfern mühsam festgehalten wurden, versuchten wir mit aller Gewalt, uns dem Gewicht entgegenzustemmen. Wir stellten uns auf die Trittbretter und stiegen seitlich auf die Deichsel: Daraufhin ist diese mit lautem Krachen gebrochen. Wir konnten von Glück sagen, dass dies geschah und wir herunterfielen. Wäre nicht auf der anderen Seite die Marmorkiste zu Boden gepoltert, nachdem sie alle Stricke zerrissen hatte, hätte uns der umfallende Kutschkörper unweigerlich wie Spielzeugsoldaten über den Hof geschleudert.«

Hessel schauderte noch jetzt angesichts dieser Gefahr.

»Duffke lief rasch, den Wagner Wallraff zu holen, damit dieser die Reparatur an Ort und Stelle im Schlosshof vornähme. Vorher hatte er die nervösen Pferde abgeschirrt und geholfen, das lädierte Fahrzeug vor das Schlüterportal zu ziehen. Wir hatten alles Gepäck in die Küche getragen bis auf eine Kiste mit Marmor, die zu von Criewens Palast gebracht werden sollte, als Baumaterial angeblich. Sie können sich das Durcheinander nicht vorstellen, Monsieur.«

O doch! Langustier nickte und sah für einen Moment zur dünnen, verzerrenden Scheibe des Kutschfensters hinaus, wo gerade die blassgelben Mauern Charlottenburgs vorüberzuckelten. Was für ein Mann war von Criewen gewesen? Er kannte ihn nur von ein, zwei Festempfängen in Schönhausen, bei denen Köche des Königs ausgeholfen hatten. Wenn er es genau bedachte, wusste er kaum mehr, als dass er ein Vertrauter der Königin gewesen war. Und der »Weiberhof«, wie der König die Kreise seiner Ehefrau zu nennen pflegte, bildete für Höflinge des Königs ein selten aufgeschlagenes Buch. Was hatte von Blomberg angedeutet – von Criewen, der Kammerherr und Vorleser am Hof der Königin, sei ein Weiberheld gewesen? Das klang fast so, als ob da ein Bock zum Gärtner gemacht worden war.

»Beschreiben Sie mir Ihren Herrn!«, forderte Langustier Hessel auf, dessen Miene sich erhellte.

»Es ist mir eine große Ehre, der erste Biograph meines

Wohltäters und Gönners zu sein, Monsieur, denn als nichts Geringeres betrachte ich ihn! Er holte mich von der Straße und ermöglichte mir wieder ein Leben, das ich zwar bereits kennen gelernt, doch durch Unglück scheinbar unwiederbringlich verloren hatte. Auch stand ich in meinen ersten Diensten, bei Sr. Exzellenz dem verblichenen schwedischen Kriegsminister Graf von Sönderbørg und bei der verwitweten Frau Baronin von Värnshagen, jeweils nur in sehr subalterner Bedientenposition und war viel zu jung, um für wahre Lebensart empfänglich zu sein. Erst durch von Criewen erhielt ich die nötigen Umgangsformen, um mich als Diener in der Welt der Vornehmen und Mächtigen mit steigender Sicherheit zu bewegen.«

Hessel war ins Schwärmen geraten, und die nicht eben ungelenken Sätze legten den Schluss nahe, dass die von Criewensche Schule bei ihm Früchte getragen hatte.

»Von Criewen kam auf dem Gut Wassersuppe in der Nähe von Rathenow zur Welt. Selbiges war seinem Vater vom Soldatenkönig geschenkt worden. Hellmuth von Criewen trat als Bursche in die Dienste des Majors von Schack, gerade zu der Zeit, da der damalige Kronprinz und jetzige König den Entschluss fasste, mit Hilfe seines Vertrauten Katte das für ihn unerträglich gewordene Leben im Heer seines Vaters zu beenden und sein Heil in der Flucht zu suchen.«

Langustier hatte so viele weitschweifige und rührselige Varianten dieser Fable convenue gehört, dass er Gefahr lief einzuschlafen. Er summierte also kurz, um Hessel weitere Umwege zu ersparen:

»Der Kronprinz wollte mit Katte dem verhassten Vater ausbüxen. Doch als die Pferde schon gesattelt waren, wurde das Unternehmen vereitelt.«

»Sie formulieren es natürlich allzu kurz, Monsieur! Es hat seither viele Herzen sehr bewegt, denn der unglückliche, treue Katte verlor seinen Kopf dabei, und für den Kronprinzen war auch Gefahr.«

Langustier wandte ein:

»Bei allem schuldigen Respekt für unseren König, Monsieur, so glaube ich, dass bei der Wiedergabe dieser Geschichte Verklärung im Spiele ist. Katte hatte dem Kronprinzen eine ganze Weile üble weibliche Gesellschaft zugespielt und war allein schon deshalb dem Soldatenkönig ein Dorn im Auge. Und der Kronprinz wurde im Kerker recht gut bewirtet, wie mir der alte Bratenmeister Spick anvertraute. Er erhielt viele Erleichterungen, durfte lesen, was er wollte, und bekam sogar Papier, Feder und Tinte, um Briefe zu schreiben. Und hat er nicht im Moment des tödlichen Schwertstreiches die Augen geschlossen? Sein damaliger Prediger will es deutlich gesehen haben.«

Hessel starrte ihn entgeistert an. Wie konnte sich dieser Mann, der beim König in hoher Gunst stand, so zweiflerisch, ja fast majestätsbeleidigend äußern? Langustier fuhr unbeirrt fort:

»Es ist auch erstaunlich, dass man auf das Mitansehen so viel Wert legt. Das Mitanhören dürfte kaum weniger schlimm gewesen sein. Außerdem glaube ich, dass der Kronprinz vom Fenster seiner Zelle nur aus sehr spitzem Winkel die an der Richtstätte aufgeschichteten Sandhaufen sehen konnte. Warum hat man sie, wenn es wirklich auf das Mitansehen angekommen wäre, nicht direkt vor dem Fenster aufgeschüttet?«

Hessel streckte sich und sagte, um dieses Thema zu verlassen:

»Ich war nie vor Ort und kann mir somit hierüber keine Mutmaßungen erlauben, Monsieur. Aber mit Erwähnung der Sandhaufen geben Sie mir das nötige Stichwort: Auf einen dieser Haufen nämlich fiel Kattes Haupt, der sich zum

Empfangen des tödlichen Streiches hingekniet hatte, und es verdient hervorgehoben zu werden, dass der Scharfrichter es mit einem einzigen Hieb vom Leib abtrennte.«

»In der Tat«, pflichtete Langustier ihm bei, denn dies war kein geringes Verdienst. Schmerzhafte, unästhetische Enthauptungen von bis zu zehn Schlägen bildeten die Regel. Einem Koch musste das unmittelbar einleuchten: Selbst dünnste Hälse wurden meist von äußerst widerspenstigen Sehnen ummantelt, die ihr Durchtrennen erschwerten.

»Wie nun also dieser zierliche Kopf, das Haupt des so treuen Kameraden, auf den Sand traf, blieb er nicht liegen, sondern kullerte wie ein Ball davon, fast über den ganzen Wallgraben hinweg. Da besaß kein anderer als mein späterer Herr, Hellmuth von Criewen, der Bursche des Majors von Schack, die Chuzpe, Unerschrockenheit und Geistesgegenwart, ihn bei den Haaren zu packen und zur Richtstätte zurückzutragen, wo er ihn vorsichtig, als habe der jetzt flach liegende Katte ihn nur kurz verloren, vorsichtig wieder dem toten Leib ansetzte. Als aus dem Kronprinz der König wurde, ehrte er bekanntlich alle, die ihm in den schweren Stunden des Prozesses die Treue gehalten hatten und in ihrem milden Urteil nicht wankend geworden waren. Und so erinnerte er sich auch der Pietät des Burschen, der das rollende Haupt aufgehalten und wieder an seinen Platz gelegt hatte. Von Criewen wurde schneller befördert als seine Regimentskollegen und erhielt wiederholt verantwortungsvolle Aufträge. 1747 versetzte der König ihn ins Außenministerium, ein Jahr darauf machte er ihn zum Gesandten in Sachsen. Auf den Warschauer Reichstagen 1748 und 1750 verhandelte von Criewen so gut, dass er für gehabte Dispensen 1000 Dukaten angewiesen bekam und dem König nach Berlin folgen durfte. Ein Versuch, ihn als Gesandten nach Wien zu schicken, misslang, weil der dortige Hof ihn zurückwies.

1753, zwei Jahre, nachdem ich meine Stelle bei ihm antrat, wurde er Kammerherr und Vorleser bei der Königin. Der Gipfelpunkt seiner Karriere wäre zweifellos der ihm bevorstehende Posten des Hofmarschalls gewesen: Oberaufseher des Hofstaates und als Anrede …«

»Exzellenz!«, ließ sich Langustier vernehmen, damit sein Nebenmann nicht etwa glaubte, er wüsste nicht um die höfischen Verhältnisse und Umgangsformen.

»War dies schon beschlossne Sache? Wäre seine Position bei Hofe angreifbar gewesen? Gab es Widersacher, gab es Intrigen gegen ihn? Wer wird jetzt an seiner Stelle aufrücken?«

Langustier sah nun den geeigneten Punkt, auf die Libertinage des Herrn anzuspielen – die Freiheit, die er sich bei den Damen nahm, auch wo Recht oder Moral sie ihm vielleicht nicht zugestehen wollten.

»Hatte er insonderheit auch von Nebenbuhlern Unheil zu befürchten?«

Hessel verzog keine Miene und entsann sich auch offenbar nicht mehr des Umstands, dass sie über einen Toten sprachen. Er berichtete von Affären und ihren Folgen wie vom Treiben auf einem Basar. Dieser adrette, nonchalante Diener schien nur allzu geeignet, einen Lebemann mit Frauenzimmern aller Art zu versorgen.

»Die Damen, die ihm zugetan waren und die nicht selten auf verschwiegenen Pfaden ihm zuzuführen ich die hübsche Gelegenheit hatte, riefen freilich Neider auf den Plan. Doch Intrigen – nein, die mussten gegen ihn wirkungslos bleiben. Er besaß das Vertrauen Ihrer Majestät der Königin dauerhaft und unabänderlich. Seine Ernennung zum Hofmarschall sollte in der nächsten Friedensphase erfolgen. An seiner Stelle wird es wohl demnächst der Baron von Würmerhelm. Was nun den letzten Punkt betrifft, Monsieur, scheint es mir geboten, mit einem Achselzucken über ihn hinwegzugehen.

Es waren freilich ausnahmslos männliche Stimmen, die angesichts seiner natürlichen Disposition ins Moralisieren gerieten, etwa die des frommen Barons von Würmerhelm. Die fraglichen Damen aber hatten keinen festen Anhang, der Duelle nötig gemacht hätte. Und wie gesagt – für die Sicherheit und Bequemlichkeit der Vergnügungen war ich zuständig. Ich hätte es in jedem Fall auf mich genommen, wenn ein gehörnter Gatte es sich erlaubt hätte, von Criewen zu beschuldigen oder gar zu fordern. Niemals wäre er überrascht worden. Stets hätte ich an seiner Stelle zur Waffe gegriffen, um eine Demütigung aus der Welt zu schaffen.«

Über all diesen Erzählungen waren sie weit hinaus in die Spandauer Forsten gerollt. Der Kutscher war angewiesen, exakt den Weg zurückzulegen, den sie drei Tage zuvor genommen hatten. Dabei ging man durchaus systematisch vor, passierte erst Spandau und Staaken, um vor der markanten Kulisse des Hahnebergs schließlich vom Hauptweg abzuweichen. Die reitenden Polizisten hatten sich mit Duffke abgestimmt, der den Wagen zur Demonstration, wie es gewesen, abrupt zum Halten brachte.

»Draußen standen zwei Mann winkend an der Fahrstraße und bedeuteten Duffke abzubiegen, um ihnen zu helfen«, erläuterte Hessel. »Sagten, sie lägen mit einem Wagen nicht weit von hier im Graben und bräuchten dringend jemanden, der sie herauszöge. Ein Frauenzimmer in guter Hoffnung stürbe todsicher mitsamt dem Kinde, wenn nicht umgehend Abhilfe käme. Ich konnte ihre Gesichter gut erkennen und habe sie den Polizisten bereits notdürftig beschrieben. Ohne dass deshalb jemand verhaftet worden wäre.«

Sie ruckelten zwischen Wald und steppenartigem Feldbewuchs dahin, bis Duffke endlich anhielt und sie ausstiegen. Hessel und der Kutscher demonstrierten, was sich an dieser entlegenen, von der Straße nicht einsehbaren Stelle zugetragen hatte: Wie die Ganoven den Diener und von Criewen aus der Kutsche gezogen hatten (Hessel sagte, es seien vier, Duffke dagegen, es seien mindestens fünf gewesen), wie von Criewen bedroht und vom Anführer mit einem Degen verletzt worden wäre, und wie sie beide dann lieber das Geld geopfert hätten, als sich weiterer Gefahr auszusetzen. Hessel und Duffke, die von Criewen wegen seines Röchelns für tödlich getroffen hielten, wollten anschließend voller Angst geflohen sein, denn sie hätten befürchtet, dass man sie als Mitwisser der Tat nun ebenfalls mit Gewalt beseitigen würde.

Über die erste Richtung ihrer überstürzten Flucht gerieten die beiden in leichte Dissonanzen, was Langustier angesichts der Tatsache, dass sie die Zeugen eines kapitalen Verbrechens waren, aber nicht weiter verwunderlich erschien. Seltsam aber mutete es an, dass es zwei Unbewaffneten sofort gelungen war, vier oder gar fünf bewaffneten Übeltätern zu entwischen.

Hessel stand ganz offensichtlich noch immer unter dem schockierenden Eindruck des Erlebnisses. Bei heftigem Regen seien sie nach Pichelsdorf gekommen und hätten sich einen kleinen Wagen geliehen. Mit dem wären sie nach Spandau gefahren und hätten dem Kommandanten der Zitadelle gemeldet, was ihnen widerfahren war. Das Unwetter hatte es erst am Mittwochabend gestattet, Nachsuche zu halten, wobei zwar Wagen- und Fußspuren an der angegebenen Stelle am Hahneberg, aber weder die Kutsche noch von Criewen gefunden worden waren. Donnerstags, gegen sieben Uhr des Morgens, hatte der Pichelsbergschäfer das herrenlose Gefährt im Uferschilf stehen sehen. Zwei Stunden zuvor hatte ein Bauer den toten und grässlich entstellten von Criewen am Abhang oberhalb der so genannten Murellenschlucht entdeckt. Von Berlin war, nach erster Untersuchung des Toten durch Eller, bereits gegen Mittag ein Meldereiter mit erstem Bericht zum Quartier des Königs losgeritten.

Sie fuhren durch Spandau zurück und steuerten die Murellenschlucht an. Langustier stieg aus und blickte interessiert umher. Die Hänge bildeten ein weites Rund. Tief einatmend verkündete er:

»Dies wäre der geeignete Ort, ein Naturtheater anzulegen, wie es die Griechen hatten – unter freiem Himmel mitten unter den wild lebenden Geschöpfen, eine richtige Wald-Bühne!«

Der Fahrweg führte, verschlammt und zerfurcht wie eine reich benutzte Vieh-Trift, weiter hinauf zum Pichelsberg. Etliche Fuhrwerke hatten die Strecke nur mit sichtlichen Mühen bewältigt. Langustier wies auf eine Schafherde, die seitlich des Weges am Rande einer erhöht liegenden Fläche graste und von mehreren Hunden umringt wurde. Jetzt hatten die Vierbeiner die Zweibeiner am Fuße des Grashügels erblickt, die gerade von ihren Pferden absaßen bzw. aus der Kutsche herauskamen, und gaben Laut. Ein Mann im weiten, kegelförmigen sandbraunen Überwurf, der Pichelsbergschäfer, wurde aufmerksam. Die Hunde hörten auf zu bellen, als er pfiff, und wandten sich beruhigt wieder ihren Schafen zu.

Langustier winkte dem Schäfer und begann munter mit den Offizieren den Berghang hinaufzukraxeln. Hessel blieb zurück, blickte auf den schlüpfrigen, durchweichten Boden und war durch nichts zu bewegen, es den dreien gleichzutun. Auch Duffke, der Kutscher, weigerte sich standhaft, mit hinaufzukommen.

Der Schäfer hatte bei seiner ersten Vernehmung durch Spandauer Beamte nur den Fund der Kutsche zu Protokoll geben können. Inzwischen aber war ihm eingefallen, dass er die Kutsche bereits am Mittwoch gesehen hatte, und zwar zu einer Zeit, die in etwa zu Hessels und Duffkes Angaben passte.

»Wie war das am Mittwoch? Und wann?«, fragte Langustier den Mann vor ihm, dessen Schafspelz aussah wie an Kinn und Ohren angewachsen.

»Ich war mit der Herde hier am Rande der Schlucht, wo wir jetzt stehen. Man kann nur Teile des Fahrwegs sehen. Es war wohl zwei Stunden nach der Mittagszeit, als es anfing, sich zuzuziehen. Bald schon sollte der Regen lospreschen. Daher habe ich mich gerade mit den Schafen davonmachen wollen, aus Angst, sie könnten die glitschigen Hänge hinunterrutschen.«

Er pfiff seinen Hunden, die sofort wieder wie eifrige Pfaffen um die Herde kreisten.

»Wenn ich es also recht überlege … Aber es war so weit weg. Na ja, das Gold am Wagen hab ich durch die Bäume funkeln sehen. Und ja, doch, auch die grüne Farbe war deutlich. Das Licht war aber schon schlecht, es war kurz vor dem Regen und ziemlich düster. Ich war mir sicher, dass der Kutscher sich verirrt hatte. Es fing wie wild zu regnen an. Aber ich habe vorher noch mehrere laute Stimmen gehört; es klang wie eine ganze Bande. Die Kutsche hatte angehalten, und es klang mir ganz nach einem Handgemenge. Ich hab es mit der Angst zu tun bekommen und mich davongemacht. Sie konnten mich zum Glück nicht sehen. Ich bin mit der Herde zum Fluss hinunter gezogen, wo ich eine kleine Hütte habe.«

Langustier rechnete im Geist die Wegstrecken nach, die das Gefährt zurückgelegt haben musste. Dass die Spandauer Torleute keine genaue Visitation vorgenommen hatten, konnte am hereinbrechenden Unwetter gelegen haben.

»Schöne Hütehunde haben Sie da«, sagte Langustier.

»Es sind gut ausgebildete Schutzhunde. Die sind wegen der Wölfe und der wilden Hunde, die unsre Gegend hier unsicher machen, auch sehr nötig. Letztes Jahr sind mir etliche Lämmer gerissen worden. Die Schutzhunde lassen keinen Wolf und keinen fremden Hund heran. Die Kerlchen sind ganz hübsch teuer.«

Langustier nickte interessiert.

»Lohnt sich das Geschäft?«

Der Schäfer blickte betrübt.

»So, dass man sich fragt, ob es nicht besser wäre, an der nächsten Wegkreuzung zu stehen und zu betteln!«

Die Polizeioffiziere, denen es sichtlich Freude bereitet hatte, Langustier bei seinen Ermittlungen zu beobachten, betonten augenzwinkernd, dass der König Bettlerei in seinen Landen unter Strafe gestellt habe und nicht dulde.

»Machen Sie es gut, Monsieur«, sagte Langustier zum Schäfer. »Erfreuen Sie sich an Ihren teueren Hunden, solange es mit Ihrer Schäferei noch gut geht!«

Er zwinkerte dem Fellmenschen zu, der bei diesem Abschied etwas säuerlich lächelte.

»Euer Diener, Monsieur.«

Langustier schätzte sich glücklich, neben seinen beiden jungen Begleitern ohne nennenswerten Würdeverlust zu Tal geschlittert zu sein. Hessel und Duffke waren dem riskanten Unternehmen mit bangen Blicken gefolgt. Dann ging es in der lauen Temperatur des Augustnachmittags nach Berlin zurück. Die Regenperiode war vorbei, auch vor Gewittern schien man sicher. Die Polizisten kehrten in ihr Hauptquartier im Großen Stall zurück, während Langustier mit Hessel und Duffke zum Palais von Criewens fuhr.

»Was tut ein Mann mit Kultur in dieser Räubergasse?«, fragte Langustier mit ehrlichem Unverstand, als sie am Eingang zum Krögel hielten und Hessel sich anschickte auszusteigen.

»Hier zu wohnen hatte für mich den Vorteil, keine langen Wege zu haben, wenn mein Herr in seinem Stadtpalais weilte. Der Garten desselben, welches sich ja gerade um die Ecke befindet, stößt rückseitig an jenes kleine Haus dort vorne. Ich wählte es mir zum Quartier, als von Criewens Base, Frau von Värnshagen, bei ihm einzog und auf meine Ausquartierung drang.«

Langustier verrenkte sich, um durch das Kutschfenster in die schmale verrufene Gasse zu blicken, deren Häuschen in den oberen Stockwerken fast zusammenstießen, so nahe kamen sich dort die Mauern. Beim Aufstocken hatten die Bauherrn rücksichtslos Platz gutmachen wollen, wodurch sich das Tageslicht am oberen Schachtende schließlich genötigt sah, durch einen schmalen Spalt hereinzudämmern. Bequem konnte man aus einem Fenster auf der einen Seite in eines der anderen hinübersteigen.

»Hatte ihr Domizil in dieser Lastergasse nicht auch vielleicht praktische Gründe?«, fragte Langustier, der sich ausmalte, wie Hessel seinem Herrn durch den Garten Liebesdienerinnen zuführte.

Hessel schüttelte lächelnd den Kopf.

»Ein interessanter Gedanke; aber um dies zu dulden, war seine Cousine, Frau von Värnshagen, ihren eigenen Ursprüngen schon zu weit entwachsen.«

Langustier runzelte die Stirn.

»Sie war zwar keine Badedirne, aber immerhin eine recht freizügige und heiß begehrte Tänzerin an verschiedenen Höfen. Fragen Sie sie persönlich nach Einzelheiten.«

»Sagten Sie nicht, Sie hätten auch einmal im Dienste einer Baronin von Värnshagen gestanden?«

»Durchaus, Monsieur! Die vor bald sechs Jahren gestorbene Eleonora Hedwigia von Criewen, verwitwete Baronin von Värnshagen, war eine von sieben Schwestern des Johannes Hermann Carl von Criewen, des Vaters meines gewesenen Herrn. Ich war drei Jahre bei ihr und damals, 1750, dreiundzwanzig. Leider geruhte Madame unerwartet zu sterben, im zweiundachtzigsten Jahr, zu Pferde, und ich blieb ohne Zeugnis. Ihre Tochter Leopoldine Ludwigia, von Criewens Cousine, damals schon fünfzig, verkaufte das Haus ihrer Mutter und entließ mich. Anschließend machte sie sich ein paar schöne Jahre in London und Paris, bevor sie gelähmt und praktisch mittellos zurückkehrte und 1757, vor zwei Jahren, bei ihrem Cousin Zuflucht fand. Dass der mich inzwischen vor der Gosse gerettet hatte, war ihr keinesfalls lieb, doch es gelang ihr nicht, meine Entlassung zu erwirken. Ich hatte mich, nachdem ich schon ein Jahr ohne Stellung herumgeirrt war, bei ihm beworben, und er hatte mich auch ohne Zeugnis akzeptiert, weil er aus Erzählungen seiner Tante über meine Fähigkeiten und Zuverlässigkeit beruhigt war. Nachdem jedoch seine Base aufgetaucht war, musste ich, um des lieben Hausfriedens willen, in der Nachbarschaft wohnen.«

»Warum wollte sie Sie nicht im Haus haben?«, fragte Langustier erstaunt.

»Ach, was wäre gewonnen, wenn es einen Grund gäbe? Ich kenne ihn nicht und will ihn nicht kennen. Trotz ihrer verlorenen Fähigkeit, sich zu bewegen, hat sie es faustdick hinter den Ohren. Es ist schwer, aus ihr schlau zu werden, das werden Sie aber gleich bemerken.«

Langustier überlegte kurz, dann fragte er Hessel, ob er ihn nicht nach Magdeburg begleiten wolle. Ohne Arbeit falle ihm doch sicher die Decke auf den Kopf. Für Kost und Logis käme er auf. Er nannte ihm den Montagmorgen als Abfahrtstermin und stellte ihm frei, gegen neun vor dem

Schloss zu sein, falls er mitkommen wolle. Hessel versprach, es sich zu überlegen, und stieg aus der Kutsche.

Die rollte ratternd über das Kopfsteinpflaster, ein kurzes Stück noch in Richtung auf den leeren Berlinischen Fischmarkt bis etwa auf die Höhe der Bollengasse, wo von Criewens Stadtpalast stand, dessen Garten bis an die rückwärtige Krögelzeile stieß, die sich schamhaft hinter hohen Pappeln und Holunderbüschen versteckte. Der königliche Geheimkommissär nahm Abschied von Duffke, der sichtlich froh war, seine Kutsche endlich in der Remise nebenan gründlich polieren und um eine abgerissene Rocaille ergänzen zu können. Langustier trat vor das hohe Portal und läutete.

Leopoldine Ludwigia von Värnshagen, die ihn in der Halle empfing, war so alt wie das Jahrhundert und eine Schönheit. Sie saß in einem Stuhl mit zwei seitlich angebrachten ledermmantelten Rädern. Trotz der angenehmen spätsommerlichen Temperatur lag ihr eine Decke aus rot gefärbter Merinoschafwolle wärmend über den Beinen. Eine gleichfarbige Strickjacke umhüllte die schmalen Schultern, die in einem gelben Seidenkokon steckten. Da sich Frau von Värnshagen kaum bewegen konnte, um sich zu erwärmen, mochte dies alles sehr nötig sein.

Drohend richtete sie ein martialisch aussehendes Hörrohr auf den Ankömmling. Das Gerät schien verstopft zu sein oder jede menschliche Rede mutwillig zu verschlucken.

»Wie meinen?«, insistierte die Dame, während Langustier bereits zum dritten Mal trompetete:

»Ergebenster Diener, Madame!«

Keine Rettung schien in Aussicht. Wo war das Dienstmädchen geblieben, das ihn hereingeführt hatte? In seiner Not verfiel er auf den Gedanken, das Permissschreiben des Königs herzuzeigen. Als ihm dämmerte, dass dieser Schrieb ja völlig unleserlich war, hatte sie ihm das Papier mit einer schnappenden Bewegung ihrer weiß behandschuhten Hand schon entrissen. Sie klemmte eine Lorgnette vor ihr linkes Auge, und Langustiers Mund klappte auf, als habe man seinen Kiefer mit einem Messer aufgesprengt. Denn er hörte ihre leicht raue Stimme das schier Unlesbare doch verlesen:

FR

Dem honorablen Maitre de cuisine Langustier, dem ich vordringlich gebeten habe, im Casus mortis des seligen Kammerherr Ihre Majesté royale Hellmuth de Criewen diverse Verhörs anzuberaumen und zu veranstalten, seindt sämtliche dieserhalb durch ihme befrageten Persons zu getreulichen Auskünften hiemit strikte und directement verpflichtet, im andern Falls ihnen in der Festung Wasser drohen und Brot. Welchselbiges deklariere und mit meinem Kammerpetschaft versehen habe, zu Madlitz, den 16. Augustus 1759
Friech (Siegel)

Die alte Dame brach in meckerndes Gelächter aus.

»Köstlich.«

Langustier starrte sie an, als habe er das achte Weltwunder vor sich. Wie war das möglich? Sie hatte ihr Hörrohr in ein seitlich am Roll-Stuhl befindliches Futteral gesteckt und sagte nun, während sie Langustier das Papier zurückgab:

»Pardon, Monsieur – mit dieser Tarnung ist man vor Bettlern und Wegelagerern relativ sicher.«

Langustier blickte an sich hinab und sah erst jetzt, in welchem Zustand seine Schuhe, seine Beinkleider und sein Rock waren – der halbe Wald klebte an ihm!

»Ich konnte beileibe nicht ahnen, dass Sie ein Beauftragter Sr. *Geheiligten* Königlichen Majestät sind, so wie Sie herumlaufen. Andererseits dürfte das exakt dem Stil entsprechen, den er im Felde liebt. Er schreibt ja doch eine Sauklaue! Finden Sie nicht? Er hat mir vor vielen Jahren, da er gerade ein halb flügger Kronprinz war und seinen Vater nach Dresden begleitete, einige galante Briefchen geschmiert, die ich allesamt noch besitze. Deshalb konnte ich diesen Wisch entziffern. Er hat sich aber eher verbessert als verschlechtert, was die Handschrift angeht. Damals habe ich getanzt wie ein Derwisch, und er – na ja, er war ein steifes Stück Holz, wissen Sie? Es hat gedauert, bis er etwas aufgeweicht war und man ihn oberflächlich kneten konnte. Damals nannte ich mich *Formera*, weil ich nicht wollte, dass man meinen wahren Namen herausfindet. Ich habe mich mit den Höflingen nicht schlecht amüsiert, das können Sie mir glauben. Und unserem König hab ich, wenn man so sagen darf, ohne in die Festung zu kommen, auf die Sprünge geholfen. Leider hat er es in der Folge etwas übertrieben und sich bei irgendeiner noch leichtlebigeren Dame, als ich es damals war, die Ursache für sein späteres Unvermögen zugezogen. Man hat ihm mit Quecksilber arg zugesetzt und das schöne Geschlecht gründlich aus dem Sinn getrieben. Seine Gattin ist zu bedauern. Er wahrt eine Distanz, die bis zum Grotesken geht. Hat ihr nicht einmal Sans Souci gezeigt! Andererseits – Monsieur, ich rechne auf Ihre Verschwiegenheit! – auch das hat Vorteile! Kommen Sie, rollen Sie mich durch den Saal auf die Terrasse, hier ist es gar zu kühl. An ihrem schönen kleinen Schloss kann sie sich gut mit dem einen oder anderen trösten. Und notfalls, wenn ihr die Zeit einmal lang wird, pflegt sie eben Haus und Garten.«

Langustier wusste nicht, was er erwidern sollte. Während er dem Wunsch der Madame entsprach, sie behutsam ins Kaminzimmer rollte und wunschgemäß vor der Rückfront des Hauses etwas erhöht gegen den herrlichen Garten hin platzierte, resümierte er das Gehörte: Diese Frau war des Königs allererste Geliebte gewesen. Und sie war sehr mitteilsam.

»Während des Familienaufenthaltes 1728 in Dresden hatte der Kronprinz bekanntlich eine heftige Neigung zu des König von Polens natürlicher Tochter und Geliebten, der reizvollen Gräfin Orczelska, gefasst. Weil der starke August die Tochter als Mätresse aber für sich behalten wollte, machte er mit dem Kronprinzen ein Tauschgeschäft: Lass mir nur fein deine unbedarften Hände von dem mir lieb gewordenen Töchterchen. Da es dir ja nur darum zu tun ist, auf diesem neuartigen Feld erste Schritte zu unternehmen, kaufe ich dir als Entschädigung die Geneigtheit der Tänzerin Formera.«

Dass der Kronprinz leicht herumzukriegen gewesen war, dünkte Langustier kein Wunder, denn die Värnshagen musste als Achtundzwanzigjährige unwiderstehlich ausgesehen haben. Ihr damaliger Künstlername spielte wohl auf ihre Formen an. Langustier kam gar nicht dazu, eine Frage zu stellen. Das Mundwerk der Dame ging unentwegt.

»Mir scheint, Sie haben eine Erfrischung sehr nötig! Wollen Sie Tee oder ein warmes Bier?«

Bei dem Gedanken an warmes Bier streifte ihn der Hauch des Todes. Er bat sich sein Bier kalt aus, was die Gastgeberin mit einem scharfen »Sind ja ein jugendlicher Hüpfer!« kommentierte.

Während sie das Hausmädchen in Bierfragen instruierte, rechnete er rasch nach. Es trennten sie bloß zwei Jahre. Von Criewen war so alt gewesen wie er: siebenundfünfzig. Der König war jetzt siebenundvierzig, zehn Jahre jünger als er, zwölf Jahre jünger als sie. 1728 war sie (so alt wie das Jahrhundert =) achtundzwanzig und sechzehn der König gewesen. Langustier brauchte nicht lange zu überlegen: Er hätte damals gerne mit Sr. Königlichen Majestät getauscht. Obwohl er, mit sechsundzwanzig, im Gefolge seines Vaters am Hof von Versailles, eigentlich keine schlechte Zeit verlebt hatte. Die hübschen Zofen der Maintenon – der Geliebten und zweiten Frau des Sonnenkönigs – hatten ihm seinen jugendlichen Puttenkopf verdreht. Und jetzt hinderte ihn die süße Erinnerung daran, rasch zur Sache zu kommen. Überdies war Frau von Värnshagens Rede schneller.

»Welch Kontrast aber zwischen dem feinnervigen Kronprinzen und dem Grobian von Vater. Man sollte es kaum für möglich halten, dass auch dieser täppische Klotz einmal, trotz seiner nach außen hin so unverbrüchlichen christlichen Gesinnung, den Versuch unternahm, eine Mätresse zu erwerben. Hören Sie nur, wie dies zuging: Seine Gemahlin, die Königin Sophie Dorothea, hatte an ihrem Hof eine Frau von Pannewitz, die sie zu ihrer ersten Hofdame machte. Sie war nicht eben schön und ebenmäßig wie ein Engel, sondern eher üppig wie eine Karyatide und von einigem Temperament, mit dem sie ihre Verehrer aber eher brüskierte und vor den Kopf stieß als sie zu ermuntern. Dieser hierzulande seltene Vorzug, tugendhaft zu sein, hat dem König einmal sehr geschadet. Sein Herz hatte sich stets so unempfindlich gegen alle Damen außer seiner Sophie Dorothea gezeigt, dass man meinen konnte, er hätte gar keine Empfänglichkeit für weibliche Reize. Die Königin war ja ein Ebenbild der Hässlichkeit. Bei dem Anblick der deutlich geformten Frau von Pannewitz wurde der sonst so kalte König auf einmal ganz wild. Während sie ihn übersah, erlag er ihrem Bilde immer mehr und konnte kaum mehr davor zurückschrecken, ihr handgreifliche Beweise seiner Geneigtheit zu geben. Zuerst fing er recht harmlos an, ihr den Hof zu machen. Leider verabscheute er jede Art von Galanterie als Auswirkung gelehrten Muckertumes und hätte somit nie die Manieren eines eitlen, geckenhaften Stutzers annehmen und verliebte Redensarten führen können, um seine Angebetete zu bezaubern. Deshalb machte er auch weiter keine Anstalten in diese Richtung, sondern kam auf die unselige Idee, den Roman zwischen sich und der Frau von Pannewitz bei seinem Ende zu beginnen. Er gab ihr nämlich, ohne weiter an die Folgen zu denken, seine Gefühle zu erkennen, indem er sie auf einer gewundenen Treppe rundheraus fragte, ob sie seine Geliebte werden wolle. Die temperamentvolle Schöne behandelte ihn, als sei er ein Wahnsinniger, indem sie ihn ignorierte und zu entfliehen trachtete. Er hinderte sie daran, packte sie mit seinen starken Armen, riss sie etliche Treppenstufen zu sich herab und presste sie an sich, dass ihr großer Busen sich zwischen ihnen wölbte. In ihrer begreiflichen Entrüstung gelang es der Furie, eine Hand freizubekommen, mit der sie dem rasenden König einen so heftigen Faustschlag mitten ins Gesicht versetzte, dass ihm alsbald statt des Geifers das blaue Blut aus dem Mund schoss. Frau von Pannewitz entkam, und er trug ihr diese Gegenwehr nicht nach, sondern begnügte sich damit zu bekennen, dass sie eine böse Hexe sei und selbst schuld, wenn kein Mann sie je beglücken würde. Sie konterte und ließ ihm durch seine ergebene Zuträgerin, das intrigante Fräulein Ramen, ausrichten, dass sie auf seine Beglückung gerne lebenslang Verzicht zu leisten gedächte. Er schwieg über den Vorfall, damit die Sache nicht öffentlich ruchbar wurde.«

Langustier musste einmal mehr über die Abenteuer des Soldatenkönigs schmunzeln, dessen Leben ihm, je mehr er davon erfuhr, wie eine einzige Bauernoper vorkam. Jetzt fragte er rasch, bevor die Dame eine Chance bekäme, plaudernd fortzufahren:

»Weshalb sind Sie hier? Sollten Sie nicht längst in Magdeburg sein?«

Sie nahm einen Schluck des vom Mädchen gebrachten warmen Biers und entgegnete:

»Wer würde mich flügellahme Krähe schon fleddern? Die Russen übrigens sollen ja ein sehr seltsames Völkchen sein, das in seiner Rohheit und Genügsamkeit fast wie das liebe Vieh lebt. Sie trinken Wasser aus Pfützen und essen giftige Schwämme, die sie im Grase pflücken, ohne dass es ihnen schadet. Sobald sie in ihren Quartieren sind, so heißt es, kriechen sie in den Backofen, um sich in Schweiß zu bringen. Und dann stürzen sie sich in kaltes Wasser und zur Winterszeit in den Schnee, wo sie eine Weile verharren. Dies ist ihr Universalmittel, das sie, glauben sie, gesund hält.«

Langustier grinste, er hatte schon zu viel über fremde Völker gehört, um sich über irgendetwas davon aufzuregen. Sein unterdessen fast geleertes kühles Bier passte gut zum Schnee der Erzählung. Frau von Värnshagen fuhr fort:

»Ich denke aber, die Österreicher sind schlimmer als die Russen. Die kennen kein Pardon, das haben sie bei ihrer letzten Heimsuchung in Berlin bewiesen.«

»Könnte es nicht sein, dass Sie Scheu tragen, im Umkreis des Hofes auf unliebsame alte Bekannte zu treffen, wenn Sie nach Magdeburg gingen?«, sondierte Langustier.

»Ach was! Die meisten der Dämchen, die um die Königin herumspringen, waren nicht einmal geboren, als ich meine große Zeit hatte, wenn Sie mir erlauben, es so zu nennen. Und als ich dann heiratete, den liebreizendsten und verständnisvollsten Mann übrigens, dem ich je begegnet bin, war ich für keine Hofdame mehr eine Gefahr. Gar nicht davon zu reden, dass die Intrigen, die in Schönhausen gesponnen werden, ohnehin schon am anderen Ufer der Panke niemanden mehr interessieren.«

»Madame, wie habe ich mir das Leben Ihres Cousins vorzustellen? Wohnte er hier oder in Schönhausen? Wann hat er sich übrigens von Ihnen verabschiedet?«

Sie seufzte, begann aber tapfer, vom warmen Bier unterstützt.

»Er hatte eine kleine Wohnung im Schloss. Zwei hübsche Räume und einen für den Diener. Ich sah sie einmal und amüsierte mich über dieses kleine Liebesnest. Er hatte einen ovalen Tisch aus Mahagoni mit einer Fläche aus rehbraunem Samt, rote Taftvorhänge, eine Säule aus gelbem Stuckmarmor und einen Deckenspiegel mit einer von Pesne gepinselten blütenstreuenden Venus. Dazu seladonfarbene Tapeten mit goldenen Ranken und einen Kronleuchter, den er nach jeder Eroberung um ein neues Kristall vermehrt hat und der bereits so schwer war, dass der Kastellan fürchtete, er könnte die morschen Deckenbalken zum Brechen bringen. Es war recht spaßig anzuschauen. Man hat mich einmal in seiner Abwesenheit hingerollt. Er kam meist nur zwei bis dreimal in der Woche hierher, da hier seine Bücher stehen. Er war das höfische Lebens oft leid und erholte sich hier, wo wir jetzt sitzen, indem er in den Garten hinausstarrte. Am Morgen, als die Königin wegfuhr, verabschiedete er sich kurz von mir, um des Nachmittags wiederzukehren, tat es aber dann nicht. Seine Kreatur …«

(womit wohl Hessel gemeint war)

»… ließ mir die Nachricht bringen, dass er wegen einer Kutschenpanne im Schloss übernachte. Ich vermutete freilich, dass er sich mit seiner kleinen Ramen vergnügt hat, um sich die Zeit zu verkürzen, bis der ramponierte Wagen kuriert war.«

Langustier fragte nach:

»Verwandt mit der intriganten Person am Hof des alten Königs?«

»In der Tat. Elsbeth Ramen, die jüngste Hofdame der Königin, ist die Enkeltochter des alten Scheusals. Die mittlere Ramen ist nicht in Berlin, sondern lebt irgendwo in Schwedisch-Pommern.«

»Wo ist diese Elsbeth Ramen jetzt?«

»Das weiß ich nicht, Monsieur. Ich nehme an, sie ist nach Magdeburg gefahren.«

»Allein, ohne ihren Geliebten?«

»Die Hofetikette bestimmt es so, wie Sie sich denken können. Denn man toleriert derlei unsteten Lebenswandel nur, solange nach außen hin die Form gewahrt wird. Vielleicht auch wollte mein Cousin es so. Schließlich war seine Favoritin nach wie vor Madame von Quappendorff. Sie sollte Ihnen, diese Dinge betreffend, sowieso besser Auskunft geben können.«

In diesem Moment wurde Gepolter im Hause hörbar. Mehrere männliche Personen schienen in die Halle eingefallen zu sein. Waren die Russen doch schon da? Madame von Värnshagen aber sagte:

»Das müssen meine restlichen Cousins sein! Sie sind hier, um ihrem Bruder das letzte Geleit nach Wassersuppe zu geben, wo er im Familienerbbegräbnis beigesetzt werden soll. Morgen brechen wir auf und überführen ihn dorthin.«

Drei Männer traten auf die Terrasse, wo sie von der nunmehrigen Herrin des Hauses willkommen geheißen und dem Zweiten Hofküchenmeister in seiner Eigenschaft als Sonderermittler des Königs als Hermann, Emil und Cäsar von Criewen vorgestellt wurden. Die Riege der Cousins zog sich Stühle heran und setzte sich. Während man schwieg, musterte Langustier die Hinzugekommenen.

Der baumlange Hermann von Criewen hatte offensichtlich den Stammsitz Wassersuppe bei Rathenow geerbt, denn er war als robuster Landmann von überaus gesunder Gesichtsfarbe. Sein vollschwarzes Haar umkränzte in flach anliegenden Locken seinen sonnengegerbten, leicht geröteten runden Kopf, der trotz seiner fünfundsechzig Jahre keine grauen Schläfen oder eine Alterstonsur zeigte. Der braune Rock war einfach geschnitten, aber nicht ärmlich; eine hübsche Tresse am Kragen bewies dies ebenso wie das gelbseidene Kamisol mit goldenen Knöpfen. Von einem ging eine silberne Uhrkette aus und verschwand in der Brusttasche, wo sich wohl das Familienerbstück einer Taschenuhr verbarg.

Cäsar von Criewens sehniges Äußeres zeugte dagegen vom harten Drill des Exerzierens und Marschierens. Der Uniform hätte es kaum bedurft, ihn als Soldaten zu erkennen. Er trug den weißen Rock eines Rittmeisters des Leibkarabinier-Regiments Nr. 11, das in Rathenow stationiert war. Rabatte, Aufschläge und der Kragen leuchteten hellblau, ebenso das tressenbesetzte Kollet. An den Klappen, Aufschlägen und Taschen saßen schöne Stickereischleifen und signalisierten den hohen Offizier, ebenso in der Taille und auf dem Rücken. Langustier wusste um den Ehrgeiz und die Eitelkeit der Rathenower. Die Leibkarabiniers, schwere Reiter, was ihre Bewaffnung anlangte, befanden sich in ständigem Wettstreit mit den anderen Kürassierregimentern, um bei den Paraden in einer günstigeren Position zu erscheinen. Momentan lagen sie – wie Langustier gehört hatte – auf Platz vier hinter den Gardes du Corps, den Gens d'Armes und den Leibkürassieren Nr. 3. Runde fünfzig Lenze zählend, hatte Cäsar von Criewen ein bescheidenes, einnehmendes Wesen. Sein schmales Gesicht mit der Criewennase, das etwas von einem alternden Kolkraben hatte, zeigte Geist und Witz, was sich im nun anschließenden Gespräch rasch bewahrheitete. Auf seinem im Rhinluch gelegenen Gut Alt-Modern, dessen Bewirtschaftung er bereits frühzeitig seinem zwanzigjährigen – qua Stand und Vermögen von Enrollierung und Laufpass, sprich: dem Wehrdienst befreiten – Sohn überantwortet hatte, konnte er in Friedenszeiten ganz den Künsten und Wissenschaften leben. Dass er sich auch einen Alchemisten leistete, der ihn bislang nur Geld gekostet hätte, stimmte freilich bedenklich: Sollte dieser schneidige, belesene Rittmeister insgeheim auch einem dieser Spinner aufgesessen sein? Langustier überschlug im Geiste die immensen Kosten, die solch eine Liebhaberei verursachte, und stellte ihr die Einnahmen eines Rittmeisters gegenüber. Diese unterschieden sich stark, je nachdem, ob Krieg war oder Frieden.

Die Einnahmen, die dieser schmucke Offizier neben ihm ergänzend zum eher mittelprächtigen Grundgehalt bezog, kamen dadurch zustande, dass es ihm gestattet war, die Gehälter aller Reservesoldaten und Beurlaubten seiner Eskadron für sich einzukassieren, was einer Verdoppelung seiner eigenen jährlichen Einkünfte auf insgesamt 5000 Taler gleichkam. Damit reichten seine Bezüge freilich nicht an die ertragreiche Pfründe eines Generallieutenants. Langustier gedachte der 7000 Taler per annum, die Schwiegersohn Adrian aus seinen Urlaubern zog. Die Hoffnung auf den Besitz einer eigenen Kompanie oder Eskadron bildete ja für viele preußische Offiziere den einzigen Ansporn, sich lange Jahre mit schmalen Einkünften zu begnügen! Ihre Ansprüche blieben ihnen als Pension im Alter erhalten. Manchmal konnte man, fluchte Langustier innerlich, schon die eigene humanistische Schwäche zum Teufel wünschen, die einem eine solche Karriere verboten hatte … In harten Kriegszeiten nun verringerten sich diese Gelder drastisch, weil es weniger oder gar keine Dienstbefreiten mehr gab. Jeder Offizier war daher an einem schnellen Ende des Krieges interessiert. Der jetzige wollte Cäsar von Criewen gar nicht gefallen, wie er in einigen bissigen Bemerkungen gegen Langustier deutlich machte. Keine Frage: Der Alchemist hatte ihn in arge Geldnot gebracht.

Emil von Criewen, der dritte und jüngste im Bunde, trug einen schwarzseidenen Rock, der ihm beinahe das Aussehen eines Predigers gab. Emil kam dem Typus des blutleeren Stadtadeligen nahe. Er war einen halben Kopf größer als Langustier; die gepflegten Hände hatte er mit seinem toten Bruder gemein. Ansonsten war vor allem die vornehm gebogene Nase unveräußerliches Familienerbe der von Criewens, wie Langustier leicht erkennen konnte, wenn er in die Runde blickte. Emil war mit dem malerischen Gut Klein-Kloppen im Oder-Bruch mehr recht als schlecht versorgt, da sein reicher Ertrag keineswegs genügte, um ihn seiner Hauptbeschäftigung, dem Reisen, so zügellos frönen zu lassen, wie er es gerne getan hätte. Die Erfahrung, dass Bruder Hellmuth zuletzt danach getrachtet hatte, ihm diese einzige materielle Sicherheit, über die er verfügte, abspenstig zu machen, lag wie ein Schatten auf seinem Gesicht, das nicht nur blutarm, sondern auch etwas blasiert wirkte. Als Langustier begann, die Schönheiten des Oder-Bruchs zu preisen, das er in den zurückliegenden Wochen kennen und lieben gelernt hatte, und förmlich ein Loblied auf die vom König ins Werk gesetzte Trockenlegung anstimmte, die sich seit dem Oderdurchstich 1752 bei Güstebiese so segensreich auf diesen Landstrich ausgewirkt hatte, bedachte ihn Emil nur mit einsilbigen Antworten. Langustier fragte interessiert, ob er gegenteilige Erfahrungen gemacht hätte, oder ob es Nachteile dieser allseits gerühmten Meliorationen gäbe, von denen die Allgemeinheit nichts wüsste? Doch es schien, als habe sich der Herr von Klein-Kloppen bisher nicht sehr um die Vorgänge auf seinem Gut gekümmert und diese ganz einem Verwalter überlassen. Alles was Langustier zur Antwort bekam, war ein »Ja, ja, nein, nein.« Als er Emil von Criewen fragte, wann er seinen Bruder Hellmuth zuletzt gesehen habe, stand er wortlos auf und verschwand in den Garten.

»Sehen Sie es ihm nach.«, meinte Madame von Värnshagen »Er ist seit letzter Woche im Haus und hat sich den Streit mit Hellmuth sehr zu Herzen genommen. Sie schieden in Unfrieden am Montagnachmittag, als Hellmuth zuletzt hier war und nach Schönhausen verschwand. Es war ja nicht abzusehen, dass sie sich nicht wieder begegnen sollten.«

Hermann von Criewen schien sehr unzufrieden mit dem bleichen Flüchtling.

»Ich begreife ihn trotzdem nicht. Er ist ja jetzt aus dem Schneider. Ich hoffte stets, dass ihn die Auseinandersetzung mit Hellmuth etwas lehren würde. Im Grunde war es ja doch dessen Absicht, Emil vor Unheil zu bewahren. Er war in Sorge um das schöne Klein-Kloppen, das dem Vater stets besonders am Herzen lag und das er deshalb unbedingt im Familienerbe erhalten wissen wollte. Emil glaubte stets, ihm sollte etwas weggenommen werden. Aber Hellmuth wollte ihm nur begreiflich machen, dass er sich endlich um den eigenen Boden kümmern müsste. Die Eremitage, die Hellmuth seit langem haben wollte, hätte er sich ohne Schwierigkeiten an einem anderen hübschen Ort kaufen können.«

»Er wollte aufs Land ziehen? Warum das?«, fragte Langustier erstaunt.

Hermann von Criewen zuckte die Achseln.

»Ich glaube, irgendwann hat jeder Städter einmal diesen Wunsch. Doch ich glaube, an Alt-Modern hat er dabei nicht ernsthaft gedacht.«

Hermann und Cäsar von Criewen erhoben sich, um ein kleines Gartentempelchen zu besichtigen, an dem, wie ihnen Frau von Värnshagen erläuterte, der Kutscher seit Tagen ein sehr hübsches Bodenmosaik aus Marmor angelegt habe. Als sie entschwanden, fragte Langustier:

»Warum gestatteten Sie eigentlich nicht, dass Hessel im Haus wohnte wie der Kutscher?«

Die Dame verzog das Gesicht.

»O, dieser Speichellecker! Pfui und Schande über diese grundfalsche Natur! Ich warf ihn schon vor Jahren hinaus, weil mich seine kriecherische Art anwiderte. Er hat meiner Mutter immer Honig um den Mund geschmiert und sie nicht selten in Entscheidungen bestärkt, die ich nicht gutheißen konnte. Er hätte sie beinahe beerbt, wenn ich es nicht verhindert hätte. Ich musste der alten Dame den Stift führen, damit sie sich nicht ein zweites Mal versah. Gesinde ist und bleibt eben Gesindel – da beißt die Maus keinen Faden ab! Wollen Sie noch ein Bier?«

Das Mädchen verzog keine Miene, obwohl sie keine zwei Schritt hinter der Dame stand. Entweder war sie abgehärtet oder hörgeschädigt. Langustier sah, dass hier schwer eine Lanze für Hessel oder das niedere Personal zu brechen war.

»Wie standen eigentlich Sie zu ihrem Cousin? Indem er sie so generös in sein Haus aufnahm, bewies er zumindest, dass er Familiensinn besaß.«

»Er konnte unglaublich zartfühlend und mildtätig wirken. Hellmuth war ein äußerst findiger Mann, wenn es darum ging, Menschen für sich einzunehmen. Er hat sich wohl auch während der kurzen Zeit, die er aktiv für Se. Königliche Majestät als Diplomat tätig war, dauerhafte Freunde erworben. Ich hatte nichts mit ihm, wir waren eher wie Bruder und Schwester, aber daran mag mein Zustand schuld gewesen sein. Es passierte beim Tanz auf einem Ball im Grand Trianon von Versailles, dem Lustschloss der Maintenon.«

»Passierte? Was passierte?«

»Ich glitt auf dem schlüpfrigen Parkett aus und brach mir

einen Wirbel. Unglücklicherweise sind ein paar wichtige Nerven abgerissen. Die Pfuscher von Chirurgen haben nichts dawider ausrichten können, dass mir seither die Beine wie tot herabhängen.«

»Welch schrecklicher Unfall für eine Tänzerin.«

Erneut drängten sich ihm Erinnerungen an seine Zeit in Versailles auf. Hinterm Grand Trianon hatte er zum ersten Mal ein Mädchen geküsst, die Tochter eines Gärtners: Sie betrachtete ihre Tat als gemeinschaftlichen Selbstmord und legte sich anschließend zum Sterben nieder. Daraus wurde aber nichts.

Frau von Värnshagens Stimme riss ihn wieder in die Gegenwart.

»Es wäre weit schrecklicher gewesen, wenn es mich mit zwanzig erwischt hätte.«

Ihre Stimme klang nicht ganz so abgeklärt, wie sie es beabsichtigt hatte.

»Wer erbt nun den Besitz Ihres Cousins?«

»Ich. Für den Fall, dass er vor mir stürbe, hatte er das so geregelt. Ich wusste davon nichts, nicht dass Sie glauben, ich hätte meinen lieben, unschuldigen Cousin aus Habsucht über die Klinge springen lassen!«

Ludwigia von Värnshagen hatte, fand Langustier, eine hinreißende Art, die Dinge offen und ehrlich anzusprechen.

»Unschuldig? Wie meinen Sie das?«, fragte er.

»Er hatte von der Welt und den darin herrschenden Kräften keine wirkliche Ahnung, glaube ich. War nur in den kleinen und beschränkten, gefallsüchtigen und in Galanterien sich erschöpfenden Kreis der Höflinge um die Königin eingebunden. Wie sollte er da Schuld auf sich laden, die jemanden in der wirklichen Welt zwänge, ihn zu hassen? Meinen Sie, es war kein Überfall?«

Entweder hatte sie es tatsächlich faustdick hinter den

Ohren, wie Hessel meinte, oder sie wusste wenig über ihren toten Anverwandten. Als Diplomat und Geheimdienstler hatte von Criewen eine Menge mehr über die Welt erfahren als die meisten um ihn herum. Falls seine Aktivitäten ihr wirklich völlig verborgen geblieben sein sollten, musste er seine Sache sehr gut gemacht haben. Und dieser Überfall ... Wenn er sich da nur sicher sein könnte. Wer hätte ein Interesse haben können an von Criewens Tod? Hier war jedoch kein Zaudern statthaft:

»O nein, Madame – der Überfall ist über jeden Zweifel erhaben. Halten Sie eigentlich Kontakt zur Familie Ihres verstorbenen Gatten?«

Sie schluckte den Themenwechsel wie warmes Bier.

»Sicher, Monsieur! Die Stockholmer schicken mir regelmäßig Briefe. Brüder und Schwestern meines Mannes. Sie waren auch wiederholt zu Besuch. Gemeinsam mit meinem Cousin war ich vor etwas über einem Monat dort, aber es wurde zu unsicher wegen des Krieges. Man behandelte mich sehr gut – wohl wegen meines Namens. Aber Hellmuth hatte Schwierigkeiten an der Grenze nach Schwedisch-Pommern. Man hielt ihn drei Tage lang als einen vermeintlichen Agenten des preußischen Königs fest. Ich fand es spaßhaft, aber ihn hat es sehr erbost. Erst als der schwedische Staatsminister von Güllbrandt persönlich für ihn bürgte, den er wegen Amtsgeschäften für die Königin her kannte, wurde er wieder freigelassen.«

»Gehören Ihre Verwandten zu den Kappen oder den Mützen?«, fragte Langustier, da er die politischen Verhältnisse in Schweden keineswegs durchschaute. Das politische Leben, soviel wusste er, wurde von zwei rivalisierenden Parteien bestimmt, welche die Namen von Kopfbedeckungen trugen.

»Zu den Mützen, Monsieur, welche Frage! Denn das ist die Partei im Staatsrat, die sich um die Königin schart. Die anderen heißen übrigens Hüte, nicht Kappen. Sie bekämpfen die Monarchie und wollen dem König das letzte Privileg nehmen. Wenn es nach ihnen ginge, säße er morgen auf der Straße!«

»Sind Sie der Königin, der Schwester unseres Königs, einmal begegnet? Glauben Sie, dass unser König bei dem schwedischen Staatsstreich vor vier Jahren, den seine Schwester, die Königin Ulrike, angezettelt hatte, als Ratgeber beteiligt war?«

»Das kann ich mir durchaus vorstellen. Aber damals waren ja allerlei Gerüchte im Umlauf. Mein Cousin korrespondierte mit Gott und der Welt, um Genaueres herauszufinden. Doch wurde seine Unschuld in politischen Dingen nur von der des schwedischen Königs übertroffen, der mit Schlafrock und Tabakspfeife nachts durch sein Schloss geisterte, während Luise Ulrike Kopf und Kragen riskierte, um ihn endlich wieder in Amt und Würden zu bringen. Was würde es eigentlich ausmachen, wenn dies geschähe? Ein Hanswurst auf dem Thron wäre fähiger als diese fahle Zero. Ich bin der Königin Ulrike nur einmal begegnet, als ich mit Hellmuth, der Post von unserer Königin für sie bei sich trug, bei ihr vorsprach. Unsere Audienz währte kaum lange genug, um ein Urteil über ihre Person abzugeben. Sie erschien mir angespannt. Und ich stellte mir vor, dass sie wieder etwas gegen das Parlament plante.«

»Woran wollten Sie das so genau ablesen?«

»Es war die Gier, mit der es sie nach den mitgebrachten Schreiben verlangte.«

»Wissen Sie, welche Art von Post Ihr Cousin überbrachte?«

»Bedaure, nein. Sie öffnete die beiden Schreiben in unserem Beisein und setzte – im Ausdruck regungslos – sogleich eine Antwort auf, die Hellmuth an sich nahm. Ich verfluchte diese Post nicht wenig, denn kaum hatte sie ihm ihr Schreiben eingehändigt, war unsere Audienz auch schon beendet. Ich hatte keine drei Worte mit ihr geredet.«

In Langustiers Kopf häuften sich nun schon eine Menge Einzelheiten, die er in Wolffs Kaffeehaus gemütlich zu sortieren und seinem kleinen schwarzen Büchlein anzuvertrauen gedachte. Waren die Angreifer schwedische Agenten, die in von Criewen einen Kurier zwischen der schwedischen Königin und dem Preußenkönig liquidierten? Arbeitete von Criewen für die Mützen? Waren sein Hessel und Duffke von den Hüten bezahlt worden, um den eigenen Herrn um die Ecke zu bringen?

Als Langustier sich von der Dame verabschiedete, die ihn, vom Hausmädchen gerollt, bis zur Tür geleitete, war er sicher, dass er bereits viel, aber bei weitem nicht genügend wusste, um hier eine Entscheidung zu fällen. Daher verwarf er, auf der untersten Stufe der Freitreppe vor dem von Criewenschen Palais angelangt, vorerst zumindest, den verlockenden Gedanken an Kaffee und Kuchen. Dreißig Schritte, und er stand in der Remise, wo Duffke eifrig an der von Criewenschen Prunkkutsche schrubbte.

Doch der Versuch, aus dem baumlangen Kutscher etwas Neues herauszuholen, hätte er sich gleich sparen können. Die Antworten klangen wie schlecht auswendig gelernt. Der Zeitpunkt der Havarie mit den Kisten verschob sich mehrfach: erst war es zwölf, dann zehn, dann elf. In Duffkes Angaben herrschte das Chaos des Abfahrtstages. Langustier war es bald leid, seinen Worten irgendetwas Hieb- und Stichfestes entnehmen zu wollen, und verließ sich darauf, dass er ihm die Adresse des Kutschenbauers anzugeben wusste, von dem die gebrochene Deichsel repariert worden war.

Er fand die Werkstatt des Herrn Wallraff tatsächlich am von Duffke bezeichneten Ort in der Cronengasse. Der Handwerker, ein kleines, agiles Männchen, dem man nicht zutraute, dass es Kutschen bauen konnte, erzählte ihm alles, was er wissen wollte – dass es kurz vor zwölf und alle Kutschen gerade im Abfahren begriffen gewesen seien, als er im Schlosshof angekommen sei, um das Problem zu besehen; auch, dass sich der Herr von Criewen während der ganzen Zeit seiner Begutachtung nicht gezeigt habe. Über die Beschädigung und ihre Ursache wollte er eigentlich nichts weiter sagen, druckste herum, tat es aber dann doch, da Langustier nicht lockerließ.

»Es steht mir nicht an, mich in die Entscheidungen meiner Kundschaft einzumischen oder mir einzubilden, ihre Beweggründe erraten zu können. Doch ich meine, nein, ich weiß, dass der entstandene Schaden bei Weitem nicht groß genug war, um ein Auswechseln der Deichsel zwingend notwendig zu machen, wie es mir schließlich anbefohlen wurde. Man hätte die gebrochene Stelle leimen, ummanteln und ohne Gefahr für Leib und Leben schon zwei Stunden später die verschobene Fahrt antreten können. Offenbar wollte der Herr von Criewen das gar nicht. Auf Nummer sicher werde man gehen, meinte jedenfalls sein Diener Hessel und wies mich an, die Kutsche in meine Werkstatt mitzunehmen.«

»Haben Sie von Criewen später gesehen?«

»Nein. Am Dienstag sah ich nur Diener und Kutscher. Hessel verschwand verschiedentlich, um von Criewens Entscheidungen einzuholen, der irgendwo im Schloss herumzuspuken schien. Ich brachte die Kutsche mit Duffkes Hilfe hierher, wo ich später eine neue Deichsel einsetzte. Eine Kutsche mit Gestein für von Criewens Palast saß hintenauf. Am Morgen holte Duffke den Wagen wieder ab. Er entlohnte mich und bestellte mir das Lob des Herren über die geleistete Arbeit. Nun kann man sich für die Worte großer Herren in der Regel nichts kaufen. Da ich aber die Goldstücke hatte, ließ ich mir dies alles gerne gefallen. Hören Sie«, sagte er schließlich, im Tone etwas gedämpft. »Es ist nicht tugendhaft, übel über Tote zu reden, aber der Herr von Criewen hatte es auch nicht mit der Moral; also, was ich meine, ist: Ich habe den Diener mit einem kleinen Dämchen aus der Tür seitlich des großen Portals kommen sehen, als ich am Dienstag im Schlosshof war. Sie hatte ein ziemlich weißes, ja kreidebleiches Gesicht, als sie an mir vorbeiging, fast so, als hätte sie die Weiße Frau gesehen. Dann lief sie ins Tohuwabohu der Höfe, wahrscheinlich um ihre Kutsche nicht zu verpassen. Es wird ja viel gemunkelt über die Weiße Frau.«

Langustier, der bereits seine eigenen Erfahrungen mit diesem Gespenst gemacht hatte, wollte den abergläubischen Zwerg mit seiner nüchternen, ablehnenden Haltung gegenüber derlei Ammenmärchen nicht verärgern. Bemüht, nur keinen Disput entbrennen zu lassen, fragte er, ob es sinnvoll oder ratsam sei, drei schwere Kisten auf einem Kutschendach zu transportieren. Wallraff stöhnte.

»Was für eine Schnapsidee das war, hat sich ja gezeigt. Ich weiß nicht, ob es beim zweiten Versuch am Mittwoch besser klappte, doch glaube ich, dass man grob fahrlässig handelte. Ich möchte meinen, die Packer hätten es darauf angelegt, Havarie zu erleiden.«

Mit dem Klang dieser Worte in den Ohren strebte Langustier der töchterlichen Wohnung zu, wo eine sanfte Bettstatt seiner harrte.

Sonntag, der 19. August 1759

Um Punkt acht Uhr morgens schlug die Türklingel an. Langustier war in heller Auflösung, denn er hatte nach den Anstrengungen des Vortags viel tiefer geschlafen als gewöhnlich. Und Marie hatte sich keineswegs begeistert gezeigt angesichts der Nachricht, dass zum Frühstück eine Dame erscheinen würde, die als Köchin am Hof der Königin arbeite. Was musste er diese Person einladen, fragte sie sich zuinnerst erbost, wo sie ihn gern nach so langer Abwesenheit einmal für sich allein gehabt hätte?

»Es ist eine wirklich wichtige Sache! Bitte hol uns etwas Gutes aus deiner überquellenden Speisekammer. Die Dame ist doch quasi eine Kollegin am Weiber- … äh … am Hof der Königin. Sie steht unter der Fuchtel der berüchtigten Madame Huber, die ja bisweilen bei dir einkauft. Zugegeben, es ist nicht schön, sich einfach davonzumachen, während alle anderen zittern und sich den marodierenden Mordbrennern ausgeliefert fühlen müssen. Aber sieh es als ein großes Zirkustheater an und sei der Königin nicht gram: Ihre Majestät folgt ja nur dem allgewaltigen Fingerzeig ihres Gatten. So wie er seine Truppen über die Oder gescheucht hat, so scheucht er die Mitglieder der Höfe von der Spree zur Havel, von der Havel zur Elbe. Es lohnt nicht, den Unmut auf Personen zu richten, die gehorchen müssen.«

Marie war keineswegs besänftigt. Was musste er in diesem Schönhauser oder Magdeburger Dschungel herumirren? Hieß es nicht, dass von Criewen Opfer eines Raubüberfalls geworden war? Sie begriff das Handeln ihres Vaters nicht und sah ihm nun mit unverhohlener Belustigung zu, wie er seine schmerzenden, geschwollenen Füße in kleine, höfische Schnallenschuhe zu zwängen versuchte. Unüberhörbar der Spott in ihrer Stimme:

»Wenn die *Dame* eine bloße Zeugin wäre, würde sich mein Herr Papa wohl kaum solche modischen Ungelegenheiten machen. Geben Sie es zu, Herr Kommissar, dass hier mehr im Spiele ist.«

Sie kannte ihn gut genug, um schon jetzt zu ahnen, warum er diese Frau eingeladen hatte. Er hatte sich wieder einmal Hals über Kopf verliebt! Wie viele solcher Liaisons hatten Adrian, sie und die Kinder in den letzten Jahren mit ansehen müssen? Wie sollte man es erklären, dass der Großvater immer wieder mit neuen Damen auftauchte?

Das Hausmädchen wollte schon zur Tür fliegen, hätte Langustier, der mit den Schuhen kämpfte, sie nicht zurückgehalten. Die Glocke schlug unbarmherzig wieder an. Langustier warf sich den Rock aus sandfarbenem Moiré über. Blütenweiß kräuselte sich über zinnoberroter, ärmelloser Weste das Spitzenjabot. Schwarze Culottes (oder Kniebundhosen) und weiße Perlstrümpfe vervollkommneten seine Erscheinung zu runder Makellosigkeit. Geschafft. Er öffnete in höchst eigener Person und sah, wie sich Sophie Lafontaines zweifelndes Gesicht schlagartig aufhellte, als er im Türrahmen erschien. Wasserblaue Augen spiegelten ihn an.

»Guten Morgen, Monsieur!«

Er öffnete den Mund, war indes sprachlos über die Schönheit ihres Gesichts, dessen vornehme Blässe durch das kräftige Zinnoberrot ihrer Komtusche hervorgehoben wurde.

Während sie eintrat und sich von ihm zum Schein die Hand küssen ließ, kam Marie zur Begrüßung heran und rettete ihren törichten Vater, der sich drohte lächerlich zu machen, indem er Maulaffen feilhielt. Sie verlieh ihrer Überraschung Ausdruck, seit Jahren schon in derselben Stadt gelebt zu haben, ohne einander begegnet zu sein. Während das Mädchen Sophie Lafontaine von Überkleid und Käppi befreite, bat Marie mit der routinierten Herzlichkeit der Geschäftsfrau zu einem morgendlichen Imbiss ins Speisezimmer. Langustier hatte über diesen Worten etwas Haltung zurückgewonnen und komplimentierte das grüne Wesen, das unter dem dünnen roten Überkleid zum Vorschein gekommen war, durch die sonnendurchflutete Zimmerflucht.

»Sie müssen verzeihen, doch ich kam so spät von den gestrigen Erledigungen zurück, dass ich meine Tochter nicht mehr rechtzeitig von Ihrem Kommen unterrichten konnte.«

»Bitte lassen Sie uns darauf verzichten, wenn es zu große Ungelegenheiten macht! Ich könnte Sie in einer Stunde vor dem Schloss erwarten?«, sagte Sophie Lafontaine mit einer Stimme, die seinen Verstand in kleinen Flämmchen verlodern ließ. Sie blieb stehen und sah ihm direkt in die Augen.

»Das kommt gar nicht in Betracht, Mademoiselle. Meine Tochter ist es gewohnt, meine Sonderwünsche und kleinen Schrullen zu ertragen. Sie nimmt es nicht krumm. Bitte bleiben Sie!«

Sein Blick glitt über ihr erbsengrünes Kleid, das mit dem tiefen Dunkelbraun ihrer Locken kontrastierte. Unter dem Rock wurden zwei zierliche, rote Stiefeletten sichtbar. Ihre wasserblauen Augen schienen aus Mondstein zu sein und ihre kirschroten Lippen aus Granat. Langustier hatte erneut ihre Hand gefasst und hielt sie ohne eigentlichen Grund in der seinen, bis sie darüber lächelte und ihren Mund langsam dem seinen näherte.

Als Marie mit dem Hausmädchen im Gefolge herankam, standen den beiden kreisrunde rote Flecken auf den Backen. Man setzte sich an den großen Tisch aus dunklem Kirschholz und das Mädchen goss Kaffee ein. Eine Servierplatte mit Käse, kaltem Braten, Wurst und ein Brotkorb standen zwischen ihnen. So recht zulangen wollte aber niemand.

»Sind wir nicht arg verwöhnt«, sagte Sophie Lafontaine schließlich, als die Stille zu drückend wurde, »dass wir uns an solchen Dingen erfreuen, während die meisten Berliner an nichts anderes als an die kommenden Russen denken und ihr trockenes Brot kaum richtig schlucken können vor Angst und Wut? Haben Sie von den Menschenaufläufen vor der Werkstatt des verrückten Webers Pfannenstiel gehört, der den Weltuntergang voraussagt? Es ist überall in der Stadt die reine Hysterie!«

Marie nickte steif.

»Da haben Sie ganz Recht. Mir will es auch etwas mulmig werden bei dem Gedanken, dass schon in ein paar Stunden die Feinde hier durchziehen könnten! Aber es ist ja gar keine Gefahr, wie mein Vater mir gesagt hat.«

Sie legte ihm die Hand auf den Arm, der sich gerade heben wollte, um ein Stück Omelette, das an einer in der Hand befindlichen Gabel steckte, in die Nähe seines hungernden Mundes zu bringen. Sein Blick war gebannt auf Sophie Lafontaines Profil gerichtet. Mein Gott, dieser Mund! Er sah Marie fragend an. Was für einen spöttischen Ton schlug sie nur an? Wie konnte er das verstehen? Ließ sich überhaupt etwas verstehen? Er setzte die Gabel wieder ab. Sein Mund war seltsam ausgetrocknet.

»Bitte verzeihen Sie«, sagte Marie zu Sophie, während sie sich erhob, »doch ich muss ein Auge darauf haben, dass die wertvollsten Vorräte gut verbarrikadiert sind, wenn die Russen kommen. Ihnen alles Gute, Mademoiselle.«

Sie hauchte Langustier einen töchterlichen Kuss auf die erhitzte Wange und nahm die Antwort Sophie Lafontaines bereits im geschäftigen Hinausgehen zur Kenntnis:

»Der König befiehlt, wir folgen.«

Langustier verlieh den Worten seines reizenden Gastes mit tiefer Stimme Nachdruck.

»Sehr wahr!«

Doch Marie war schon hinaus. Das Mädchen folgte ihr, Adelheids Zwillinge Elisabeth und Fritz mit sich führend. Langustier und Sophie Lafontaine waren allein. Sie saßen nebeneinander auf einer gepolsterten Sitzbank. Sophies herbes Parfum mischte sich in den Duft des Bratens und des frischen Brotes. Langustier war fürchterlich unentschlossen in der Frage, ob er ihr lieber brav nur ein paar Fragen stellen sollte. Aber dies währte nur einen Moment, dann wurden ihre Silhouetten vor der grüngoldenen Tapete schwer unterscheidbar.

Am späten Vormittag standen sie umschlungen in der kalten Schlossküche, und ihr Atem bildete kleine Wölkchen. Das Geradeauslaufen war mit nicht geringen Schwierigkeiten verbunden gewesen, hatten sie doch keine Augen für die Straße, sondern einzig füreinander gehabt.

Wie waren ihre Herzen aufgewallt! Die Wonne floss in allen Gliedern, ein süßer Schauer bebte die Seelen durch, ließ sie im Geiste weiter in Wollust und Genuss schwimmen. Nach einem Kuss, der kein Ende nehmen wollte, entzog sie sich ihm, um gedankenverloren in den kahlen Innenraum der Hauptküche vor ihnen zu starren.

»Ich will rasch einmal nach dem Ring schauen, dass ich es nicht am Ende ganz vergesse.«

Sie lächelte, und er folgte ihr mit dem Blick, als sie mit der Lampe im Durchgang zur Bratenküche verschwand. Deutlich war ihr unsicherer Schritt vernehmbar, mit dem sie die fünf Stufen hinabstieg. Er zündelte derweil am kleinsten der Rumfordschen Sparherde herum. Ihr ferner Ausruf des Erstaunens signalisierte ihm, dass die von ihm geleistete Aufräumarbeit in der Bratenküche ihre Wirkung nicht verfehlte. Leicht bleich kam sie zurück und hielt ein kleines Etwas zwischen Daumen und Zeigefinger ihrer linken Hand. Es war eindeutig ein Ring.

»Lass uns kochen!«, hörte er nun ihre Stimme. »Ich habe einen Bärenhunger! Nachdem wir die Wohltaten deiner Tochter so schmählich missachtet haben …«

Beide kicherten und küssten sich leidenschaftlich. Ein dickes Holzscheit fing an der Rinde an zu glimmen. Wohl hätten sie sich mit Brot und Wurst oder Käse vom verschmähten Frühstückstisch eindecken können – doch wem ist schon nach Stullen zumute, wenn ein neues Leben beginnt?

Aus Maries Lager hatte er in einem kleinen Korb allerlei hübsche Zutaten für eine deftige Aalsuppe mitgebracht und musste Sophie jetzt beim Gemüse- und Fischputzen über seine Arbeit im Feld berichten, über die Speisegewohnheiten des Königs, von denen sich das Küchenvolk der Königin die abenteuerlichsten Vorstellungen machte – etwa, dass er Currypulver in den Kaffee gab und einen Absud aus geriebenem Meerrettich trank. Während er eine Lauchstange in fingerdicke Ringe schnitt, erläuterte Langustier:

»Wenn der König Suppe servieren lässt, platzen die Lippen seiner Tafelgäste. Anschließend verbrennen ihnen in schöner natürlicher Reihenfolge ihre Speiseröhren und Mägen. Und wenn sie sich der scharfen Sachen notgedrungen wieder entledigen müssen, sitzen sie nach ihren Geschäften wie auf glühenden Kohlen!«

Sie lachte, während er gluckste und weiterschnippelte und erzählte.

»Bei Gewürzlieferungen müssen wir stets nach dem schärfsten Pfeffer und kleinen roten Schoten fragen; bei den teils horrenden Preisen für diese Scharfmacher ist es bisweilen kaum möglich, unter dem Limit für den täglichen Bedarf zu bleiben, das der König seit Beginn seiner Amtszeit nicht geändert hat: 33 Taler! Da sind wir bald auf günstige Schmuggelware angewiesen. Jetzt könnten wir etwas für Friedenszeiten zurücklegen, doch das wird uns nicht erlaubt. Jeden Taler, den wir weniger ausgeben, schluckt sofort der Krieg.«

»Dieser verfluchte Krieg!«, sagte Sophie. »Ich begreife nicht ein Gran von dem, was dauernd darüber geredet wird. Ja, ich weiß nicht einmal«, gestand sie lachend, »was all die Bezeichnungen bedeuten. Dass die Kürassiere der Kavallerie einen Kürass tragen, mag angehen, aber Dragoner, Husaren, Kosaken und Korsaren – die werfe ich immer wieder in eins.«

Langustier freute sich, ihr in diesen wichtigen Bestimmungsfragen Nachhilfe erteilen zu können. Mitunter dozierte er gern.

»Korsaren, mein Liebes, sind Seeräuber, und die wiederum sind auf den Schlachtfeldern nur als Husaren anzutreffen. Das lateinische Wort *cursarius*, aus dem sowohl der Korsar als auch der Husar entstanden, bedeutet nämlich Seeräuber. Im Ungarischen hat man *huszár* später an das Wort *húsz* angelehnt, was zwanzig heißt. Weiß der Kuckuck, warum die Husaren alle zwanzig sein müssen? Vielleicht weil sie in diesem Alter nicht so viele Pfunde schleppen wie ich –«

(er lächelte kokett und strich über seinen Bauch)

»– um leichte Reiter genannt werden zu können. Jedenfalls tragen sie schnurbesetzte Dolmane, Säbel, Gewehre und Flügelkappen. Ein Dolman ist eine je nach Regiment anders gefärbte, eng anliegende Jacke, die bis zur Taille reicht und eine wechselnde Anzahl von Zinnknöpfen und Schließen aus runden Schnüren aufweist. Über die linke Schulter hängt den Husaren ein innen mit Schafsfell ausgeschlagener Pelz.«

Sie lauschte amüsiert seinem Fachwissen und säbelte einen stattlichen Spitzkopfaal, den sie zuvor ausgenommen und dabei die Gedärme mit einem spitzen Messer herausgedreht hatte, in kurze Stücke. Langustier war unbeirrbar:

»Dragoner kommt von *dragon*, Drache. Eigentlich war das einmal eine bestimmte Sorte von Gewehren. Jetzt kann sich jeder Drache schimpfen, der an seiner Uniform zwei Tuchklappen zum Festhalten der Schulterbandeliere hat. Reiten und Kämpfen muss er als Dragoner aber trotzdem.«

Er schwitzte in einem mittelgroßen Suppentopf Zwiebeln an, rumpelte gewaltig mit dem Gerät herum, nachdem er es hochgenommen, so dass die glasigen Stückchen nur so wirbelten und Funken aus dem Feuerloch aufstiegen. Er setzte den Topf wieder auf die Öffnung, gab die Lauchstreifen hinzu und löschte nach einigem Umrühren mit etwas Wasser ab. Dann erinnerte er sich an den Rest Rinderbrühe, den er beim Aufräumen sichergestellt und vorsorglich in das kalte Verlies hinter Bratenküche und Bäckerei verfrachtet hatte. Er bat Sophie, sie zu holen, und fragte scherzhaft:

»Soll ich dich begleiten? Hast du Angst vor der Eisernen Jungfrau und dem Grünen Hut?«

»Mummenschanz«, sagte sie, doch es klang wirklich etwas beklommen. Sie verschwand zügig, wie jemand, der etwas hinter sich bringen will, dort wo sie vor wenigen Minuten mit ihrem Ring aufgetaucht war. In der Zwischenzeit raspelte Langustier einen Kohlkopf klein, vierteilte einige Stücke Sellerie, rädelte ein paar Möhren. Eine Hand voll Erbsen und einige klein gehackte Petersilienwurzeln kamen hinzu. Er salzte reichlich, wie es Verliebte tun. Nur einige Kartoffeln, Eier und verschiedene Küchenkräuter verblieben im Korb. Nicht zu vergessen zwei Flaschen rosa Champagner, so kalt von Maries Eiskeller, dass die Luftfeuchte am Glas als silbriger Raureif niederging. Er öffnete die erste der beiden Bouteillen und ließ die heftig moussierende Flut zischelnd in zwei flache Schalen mit schön geschliffenen Stielen strömen. Als Sophie gefährlich blass, wie ihm schien, aus den Gewölben wiederkehrte, fragte er teilnehmend:

»Fehlt dir etwas?«

Sie schüttelte den Kopf, und er gab ihr eine gefüllte Champagnerschale.

»Jedenfalls wird dich das beleben. Darauf, dass wir diese Suppe gemeinsam auslöffeln!«

»Wäre schön, wenn du mir dabei helfen wolltest!«, antwortete sie mit einem Lächeln, und die Schalen klangen wie zwei volltönende Glocken zusammen.

Sie beobachteten gemeinsam, wie die in einen zweiten Topf in eine Mischung aus Essig, Weißwein und Wasser gegebenen Aalstücke von der Hitze durch die Flüssigkeit gewirbelt wurden, bis eine aufsteigende Schaumwand sie kurzzeitig verhüllte. Nach dem Abschäumen kamen Zwiebelringe, Nelken, Pfeffer und Salz dazu. Dann köchelte die Geschichte weiter.

»Hätte übrigens der Aal gelebt, als du ihn zerschnitten hast, so wären seine Hälften wieder zusammengewachsen!«, meinte er.

»Du fantasierst«, vermutete sie, doch er schüttelte den Kopf.

»Jeder Fischer wird es dir bestätigen!«

»Ein Märchen«, entschied sie bei sich, fand ihn aber viel zu charmant, um ernsthaft zu bezweifeln, was er sagte.

Langustier entfernte gerade das ausgekochte Gemüse und gab stattdessen Kartoffeln in die Brühe sowie die gehackte Petersilie, den Majoran, Thymian und den Salbei. Am Schluss träufelte er etwas Essig hinzu. Eine Viertelstunde musste das jetzt weiter vor sich hin dümpeln.

»Lass uns nachher einmal dem Leinenweber Pfannenstiel zuhören! Er hat inzwischen etwas von einer Institution. Man muss ihn erlebt haben, wenn man die Stimmung dieser Tage wirklich in sich aufnehmen will.«

Langustier nickte. Alles wollte er in sich aufnehmen, wenn sie es für notwendig erachtete. Er wollte aber vor allem diesen Champagner und diese Suppe in sich aufnehmen, deren Duft inzwischen die riesige Küche erfüllte. Als sie den Geruch beide nicht mehr ertragen konnten, angelten sie Kartoffeln aus dem Sud und verzehrten sie halbgar, einige Aalteile zur Probe dazu. Man hatte zum Genuss nur vom Rücken aus vorsichtig die Wirbelsäule zu entfernen, die einen rautenförmigen Querschnitt und viele kurze, fest angewachsene Gräten aufwies, hie und da einen längeren Dorn. Keiner hatte bislang das Geheimnis dieser Tiere ergründet, die sich im erwachsenen Zustand die Flüsse abwärts Richtung Meer bewegten und irgendwo in den Tiefen, vielleicht gar in der Sargasso-See, Hochzeit hielten, bevor die kleinen Monteés oder Steigaale wieder die Flüsse aufwärts zogen, um sich als Spitzkopfaale an Würmern, Schnecken und Krustentieren oder als Breitkopfaale an anderen Fischen zu mästen.

Die Aalstücke wurden entwirbelt, mit etwas heißer Brühe in zwei Teller gegeben und abgedeckt, damit sie nicht ganz auskühlten. Geschälte und halbierte Birnen kamen in einem Topf mit Champagner und Zucker zur Erhitzung und leisteten nach einigen Minuten den Aalstücken Gesellschaft. Die Kartoffeln in der Suppe endeten unter dem Kartoffelstampfer, auch kam etwas Mehlbutter hinzu, bis fünf eingerührte Eidotter den Schluss markierten. Als die Suppe um Aalteile und Birnen floss, schwelgten die beiden im Genuss. Was übrig blieb, bekam der Kastellan, der sich derart über diese Gabe freute, dass es einen Moment dauerte, bis er bei sich erkannte, wer die schöne Frau an der Seite des Zweiten Hofküchenmeisters war. Hatte sie nicht schon einmal bei ihm vorgesprochen und den Küchenschlüssel verlangt?

Langustier nutzte die Gelegenheit, Hütter zu fragen:

»Erinnern Sie sich, Monsieur, Herrn von Criewen am Dienstagnachmittag oder bei der Abfahrt am Mittwochvormittag gesehen zu haben?«

Der Kastellan dachte einen Augenblick nach.

»Am Dienstagnachmittag? Nein. Am Mittwochmorgen? Ebenfalls nein. Ich wollte ihm eine gute Fahrt wünschen, als er losfuhr, doch er hatte die Vorhänge vor die Kutschfenster gezogen. Vielleicht fuhr eine Dame mit ihm, ich weiß es nicht.«

»Wann haben Sie ihn am Dienstag zuletzt gesehen?«

»Es muss gegen zehn gewesen sein. Er ging durch den inneren Schlosshof mit einem vornehmen, schwarz gekleideten, sehr bleichen Herrn.«

Langustier tat unbewegt. Die Beschreibung passte auf den Bruder Emil. Hatte man sich vor der geplanten Abfahrt gezankt? Warum verweilte Emil von Criewen in Berlin? Wo war Hellmuth von Criewen für den leidigen Rest dieses Dienstages geblieben? Warum hatte ihn niemand mehr gesehen?

»Wissen Sie vielleicht, wann die ominösen Kisten von seiner Kutsche fielen?«

»Ergebenster Diener, Monsieur, aber ich war von kurz nach zehn bis gegen dreiviertel zwölf beim Verladen der verschiedenen Kassen-Gelder und Aktendepots zugegen; erst bei der General-Salz- und der General-Domänen-Kasse in der Südostecke des Gebäudes, anschließend bei der Geheimen Kanzlei und der Geheimen Registratur im Zwischengebäude, schließlich bei der Fourage- und Invaliden-Kasse neben dem Portal Nummer vier. Als ich kam, um die Küchen abzuschließen, erschien von Criewens Diener Hessel, reichlich aufgeregt, wie ich ihn vorher selten sah – denn er ist doch ein sehr durchtriebener Helfer seines Herren, wenn Sie wissen, was ich meine …«

(er blinzelte Langustier mit einem Seitenblick auf dessen Begleiterin zu)

»… und erklärte mir den Casus mit der Kutsche und den Steinkisten. Er bestand darauf, die gesamte Bagage seines Herrn und Meisters in die Küche zu schaffen, damit sie bis zum Mittwochmorgen sicher verwahrt wäre.«

Bevor sie sich auf dem Weg zur Werkstatt des orakelnden Leinenwebers Pfannenstiel machten, schrieb Langustier ein kurzes Briefchen an seine Tochter. Darin meldete er sich bei Marie mit kühlen Worten nach Magdeburg ab. Er gedachte sich künftig, nach ihrer ablehnenden Reaktion auf Sophies Existenz, ein wenig rar zu machen. Die Unterkunft, die sie ihm großmütig gewährte, müsste er in der nächsten Zeit ja auch nicht beanspruchen. Er schickte einen unterwegs aufgegabelten Botenjungen mit der Nachricht in die Rossstraße.

Pfannenstiels Haus stand unweit des Großen Stalles, war flach und gedrückt, und der Webstuhl in der großen Stube war das dominanteste Möbelstück darin. Die Fenster zur Straße standen sperrangelweit offen. Davor stand, als würde hier eine eigenartige Form von Sprechtheater geboten, eine bunt gewürfelte Menge. Der Leinenweber ließ derweil drinnen ebenso munter das Weberschiffchen tanzen wie seine Stimme schnurren, die keinen Augenblick aussetzte oder müde ward.

Langustier hatte große Mühe, sich weit genug vorzukämpfen, um einen Blick auf das geschäftige Männlein zu erhaschen, das wieselgleich an seinem Webstuhl hantierte und dabei die Gedanken nicht bei sich behalten konnte. Sophie hielt sich in seinem Kielwasser. Von einer schauerlichen Diarrhöe des Geistes befallen, musste Pfannenstiel Wort um Wort, Satz um Satz ausstoßen, ohne auch nur einmal aufzumerken und sein Mundwerk für ein paar Sekunden ruhen zu lassen. Langustier besah sich die entrückten Mienen der Umstehenden und kam sich vor wie bei einem Feldgottesdienst. Die hier standen und lauschten, waren Gläubige! Da es ihn momentan allenfalls interessierte, ob der Krieg zwischen Preußen und Schweden wohl eskalieren würde, erdreistete sich Langustier, das webende Orakel durchs geöffnete Fenster der Werkstatt laut nach dem Zeitpunkt der Besetzung der Mark durch die schwedischen Truppen zu fragen. Dies war keineswegs üblich. Der Weber kam auf diese Weise um seine Inspiration, er beantwortete keine Fragen, sondern sprach aus, was er sah. Abrupt verstummte er. Sein Weberschiffchen stoppte. Er blickte irritiert auf und suchte den Fragesteller mit den Augen. Da er es aber zuvor standhaft vermieden hatte, sein Publikum anzusehen, konnte er ihn nun schwer ausmachen. Er senkte den Blick wieder, konzentrierte sich aufs Weben und schwieg etliche, endlos lange Momente still.

Die Umstehenden erkannten Langustier und lächelten. Als Pfannenstiel wieder zu sprechen begann, war von den Schweden und der Mark keine Rede. Es ging eine ganze Weile um neue Maschinen zur Erleichterung des menschlichen Lebens, bevor das Orakel auf einen politischen Aspekt Bezug nahm, der näher zu liegen schien. Pfannenstiel erwog die den Umstehenden höchst drängend erscheinende Frage, wie oft Berlin in Zukunft besetzt werden würde und vor allem von wem, von den Österreichern oder den Russen? Seine Stimme klang nicht sonderlich entsetzt, als er verkündete:

»Berlin wird öfters Besetzer haben; erst werden uns Russen und Österreicher gleichzeitig heimsuchen, dies wird im kommenden Jahr geschehen, dann werden es die Franzosen sein, dann die Russen, die Franzosen, die Amerikaner und die Engländer gleichzeitig. Es wird eine Zeit lang eine Mauer geben, die Berlin in zwei Hälften trennt.«

Ein regelrechter Aufschrei ging durch die Menge: Die Engländer? Waren doch Verbündete! Eine Mauer? Wird es neue Zölle geben? Und was wollten die Amerikaner? Die waren doch gerade einmal froh gewesen, dass sie den verhassten Kontinent verlassen durften? Sollten doch für immer in Amerika bleiben, die Amerikaner!

Die Lauschenden wurden unruhig, einige gingen kopfschüttelnd ihrer Wege. Pfannenstiel war durch die feindselige Atmosphäre eines Teils seiner Zuhörer gehemmt und schien sich durch das Zurückhalten weiterer Offenbarungen rächen zu wollen. Eine ganze Weile hörte man allein das Scharren und Schießen des Schiffchens auf der Webstuhlapparatur. Dann blickte er unvermittelt direkt auf Langustier, als spürte er, dass dieser die Frage nach den Schweden gestellt hatte.

»Es wird keine Besetzung der Mark durch die Schweden geben. Doch sie werden uns dieses Jahr am 10. September auf dem Wasser vernichtend schlagen. Es wird zu einer gewaltigen Seeschlacht zwischen preußischen und schwedischen Kriegsschiffen kommen, die sich mehrere Stunden auf das Fürchterlichste beschießen werden. Viele Tote auf beiden Seiten wird man zu beklagen haben. Sie, Monsieur, werden nicht unter ihnen sein.«

Langustier musste lächeln, denn jeder wusste, dass die vor kurzem in Stettin gebaute Preußen-Armada sich mit der schwedischen nicht im Entferntesten messen konnte. Kein preußischer Kapitän würde sich auf eine solche Konfrontation einlassen. Pfannenstiel hatte Langustier aus seinem Basiliskenblick entlassen und webte wieder eine kurze Zeit still und unprophetisch vor sich hin. Dann verkündete er:

»Der König wird mehrfach schwere Stunden in diesem und dem nächsten Jahr erleben. Man wird ihm nach dem Leben trachten. Es kann sogar sein, dass der König ...« Pfannenstiel schluckte, verhaspelte sich mit dem Schiffchen, konnte weder weiterreden noch arbeiten, rang nach Luft. Seine Gattin kam herein und bedeutete den Zuhörern, sich doch zu entfernen, was jedoch die wenigsten taten. Man tuschelte, die Frauen hielten die Hände, oder – wenn es Damen waren – die Fächer vor den Mund. Sophie hatte sich in Langustiers Ärmel verkrallt und sah mit angstvoll geweiteten Augen zu ihm auf.

Langustier war hellhörig geworden, als er von den zu erwartenden Attentaten vernahm. Er wollte Genaueres wissen und zog sein Notizbuch hervor.

»Monsieur, sagen Sie mir ...«

Doch er wurde am Weitersprechen gehindert, da ihn die Menge, die seine Intervention beim ersten Mal gutmütig hingenommen hatte, da man gegen einen Intimus des Königs nachsichtig sein musste, jetzt doch mit sanfter Gewalt abzudrängen begann. Entnervt riss er sich los und trat direkt unter das offene Fenster.

»Mein Herr, ich bitte Sie im Auftrag des Königs um eine ehrliche Antwort: Können Sie mir jene Personen näher bezeichnen, die sich einer tätlichen Bedrohung Sr. Königlichen Majestät schuldig machen werden?«

Der Weber schauderte, schien zurückweichen zu wollen.

Schließlich sprach er jedoch klar und deutlich:

»Ich kann keine einzelnen Gesichter oder Personen sehen, mein Herr, mit Ausnahme der Gestalt des Königs. Er wird mit einer Schale dampfender Flüssigkeit bewirtet. Solches geschieht ihm am helllichten Morgen von einem seiner Lakaien. Sie verzeihen, mein Herr, wenn ich Scheu trage, Ihnen hierüber mehr zu sagen, denn es ist immer bedenklich, einem Menschen vorherzusagen, was er tun wird. Es könnte Schwierigkeiten geben, die den Lauf der Welt verwirren, wenn sie plötzlich etwas anderes täten. Und worüber man nicht reden kann, darüber muss man schweigen.«

Pfannenstiel hatte die letzten Worte wie unter Schmerzen hervorgestoßen.

»Mit Verlaub, Monsieur, doch ich halte Ihre Prophezeiungen für zu abenteuerlich, um etwas darauf zu geben. Ich wünsche Ihnen aber dennoch eine gute Besserung!«

Pfannenstiel entgegnete angestrengt, während er sich erhob, um sich gleich auf einer Holzbank auszustrecken:

»Mein Herr! Das ist nun einmal so; und wenn Sie diese Sachen nicht glauben, so bin ich dabei ganz ruhig und zufrieden.«

Er ließ sich von seiner Frau einen Zettel und einen Bleistift geben, schrieb etwas und ließ Langustier die Notiz reichen. Dieser las darauf, schon halb im Fortgehen, einen Ort und ein Datum. Darunter stand das kryptische Wort:

»Goldregen???«

Langustier schüttelte heftig den Kopf und vergrub den Zettel in der kleinen Falttasche seines Notizbuches. Dann fasste er Sophie fest bei der Hand und zog sie mit sich. Nur weg von diesem Ort des Wahnes, nur rasch in das Oberstübchen seiner Köchin, unters Dach ins Fürstenhaus! Doch vorher, auf dem Weg, beim Schneider Lafayette, der an der Friedrichstraße eine kleine Galerie für Kurzwaren unterhielt, wurden rasch ein paar Kleidungsstücke für die morgige Fahrt gekauft und im Wolffschen Kaffeehaus ein paar Diavolini oder Schokoladenteufelchen verspeist sowie der Liebsten etwas über ihre Vergangenheit entlockt: Aus Wittstock in Schwedisch-Pommern kam sie, das Kind wohlhabender Eltern, die 1720 nach Preußen gegangen waren; früh verwaist, bei einer Schönhausener Familie aufgewachsen, hatte sie immer gerne beim Kochen zugesehen und letztlich gekocht, sich am Hof beworben, wo man sie glücklich nahm. Mit der Madame Huber war sie nicht immer zufrieden, hatte diese doch ein arg bayerisches Bauernnaturell. Aber all dies war ja jetzt ganz einerlei.

In Sophies Logis im verwaisten Fürstenhaus lagen sie einander erschöpft in den Armen. Beide schwelgten in satter Müdigkeit, wurden jedoch immer wieder durch die Empfindung des Beieinanderliegens vorm nutzlosen Schlaf gerettet.

»Sag, Liebste ...«, flüsterte Langustier, während er mit dem Zeigefinger um ihren süßen Bauchnabel kreiste und ihr verträumtes Gesicht mit den Augen verschlang, »... ist es dir eigentlich recht, dass Hessel mit uns reist? Was kannst du mir über ihn sagen?«

Ihre Miene belebte sich, und sie legte den Zeigefinger vor den Mund, bevor sie leise erwiderte:

»Begeistert bin ich nicht darüber. Er ist eingebildet und unverschämt. Frauen gegenüber ist er ein übler Geselle. Sprich lieber nicht von ihm, während ich hier nackt liege. Ich bekomme es sonst mit der Angst!«

»Das verstehe ich nicht? Ist er so ein Teufel, dass du fürchtest, ich könnte ihn damit heraufbeschwören?«

»Genau. Er ist noch schlimmer als sein Herr, kein Rock in Schönhausen war vor ihm sicher. Wie ein Italiener.«

»Sag bloß, du hast auch ...«, fragte er ehrlich entrüstet und fuhr einige Handbreit zurück.

»Ach wo – was denkst du? Aus so schmalen Gestalten wie dem mache ich mir rein gar nichts. An denen ist doch nichts dran …« Sie zog ihn behutsam wieder zu sich hin.

Montag, der 20. August / Dienstag, der 21. August 1759

Hessel erwartete die beiden schon. Langustier und Sophie machten keinen Hehl daraus, dass sie sich innigst zugetan waren, und es schien den Diener nicht zu überraschen. Seine Miene wirkte allerdings leicht säuerlich.

Der Kutscher indessen, den Langustier für die Magdeburg-Fahrt zum Wucherpreis von zehn Talern gemietet hatte, grinste, als Langustier seiner noch leicht schlaftrunkenen Schönheit in den Wagen half. Sophies Augen wurden jedoch durch dunkle Verschattungen nicht eben reizloser.

»Hochzeitsreise?«, flüsterte der Kutscher fragend, und Langustier lächelte vielsagend.

Bald war man zur Stadt hinaus. Es ging diesmal den direkten Weg über Potsdam und Brandenburg. Langustier und Sophie holten trotz des Geschaukels den versäumten Schlaf nach. Als schließlich die Nacht langsam herabsank, die Sterne hervorglommen und der Mond auf die Kutsche herunterschaute, erreichte man kurz vor Mitternacht eine kleine Stadt mit einem sehr alten Schloss, das einer Frau von Münchhausen gehörte: Möckern.

Der Gasthof »Zum güldnen Stern«, in dem sie trotz der unsäglich späten Stunde noch einkehrten, war inwendig noch unansehnlicher als außen, wo er zumindest den Vorzug besaß, unbeleuchtet zu sein. Kutscher und Diener mussten in einem Raum nächtigen, der durch ein Loch im Fußboden mit allen üblen Dünsten der Wirtsstube versorgt wurde. Langustier und Sophie dagegen erhielten einen zwar abscheulichen Verschlag, in dem jedoch ein uraltes Himmelbett stand. Durch das Fenster winkte der Mond mit bloßem Wolkenarm, während die Liebenden wollüstig nicht eben wenig taten, um sich den übrigen Gästen unvergesslich zu machen. Denn das Ungetüm von Möbel knarzte gar schrecklich. Am frühen Morgen, als es fast dämmerte und Sophie unweigerlich vom Schlaf dahingerafft wurde, nahm sich Langustier, innerlich und äußerlich so aufgewühlt, dass er keine Ruhe finden wollte, das von Criewensche Tagebuch vor.

Hatte der Kammerherr der Königin auch den diesjährigen kriegsbedingten Auszug aus Berlin nicht mehr miterlebt, so las sich seine Schilderung des letzten, als wäre er der Feder eines zügellosen Lüstlings mit epischer Begabung entflossen:

»Der bewegteste und traurigste Tag meines Lebens! Kaum bin ich aufgestanden – von der Seite der vollkommensten jungen Venus, einem Persönchen, das sich mir unlängst am einsamsten Ort des Schönhauser Parkes im Gehölz genähert und mich animiert hatte, mit einem Körper, der zur Liebe wie geschaffen –, da heißt es: Der Feind ist vor den Toren. Man sieht von allen Seiten Menschen herbeiströmen, die sich aus der Umgegend geflüchtet haben. Um acht Uhr lässt mich die Königin rufen. Ich finde diese würdige Fürstin in Tränen. Sie beauftragt mich, alle Prinzessinnen zu benachrichtigen, dass sie um elf Uhr abreisen werde; sie möchten sich ihr anschließen. Die Königin fährt ab, begleitet von der Berliner Garnison. Was mich anbelangt, so bleibe ich mit dem kleinen Ding ruhig noch lange im Schloss und höre den Kanonenschlag, der den vollständigen Abzug der Garnison anzeigt, während wir noch ein letztes Mal in höchster Lust davonschweben. Erst gegen Mittag gehe ich träge hinunter und finde meine Diener noch immer mit den Koffern und meinem Wagen beschäftigt. Als wir in Spandau anlangen, heißt es, Berlin sei geplündert und alle Bewohner restlos massakriert worden. Das kann nur übertrieben sein! Nun fühlt man sich selbst in der Stadt Spandau nicht mehr sicher, und das ganze königliche Haus muss in der Festung Wohnung nehmen. Das Gebäude, in dem jetzt so viele erlauchte Personen Platz finden sollen, hat seit Friedrich I. nur zur Aufnahme von Gefangenen und zur Einlagerung von Schieß-Pulver gedient. Man hat die Ankunft der Königin freilich nicht im Mindesten vermutet, und so ist kein Feuer, kein Licht vorhanden, zu schweigen von Mobiliar oder einem Imbiss. Vier Verbrecher, Eisen an den Füßen und eine kleine Lampe in der Hand, führen die Königin und die Prinzessinnen in ihre so genannte Wohnung, welche aus fünf Räumen besteht, in denen die Fenster zerbrochen sind, keine Tür schließt, kein Stuhl zu erblicken ist. Unter diesen Gemächern befindet sich das Pulvermagazin, und man erhält deshalb alle Augenblicke die Warnung, ja nicht zu stark zu heizen, wollte man nicht ein furchtbares Unglück auslösen. Man muss also in dieser Herberge zwischen Erfrieren und Indieluftfliegen wählen. Die ganze Gesellschaft soupiert auf der Erde, mit dem Wenigen, was die Köchinnen an Reiseproviant eingepackt haben, und verbringt eine mehr als traurige Nacht auf dem nackten Stroh dieses Gefängnisses. Während ich auf das Schnarchen einiger wenig ansehnlicher Kammerfrauen lausche, denke ich an die süße Kleine, die durch nichts zu bereden war mitzukommen, und träume mich in ihre Anhänglichkeiten zurück.

Am Morgen bietet das Quartier ein Bild wie die ordinärste Schänke. Überall liegen Strohsäcke und die Damen sitzen auf ihrem Lager. Die kranke Prinzessin Heinrich ist auf die Erde gebettet. Prinzessin Amalie schreibt im Stehen einen Brief, da sie weder Tisch noch Stuhl hat, und die Königin hat sich in einen großen Pelz gehüllt und stirbt schier vor Kälte.

Die arme Tettau mit all ihren Gebrechen liegt auf einem Bett und will ihre Seele aushauchen. Am rührendsten ist es aber, die gute, alte Gräfin Camas zu erleben. Sie hat die ganze Nacht kein Auge geschlossen, aber ihr Humor hält sie aufrecht, und sie versteht es, allem eine heitere Seite abzugewinnen. Zu aller Belustigung erzählt sie die immer aufs Neue belachte Geschichte des Fräuleins von Brandt, die – schön und gefallsüchtig und augenblicklich drauf und dran, den Baron von Knyphausen um den Verstand zu bringen – einmal beim Essen aufspringt und einen Schrei ausstößt, obwohl die Prinzessin neben ihr sitzt. Alles steht auf, und es stellt sich heraus, dass zwei Hunde sich unter ihren Stuhl geschlichen hatten und dort bei einer gewissen Beschäftigung die Bewegungen machten, die den Stuhl des Fräuleins von Brandt hoben und senkten. Man lachte umso mehr, da dies einer jungen Dame passierte, die mit derartigen Bewegungen vertraut ist …«

Langustier kicherte und lauschte dem Atem der jungen Dame neben sich.

Von Criewens Tagebucheinträge der letzten Wochen kreisten fast ausschließlich um die Streitigkeiten mit dem Bruder Emil. Eine krude Klausel im Testament ihres Vaters wollte dem Jüngeren das Gut Klein-Kloppen nur unter der Bedingung dauerhaft vermachen, dass dieser nach seinem vierzigsten Lebensjahr der in den Augen des Vaters verderblichen und ruinösen Reiselust entsage. Sollte Emil dies nicht tun, verfiele sein Anspruch zugunsten von Hellmuth – der bis dahin als Einziger leer ausgegangen war. Laut Bruder Hermann hatte er sich einen Landsitz gewünscht, erinnerte sich Langustier. Jetzt war die Streitigkeit unentscheidbar geworden, und es sah so aus, als würde der unverzagt reisende und sein Geld verschleudernde Bruder aufatmen können. Langustier löschte das Öllämpchen aus, schlich sich leise aus dem Gasthof und spazierte durch das verschlafene Städtchen, ging zum Tor hinaus auf die Feldmark und ließ den Morgenwind durch seinen Stoppelbart streichen. Eine Feldlerche schraubte sich ins Blau, endlos tirilierend und ganz beduselt vor Liebesglück. Genau wie er, der allerdings seine Kreise am würzig duftenden Boden ziehen musste.

Sophie erwachte, als vor ihren Augen ein Feldblumenstrauß aus Langustiers Hand hervorblühte. Sie benötigten lange, bis sie reisefertig waren. Hessel und der Mietkutscher erwarteten sie bereits voller Sehnsucht in der üblen Gaststube. Nach deftigem Landfrühstück brach man zur Weiterfahrt auf.

Vor ihrer Ankunft in Magdeburg am Dienstagmittag zog sich urplötzlich der Himmel zu und es fing leise an zu regnen. Der Regen nahm stetig zu und verwandelte das letzte Wegstück in einen endlosen Morastgraben. Mit dem Erreichen der alten Festung Magdeburg, Residenz des Fürsten von Anhalt-Dessau und augenblicklich Exil der Königin, nahm der langsam herangewachsene Land- die Ausmaße eines katastrophalen Platzregens an. Hessel, der zuletzt mit auf dem Kutschbock gesessen hatte, da er den Anblick des jungen Glücks vis à vis im Kutschkasten nicht mehr ertrug, öffnete ihnen, als sie das Fürstenhaus erreichten, den Wagenschlag. In der Hand hielt er einen gewaltigen Parapluie.

Ohne vorderhand zu wissen, wo und wie er unterkommen würde, nahm Langustier für die nächsten Stunden langen und bewegenden Abschied von seiner unterm Dach des Fürstenhauses logierenden Sophie, die ihn fast nicht loslassen wollte. Er tröstete sie lachend:

»Ich bin in denselben Festungsmauern gefangen wie du! Zwar kann ich nicht ins hiesige Fürstenhaus, weil es voll ist. Doch ich sende dir eine Nachricht, sobald ich weiß, wo ich unterkomme.«

Sophie erläuterte dem Kutscher kurz den Weg, bevor dieser Langustier und Hessel zu einem Bürgerhaus hinterm Alten Markt chauffierte.

Louise Albertine Freifrau von Quappendorff empfing die beiden höflich und bat Langustier, bei einem bescheidenen Imbiss ihr Gast zu sein. Sie dinierte mit einigen Magdeburger Freunden, während die Königin im so genannten »Königlichen Palais« – der Domdechanei – ihre Tafel abhielt. Sie war wie alle Damen im Exil nur in eine einfache runde Robe gekleidet, da sich große Toiletten bei diesem Aufenthalt ganz von allein ausschlossen. In Magdeburg herrschte im Vergleich zu Berlin eine geradezu dräuende Enge, so dass man sich mit besserer, voluminöserer Kleidung gegenseitig erdrückt hätte.

Nach einem tristen Mahl, das von Toasts und langweiligen Reden trefflich begleitet worden war, wie er später Sophie berichtete, die sich zu ihrer Chefin, der Madame Huber, verfügt hatte, um ihr den Ring zu bringen und über die neuesten Entwicklungen in der Lohnfrage Aufklärung zu erhalten, erwies Frau von Quappendorff dem Sonderkommissar Sr. Königlichen Majestät die hohe Gnade, tête-à-tête mit ihr zu sprechen. Langustier betrachtete sie mit Wohlgefallen. Es waren eigentlich nur schöne Damen um diesen Toten, dachte er.

Frau von Quappendorff stand der Schmerz über den verlorenen Geliebten deutlich ins Gesicht geschrieben. Langustier fragte sich, wie ihr Dasein als Hofdame der Königin wohl zu von Criewens Lebzeiten ausgesehen haben mochte.

Wie war es zum Beispiel zu erklären, dass dieser sie in seinem Tagebuch schon längere Zeit nicht mehr erwähnt hatte? Hatten sich die beiden getrennt?

»Madame, ich hoffe, Sie betrachten mein Erscheinen mit Milde. Ich möchte Ihnen im Auftrag des Königs einige Fragen zu dem dahingeschiedenen Vorleser Ihrer Majestät der Königin stellen.«

Er rang nach schicklichen Worten, während sie ihn in eine von spanischen Wänden abgetrennte Sitzecke geleitete. Überall in den Räumen war das Magdeburger Provisorium zu spüren. Während sie sich ihm gegenüber auf eine Chaiselongue drapierte, konnte er sehen, dass ihre Augen in Tränen schwammen und der makellose Teint von kleinen Wasserflüssen überschwemmt zu werden drohte.

»Im Rahmen meiner Nachforschungen war ich leider gezwungen, auch einige intime Aufzeichnungen – mit aller gebotenen Diskretion – zu meiner alleinigen Kenntnis zu nehmen. Nun sehe ich mich vor der Schwierigkeit zu begreifen, warum Sie von Criewen schon seit längerer Zeit nicht mehr trafen?«

»Ach, Monsieur!« Sie schluchzte. »Es fällt mir nicht leicht, darüber zu sprechen, und es mag Ihnen auch ganz unverständlich erscheinen. Das Verhältnis zwischen ihm und mir beruhte auf gewissen Zugeständnissen an seine Natur, die in den Augen der Mitwelt etwas für mich Nachteiliges besaßen. In Wahrheit aber bedeuteten sie ein dauerhaftes Glück und eine bleibende Versicherung unserer Liebe.«

Langustier bat sie, sich genauer auszudrücken.

»Sie dürfen nicht glauben, Madame, man hörte in der Welt gar nichts von den Entwicklungen am Hof der Königin und von der sehr vornehmen, kultivierten Art des Umgangs, die man dort pflegt. Als ich jedoch in den Memoiren Ihres

Freundes zu blättern die traurige Gelegenheit hatte, ergriff mich ein gelindes Erstaunen über eine gewisse Divergenz zwischen Vorstellung und Wirklichkeit.«

Sie schüttelte den Kopf.

»Ich muss etwas Allgemeines vorausschicken, bevor ich auf von Criewens ungeschriebenen Kontrakt mit mir eingehe«, entgegnete Madame von Quappendorff und trocknete sich die Tränen mit einem seidenen Tüchlein. »Dachten Sie, mein Herr, dass wir in Schönhausen an der so ruhig und unschuldig fließenden Panke freiwillig ein abgeschiedenes Leben führten, etwa so wie traurige Betschwestern hinter dicken Klostermauern es tun, nur weil Se. Königliche Majestät geruhten, uns auf Distanz zu sich und seiner großen Politik zu halten, die sehr schmutzig und unmenschlich ist? Das zu meinen oder gar zu fordern, wäre wohl grotesk und verkehrt! Sie werden mir sicher darin beipflichten, wenn ich behaupte, dass über Jahre hinweg in des Königs Lust-Schloss in Potsdam das pure Wohlleben, der Genuss und die Sinnenfreuden herrschten. Mag sein, dass der König ganz andere Genüsse schätzt als wir Damen, doch gilt das einerlei. Ihre Majestät, die Königin, sah jenes Sans Souci nur ein einziges Mal, als wir 1757 auf dem Weg hierher durch Potsdam kamen und es uns durch Bestechung des Kastellans gelang, einen raschen Blick in diese unheiligen, unkeuschen Hallen zu werfen, die von einer Freizügigkeit, Gefallsucht und eitlen Protzerei künden, dass es mir die Röte ins Gesicht trieb. Welch ein Anblick war dies für uns – wie tief empfanden wir die damit ergangene Demütigung an unsere fast bigotte Schönhausener Adresse. Freilich hatten wir dieses beleidigende Gefühl heraufbeschworen, indem wir uns unerlaubt Zutritt verschafften, und konnten die Degradierung also vorderhand kaum dem König anlasten, der uns sicher in keiner Weise verletzen wollte. Indem wir die

Pracht sahen, die man uns vorenthält, fühlten wir uns weit weniger denn je geneigt, auf das zu verzichten, was königstreue Gesinnung und Staatsräson uns auferlegen wollten. Es sind wohl einige, von Zeiten der Hofmeisterin der Königinmutter herstammende Spitzel im Dienst des Königs eingesetzt, um unseren Lebenswandel zu überwachen, doch sind sie in der Regel noch verdorbener in ihren Ansichten, als wir gutheißen könnten. Vielleicht ist das nur Maske. Ich nenne Ihnen etwa den Abbé Pricot oder den Prediger Creutz. Aber es gibt auch einen, der es ernst meinte mit seinen Ermahnungen und vor dem wir immer auf der Hut sein mussten, wenn wir einer verwerflichen Liebschaft nachhingen: Der Baron von Würmerhelm ist die Bigotterie selbst und trachtete von Criewen nach der Seele. Er wollte ihn dem Weg der Besserung zuführen und vernahm nie das heimliche Gelächter, das wir über seine vergeblichen Bemühungen ausstießen.«

Sie besann sich einen Moment, um den Faden ihrer Mitteilungen wieder aufzunehmen.

»Damals, in den gold- und silberstrotzenden geheimen Kammern von Sans Souci mit den nackten Faunen und Nymphen, der Venus in Marmor, empfand ich sehr deutlich, wie unbillig es wäre, von der Königin und den Ihren Enthaltsamkeit zu verlangen, wo sich ihr Gatte mit Erlesenheiten von höchst zweifelhaftem verworfenem Reiz umgibt und in enthemmter Runde lukullische Genüsse auftragen und Reden führen lässt, die über seinen sinnenfrohen und blasphemischen Charakter alles verraten. Wenn ihm dagegen die männlichen Pflichten gegen sie gänzlich in Vergessenheit geraten sind, so muss sie, denke ich, deshalb nicht den Rest ihres Lebens in Stille und Demut ausharren und blind werden gegen die Natur und ihre Bedürfnisse. In unserem aufgeklärten Jahrhundert wären wir töricht, wenn wir uns zu Nonnen machten, wo uns doch niemand ernsthaft in unser Leben dreinreden kann.«

Langustier verstand die Königin durchaus. Es war in der Tat nicht sehr erbaulich für eine stattliche, in der Blüte ihrer Jahre stehende Frau, wie ihr der König seit seinem Amtsantritt steif und leblos die Honneurs machte. Zwar suchte er ihr alle erdenklichen Wohltaten zu verschaffen, doch seine Besuche bei ihr hatten nichts Persönliches. Stets war sie bei diesen seltenen Begegnungen von ihren Hofdamen und er von seinen Adjutanten umgeben. Man tauschte Billets und Artigkeiten aus, saß sich steif an mehr zur Schau als zum Speisen gedeckter Tafel gegenüber und trennte sich stets nach kurzer Zeit.

»Wenn Sie das Leben am Hof der Königin betrachten«, sagte Frau von Quappendorff, »so bedenken Sie nur ruhig, dass es der Hof einer Verschmähten ist. Sie hat in meinen Augen füglich alles Recht, sich zu nehmen, was der König ihr verweigert. Es mag sie frappieren, Monsieur, und es steht Ihnen frei, es dem König so zu sagen, wie ich es Ihnen gegenüber tue, denn es ist meine lauterste Meinung.«

Langustier verzog keine Miene, amüsierte sich aber bei der Vorstellung, er könnte gegenüber Sr. Königlichen Majestät von derlei abseitigen Dingen sprechen. Frau von Quappendorff machte eine kurze Pause, um dann endlich auf den Vorleser zu kommen.

»Zwischen von Criewen und der Königin hat es einmal eine große Anziehung gegeben, doch die Zeit, da er ihr Favorit war, liegt schon einige Jahre zurück. Ihr Umgang war seither ein freundschaftlicher und vertraulicher, doch hat sie ihn fürderhin nur mehr als Vorleser und nicht als Mann begehrt. Sie schätzte es nicht an ihm, dass er sich ohne Unterlass anderen Frauen näherte, und dies war auch für mich, die ich ihn später erst kennen lernte, zu Beginn schwer zu tolerieren. Am Hofe umschwärmten ihn die jungen Dämchen wie die Schmetterlinge eine farbenprächtige Sumpfblüte. Zuerst dachte ich, ich ertrüge es nicht, und wies ihn brüsk zurück, als ich es erlebte. Doch er blieb hartnäckig, und es dauerte stets nur eine kurze Weile, bis er von seinen Raubzügen in meine Arme zurückkehrte. Ich schmeichelte mir mit der Aussicht, in dieser fortgesetzten Bataille mit einem Heer von kleinen Soldatinnen letztlich die Siegerin zu sein. Die Leidenschaft, mit der er sich nach jeder seiner Abschweifungen umso stärker wieder mir zuwandte, entschädigte mich für seine zeitweilige Abwesenheit. Es wurde zum gewöhnlichen Spiel zwischen uns, diese Wellenbewegung von Nähe und Ferne zu dulden, und es war nun gerade …«

(sie brach in Tränen aus und presste sich das Tuch vor die Augen)

»… Verzeihung, es war bereits überfällig, dass er seiner jüngsten Flamme von Liebhaberin oder Gespielin, der kleinen Ramen, dieser törichten Gans, den Laufpass gab, die ganz lockende, geistlose Hülle war, während ihre Großmutter am Hofe des Soldatenkönigs wenigstens Hirn genug aufbrachte, intrigant zu sein!«

Ein Tränenfluss erstickte ihre Worte, und es dauerte eine ganze Weile, bis Langustier schließlich erfuhr, wie es am Dienstag vor Abfahrt der Königin aus dem Schloss im Speisesaal zugegangen war.

»Kurz nach dem Beginn des denkwürdigen Mahls – wir saßen alle appetitlos vor dem kalten, zähen Braten, wie ihn nur eine Madame Huber zu bereiten vermochte – stand von Criewen auf und verschwand. Er machte noch eine das Essen und die Huberin betreffende abfällige Bemerkung an die Adresse der Königin, die selbige sehr ungebührlich aufnahm. Was wünschten wir überdies schon seit Jahren, dass ein Mann Ihres Formats in die Dienste der Königin genommen würde, Monsieur! Es würde uns allen weit besser bekommen!«

»Wann genau begann das Essen? Und um wie viel Uhr stand er auf?«, fragte Langustier, das zweifelhafte Kompliment übergehend.

»Um elf wurde aufgetragen. Die Glocken der Domkirche waren kaum verklungen, als von Criewen sich entfernte, es kann keine zehn Minuten nach elf gewesen sein. Ich verfluchte mich, denn ich vermochte meine Tränen schwer zurückzuhalten. Die Ramen erhob sich und verschwand ebenfalls, eine Unpässlichkeit vortäuschend. Alle sahen die Szene und schauten sehr schadenfroh auf mich. Sie wussten genau, was zwischen von Criewen und dem liederlichen kleinen Miststück geschah.«

Langustier fürchtete insgeheim, das volle Mieder von Madame könnte vor seinen Augen explodieren.

»Infame Kokotte!«

Sie hatte sich so sehr ereifert, dass er es für das Beste hielt, für die Störungen ihrer Gemütsruhe Verzeihung zu erbitten und sich zurückzuziehen. Nachdem er dies getan, zückte er das Notizbuch, um sich beim schummerigen Öllampenlicht im Hausgang rasch Notizen zu machen.

Elsbeth Ramen sah aus wie sechzehn, war zweiundzwanzig – und heulte nicht schlechter als die Mittvierzigerin, von der Langustier direkt zu ihr gekommen war. Sie war wenige Häuser von dem Interimsdomizil der Frau von Quappendorff in einer Kemenate neben ähnlichen Kammern voll weiblichem Hofpublikum untergebracht.

In ihrer Zimmergenossin erkannte Langustier zu seinem Erstaunen eine der beiden vorzeiten jungen Damen wieder, in deren Kutsche er 1740 die letzte Etappe nach Berlin zurückgelegt hatte. Das Fräulein von Sonsfeld hatte inzwischen die ersten grauen Haare bekommen, was ihren Liebreiz jedoch nicht milderte. Als Langustier sie begrüßte, versiegten die Tränen der Ramen vor Neugier. Kaum war das Fräulein jedoch verschwunden, plärrte sie aufs Neue los. Angesichts der Sturzbäche von Salzwasser, die ihr aus den Augen schossen, und der konvulsivischen Zuckungen, von denen ihr Körper heimgesucht wurde, gestaltete sich das Unterfangen, Klarheit über Zeitpunkt und Umstände des letzten Stelldicheins zwischen ihr und von Criewen zu gewinnen, nicht einfach.

Sie war wirklich noch recht jung, doch keineswegs so schwächlich und unbedarft, wie Langustier sie sich nach den zänkischen Beschreibungen der Quappendorff vorgestellt hatte. Ihr rotbraunes Haar war kunstvoll frisiert. Das schwarze Trauerkleid bildete einen aufreizenden Kontrast zur weißen Haut ihres Decolletés. Als er ihre Hand fassen wollte, um sie zu beruhigen, verwehrte sie sich energisch. Eine Raubkatze!

Hessel, der neben ihnen stand, hatte augenscheinlich mehr Erfolg. Er hielt ihr ein Taschentuch hin, das sie dankbar annahm, wie es schien. Als Langustier den Diener bat, sie allein zu lassen, sandte sie ihm einen halb flehentlichen, halb sehnsüchtigen Blick nach. War es der einstige Herr, den sie in seinem Diener noch anwesend glaubte?

»Ich bitte Sie, meiner vollsten Verschwiegenheit versichert zu sein«, begann Langustier, »wenn ich Sie ersuche, mir zu verraten, wo und wie Sie sich von Criewen verabschiedet haben?«

Elsbeth Ramen zwang sich, die Wangen gerötet, zu einer verständlichen Lautäußerung:

»Es war im Grünen Hut, den man, wie Sie wissen, auch über den kleinen Hinterhof erreichen kann.«

»Den Kapellenhof meinen Sie? Zu dem man gelangt,

wenn man sich, vom Schlüterportal kommend, nicht auf die schiefe Ebene der Gigantentreppe begibt, sondern einen Gang weiter rechts bis zum Ende geht?«

»Just dort, Monsieur. Im Hof, wo neuerdings die königliche Mundbäckerei eingebaut ist, hat man sich ebenfalls rechts zu halten und gelangt an dem Bereich der Silberwäsche vorbei durch zwei Zwischenräume linker Hand an den alten Stadtturm, den Grünen Hut. Es gibt dort eine schwere Eisentür, zu der von Criewen einen Schlüssel besaß. Ich sah, müssen Sie wissen, dem hiesigen Exil mit unsäglichem Bedauern entgegen. Da sich unsere Zusammenkünfte in diesem kleinen, engen, dörflichen Magdeburg kaum würden ungezwungen weiter einrichten lassen, wollte ich Hellmuth die Fahrt über an meiner Seite haben und versuchte ihn zu bereden, mich am nächsten Tag in seiner reparierten Kutsche mitzunehmen. Ich stellte ihm die Süße dieses gemeinsamen Weges berückend vor Augen, allein er wollte es nicht zugeben und überzeugte mich endlich davon, dass es ganz unmöglich war, meinen bereits sicheren Sitzplatz in der Kutsche des Fräuleins von Sonsfeld aufzugeben.«

Der Springbrunnen ihrer grünen Augen sprudelte wieder.

»Wussten Sie von dem Einvernehmen zwischen von Criewen und der Frau von Quappendorff?«

Sie schluchzte und schüttelte das reizende Lockenhaupt. Von Zorn und Tränen gerötet, stieß sie hervor:

»Was für ein Einvernehmen? Wie hätte es zwischen Hellmuth und dieser Scharteke noch ein Einvernehmen geben können? Er und ich, das war alles, was es gab!«

Dem bereits Gesagten über ihre letzte Zusammenkunft mit dem Kammerherrn fügte sie noch den Zeitpunkt des Abschieds hinzu. Zehn vor zwölf sei es gewesen.

»Man sah Sie in Begleitung aus dem Zugang zum Kapellenhof auf den Schlosshof treten. Wer war bei Ihnen?«

Sie stutzte und sah in Richtung Tür, als wollte sie Hessel mit Blicken zurückholen.

»Es war von Criewens Bedienter. Er hatte nach seinem Herrn gesucht, denn die Königin und Würmerhelm verlangten nach ihm. Angeblich war man verstimmt über unseren verfrühten Aufbruch von der Tafel. Sie hat mich seither auch ihre Verachtung deutlich spüren lassen. Wie Sie sehen, lädt sie mich nicht mehr zur Tafel ein, was sie sonst stets getan. Nachdem Hessel seine Botschaft bestellt hatte, geleitete er mich zur Kutsche des Fräuleins von Sonsfeld. Von Criewen war durch den Kapellenhof zum Schlütertreppenhaus gegangen, um von dort in die erste Etage und weiter in den Zwischenbau zurückzugelangen und nicht noch einmal das Gewühl des Inneren Schlosshofs passieren zu müssen.«

»Wie gut kennen Sie Hessel? War er seinem Herrn ein guter Diener?«

»Mein Gott, er war ein Bedienter! Ich habe nie Nachteiliges von ihm erfahren. Sein Herr stand gut mit ihm; fast ein wenig zu vertraulich, wie mir schien. Es ist nie gut, zu sehr auf seine Dienerschaft zu vertrauen.«

»Hatten Sie den Eindruck, dass es zwischen von Criewen und Hessel Differenzen gab?«

Sie atmete aus. Dann zuckten ihre berückenden Schulter mit Verve, und ihr Profil wurde leicht hochnäsig.

»Dergleichen tangiert mich nicht. Er war sein Schatten. Von Criewen vertraute ihm. Ich tat es auch und habe mich nie in ihm getäuscht. Er half, wo immer er konnte, unser beider Verhältnis zu beflügeln. Er hatte stets eine Lösung für Probleme, denken Sie nur an die Kutsche. Er war der ideale Diener seines Herrn, wenn Sie mich fragen.«

Sie hatte sich selbst das Stichwort für eine neuerliche Heulkaskade gegeben. Langustier verschlang sie mit den Augen, während sie die ihren niederschlug.

»Geruhen Sie mir bitte zu beschreiben, was sich im Grünen Hut zwischen Ihnen und von Criewen abgespielt hat?«

Er merkte gleich, wie unstatthaft ihr diese Frage vorkam, denn die Gereiztheit hemmte augenblicklich den Sturzbach ihrer Tränen. Ihre Augen blitzen ihn boshaft an:

»Ist denn von Criewen nicht bei einem Raubüberfall ums Leben gekommen? Was fragen Sie mich nach derlei belanglosen Dingen? Wollen Sie sich an meinen Schmerzen erfreuen oder vielleicht erst noch lernen, was Liebende gemeinhin tun? Ich halte Sie selbst nicht eben für einen Mann, der meiner Nachhilfe in diesen schönen Dingen bedarf ... Wollen Sie hören, wie er meine Brüste entfesselte und sich vor mir entblößte? Wollen Sie vernehmen, wie ich mich ihm bereitwillig hingab? Wie seine erfreuten Hände und Lippen mir begegneten?«

Langustier fühlte wohl, dass sich derlei Fragen an eine ihm wildfremde Dame nicht recht schickten. Genauso wenig schickte sich sein Blick auf das, was vor ihm dank erregter Atmung auf und ab wogte. Er senkte den Blick und ersuchte flehentlich die innere Moralinstanz, endlich Einhalt gebietend einzuschreiten. Nachhilfestunden bei dieser heißblütigen Buhlerin ... er konnte von Criewen gut verstehen, dass er den mannigfachen Verlockungen eines solchen Frauenzimmers erlegen war! Gerade das Streitbare verlockt ja nicht selten mehr als das Lammfromme. Das schöne Fräulein vor ihm schien von beidem eine höchst unheilige Mischung zu sein.

»Wollen Sie hören, dass mein Geliebter mir Trauben und Schokoladenstücke zur Belohnung gab? Mögen Sie somit auch gnädigst vernehmen, dass wir sie uns gegenseitig von Mund zu Munde reichten und jeder seinen Anteil verspeiste. Verlangen Sie nicht mehr von mir, Monsieur! Nehmen Sie mir nicht alles von dieser letzten Vertraulichkeit mit ihm!

Lassen Sie mir wenigstens ein paar Freiheiten, die wir miteinander genossen haben, zum unveräußerlichen Eigentum des Andenkens!«

Ihre Heftigkeit war wieder vorüber, sie weinte und bedeckte ihr Gesicht mit den Händen. Sie sah das Taschentuch nicht, das er ihr zum Eindämmen der Tränenströme hinhielt. Dann beschlich ihn die Scham, und er zog es zurück, bevor sie erneut aufblickte. Er schied von ihr, während sie offenen Auges heulte wie eine Schlosskatze.

Es war doch erstaunlich, dachte er – die mittelalterliche Folterkammer im Schloss vor Augen, in der sich anscheinend jener letzte, inbrünstige Liebesakt vollzogen hatte –, welch unwirtliche Umgebungen das Gefühl zu ignorieren vermochte, wenn erst die Fesseln der Zurückhaltung und der Mode gelöst und alle moralische Hüllen gefallen waren.

Langustier trat auf die Straße und lief Hessel in die Arme, der sich angeregt mit dem Fräulein von Sonsfeld unterhielt. Ihr Redefluss erstarb jäh, als sie ihn kommen sahen. Sein plötzliches Auftauchen in diesem Exil schien einige Aufregung zu verursachen. Er hätte wetten mögen, dass das Fräulein von Sonsfeld mit der schauerlichen Nachricht seines Hierseins gleich zur Königin laufen würde. Und der forsche Hessel hatte sich, weil er nach Möglichkeiten des künftigen Broterwerbs Umschau halten und dafür auch einmal gegenüber einer Hofdame aus dem Nähkästchen geheimpolizeilicher Erkundigungen plaudern konnte, sicherlich ausquetschen lassen wie eine Zitrone. Langustier trug eine gelangweilte Miene zur Schau, als er den beiden gegenübertrat. Er sehnte sich in ein Himmelbett an die Seite seiner Geliebten, und sei es nur, um daselbst sanft zu entschlummern. Das Fräulein von Sonsfeld entfernte sich mit der Entschuldigung, die beiden Herren hätten sicher Wichtiges zu »discurrieren«.

Langustier lachte und fragte Hessel:

»Haben Sie der Dame etwa Romane von mir erzählt?«

Sie stolperten in unbestimmter Richtung über das unebene Kopfsteinpflaster dahin, doch der Gescholtene bestritt es und behauptete steif und fest, nicht mehr als Allgemeinplätze mit dem Fräulein ausgetauscht zu haben. Langustier ließ es auf sich beruhen. Er fragte lieber:

»Apropos – welcher Art Hörromane haben sich Ihre Königliche Majestät denn so gegönnt? Als von Criewens Diener wissen Sie das vielleicht?«

Hessels Mienenspiel belebte sich. Bestrebt, in Langustiers Augen wieder Ansehen zu gewinnen, zählte er Alles auf, was von Criewen der Königin in den letzten Jahren vorgelesen hatte. Sie bevorzugte gewichtige Werke, die lange vorhielten, weshalb die Bibel ebenso auf ihrer Lektüreliste gestanden hatte wie Fieldings *Tom Jones*. Dass sämtliche großen Romane von Samuel Richardson nicht hatten fehlen dürfen, verstand sich wegen ihres Umfanges von allein: die zwei stattlichen Bände der *Pamela*, die sieben ungleich voluminöseren Folianten der *Clarissa* und schließlich die sieben Quartalsschwarten der *Lebensgeschichte Sir Charles Grandisons*, in denen unausgesetzt das Seelenleben Hunderter von Romancharaktere moralisch-didaktisch zergliedert wurde, bis im Kopf des Lesers ein saurer Matsch zurückblieb – eine einzige pietistische Pappmaschee. Wie ein solches Werk wirkte, wenn man es vorgelesen bekam und einen nicht die Mühsal des Buchstabierens wach hielt, vermochte sich Langustier kaum vorzustellen. Die Schilderung des höfischen Lebens in Schönhausen dürfte sich dagegen interessant und kurzweilig ausnehmen. Dass gerade von Criewen derlei seiner einstigen Geliebten vorlesen musste, war kaum zu fassen.

»Wie viel Zeit hat der Vorleser Ihrer Königlichen Majestät für dieses epochale Machwerk benötigt?«

Hessel begann sofort angestrengt nachzurechnen.
»Das Werk erschien 1753, man war, soweit ich weiß, nach sechs Jahren zu Beginn des zweiten Bandes angelangt. Die Königin pflegte bei Verlesen dieses Buches stets nach einer Seite einzuschlafen, und mein Herr las immer etwa vier Seiten über den Punkt hinaus, um schneller fertig zu werden. Sie beklagte sich angeblich nie, dass sie den Einsatz nicht mehr wiedererkannte. Nun hat der Allmächtige ein früheres Ende gesetzt. Am Tage der Abfahrt noch las er ihr aus dem *Candide* des göttlichen Voltaire vor. Sie werden jedoch nicht sonderlich weit gekommen sein an jenem Morgen.«

An diesem Punkt ihrer aufschlussreichen Unterredung wurde Langustier zu seinem großen Bedauern abberufen. Fräulein von Sonsfeld, die aus Unpässlichkeit der Tafel der Königin an diesem Abend ferngeblieben war, um sich in der gemeinsamen Kammer mit der kleinen Ramen so gut es bei deren nervenaufreibendem Geheule denn gehen wollte, zu regenerieren, hatte nach Langustiers Erscheinen eine prompte Besserung gefühlt. Sie war, wie von Langustier vorausgesehen, nach der Unterhaltung mit Hessel sofort zur Königin geeilt und hatte die Neuigkeit seiner Präsenz verkündet. Die Königin höchstselbst hatte daraufhin umgehend ihren Kammerherrn, den Baron von Würmerhelm, angewiesen, Langustier zu sich bitten zu lassen, was dieser nun über einen Lakaien bewerkstelligte.

Langustier wurde von dieser Audienz etwas überrascht, er hatte sie an diesem Abend nicht mehr erwartet. Doch es gab kein Entkommen, Anordnungen der obersten Gebieterin konnte er sich nicht entziehen. Es würde das erste Mal sein, dass er der Königin unmittelbar gegenübertrat. Während er die wenigen Schritte zu dem mittelalterlichen Gebäude hinter dem Lakaien herging, versuchte er sich zu sammeln und sich ein paar Fragen zurechtzulegen. Was hatte ihm der letztes Jahr gestorbene Fredersdorf nicht alles über Ihre Königliche Majestät zu erzählen gewusst! Etwa dass die Königinmutter – Berichten des Königs zufolge – von der Kronprinzessin geurteilt hatte:

»Die Prinzessin ist schön, aber strohdumm und ohne jegliche Erziehung. Weiß der Himmel, wie mein Sohn sich mit diesem Grasaffen vertragen wird.«

Inzwischen wusste alle Welt, wie rasch das Verhältnis zwischen König und Königin erkaltet war. Da keine andere höfische Cour jedoch so akkurat und pünktlich geschnitten wurde wie die der Königin in Preußen, war sie auf diese Weise für ihren Gatten ein kaum zu schätzender Gewinn: Kein Fürst und kein fürstlicher Botschafter versäumte es, Elisabeth Christine seine Aufwartung zu machen. Dem König genügten ein paar verlässliche Beobachter an ihrem Hof, um die interessantesten Informationen über Gott und die Welt zu erhalten.

Langustier wurde vom Lakaien des Barons von Würmerhelm durch den großen Saal geführt, wo die Königin gerade im engeren Kreise der Ihren soupiert hatte. Nach wie vor waren versammelt: die Königin, die Prinzessin von Preußen, die Prinzessin Wilhelmine, die Gräfin Camas, Frau Wolden, Fräulein Tettau und Frau von Brandt, die Prinzessin Amalie, die Marschallin Schmettow, Fräulein von Röder, die Prinzessin Heinrich, die Gräfin Dönhoff, die Prinzessin Ferdinand, Frau von Einbeck und Frau von Kammecke. An männlichen Teilnehmern dieser Tafel sah man den Prediger Creutz und den Abbé Pricot, den Kammerherrn der Königin Baron von Würmerhelm, den Privatsekretär der Königin Graf von Rogätz, den amtierenden Hofmarschall des Königs Herrn von Pöllnitz sowie den Geheimen Rat von Schmitz und die Berliner Fabrikanten Schulz und Weber. Als man des Zweiten Hofküchenmeisters des Königs ansichtig ward, ging ein

Raunen durch den Raum. Das Gespräch erstarb, bis nur das Knistern von Fächern hörbar blieb. Langustier verbeugte sich, während er an der Tafel entlangschritt, was vereinzelt durch fast unmerkliches Neigen des Kopfes erwidert wurde. Er verneigte sich tiefer vor Ihrer Königlichen Majestät und behauptete, wie es die Komplimentformel vorgab, ihr untertänigster Diener zu sein. Dies huldvoll übergehend, begab sich die Königin mit dem Gast in ein angrenzendes kleines Eckzimmer, wohin ihnen Frau von Kammecke und Baron von Würmerhelm umgehend folgten. Die Türen zum Kabinett wurden geschlossen.

Des Königs Angetraute war groß von Wuchs und ihre Taille nicht schlank. Da sie den Leib vorstreckte, wirkte sie stark verunziert. Ihr Teint war blendend weiß, was durch die lebhaften Farben der Mode – etwa das Aquamarin ihrer Robe, die sie Langustier zur Schau stellte – erst recht zur Geltung gebracht wurde. Ihre blassblauen Augen kündeten von wenig Geist, ihr kleiner Mund wirkte verwachsen, da sie die Lippen unnatürlich zusammengepresst hielt. Die Gesichtszüge erschienen zierlich, ohne doch schön zu sein, nur ihre blonden Haare fielen in natürlichen Locken, und der ganze Kopf war so kindlich, dass man ihn für den einer Zwölfjährigen hätte halten können. Ihre Zähne jedoch waren ganz schwarz verfault und standen sehr unregelmäßig, weshalb sie es sich schon früh zur Angewohnheit gemacht hatte, ihren Mund so selten wie möglich aufzutun. Deshalb war sie im Sprechen nicht sonderlich geübt und hatte die größte Mühe, sich anderen verständlich zu machen. Sie flüsterte mehr, als dass sie vernehmlich sprach, und bekam kaum einen ganzen Satz heraus, so dass, wer mit ihr sprach, stets mehr erraten musste, was sie sagen wollte, als dass er es wirklich vernommen hätte.

Für Besucher war dies nicht selten äußerst peinlich, wenn

sie in diesem Ratespiel nicht geübt waren und Dinge zu hören meinten, die sie unmöglich gesagt haben konnte. Langustier wurde es in ihrer Gegenwart äußerst unwohl zumute. Während er den König gut genug kannte, um stets trefflich zu erraten, woran er bei ihm war, befand er sich jetzt in größter Not: Die Königin nuschelte und war nicht im Mindesten zu verstehen. Das Haus Brandenburg (inklusive des angeheirateten Braunschweig-Bevernschen Seitentriebes) trug an der Sprache eine schwere Bürde.

Die Peinlichkeit währte nicht lange, denn nachdem sie einige Versuche gemacht hatte, ihm zu erwidern, bestellten Ihre Königliche Majestät den Baron von Würmerhelm zum Dolmetscher, da er im Lippenlesen bereits eine bemerkenswert gute Konditionierung besaß. Da er wohl der führendste Konkurrent von Criewens in der Gunst der Monarchin gewesen war, besah Langustier ihn sich genauer. Er war eher klein als groß und ziemlich gut gewachsen. Die frommen Schrullen, mit denen er nach Angabe von Langustiers bisherigen Informanten seine Mitwelt tyrannisierte, nahmen augenscheinlich viel Platz in Anspruch, wenn man die Größe seines Kopfes in Betracht zog. Zwei kleine, wässriggraue Schweinsaugen schauten aus diesem prallen Ballon hervor. Sein viereckiger Mund glich dem Eingang einer grausigen Höhle, denn der Schlund schien ihm stets offen zu stehen. Hinter zurücktretenden Lippen linsten das Zahnfleisch sowie zwei Reihen schiefer Zähne hervor. Die zerrütteten Latten eines wurmstichigen Zaunes ergaben etwa ein solches Bild, dachte Langustier. Würmerhelms Reize wurden abgerundet durch ein dreifach gelapptes Kinn und glattes, blondes Haar, das vortrefflich zu einem geschmacklosen roten Anzug passte, der mit Gold und Silberzierrat so überladen war, dass der darin steckende Baron kaum aufrecht zu gehen vermochte, sondern im oberen Teil gefährlich vornüberhing.

Seine Stimme kam hoch und gequetscht, im Tonfall einer verbeulten Kindertrompete:

»Majestät lässt Ihnen für Ihr Erscheinen danken, Monsieur Langustier, denn kaum hatten Majestät gehört, dass Sie zugegen sind, wollten Majestät nicht säumen, sogleich mit Ihnen zu konferieren. Majestät betrauern über die Maßen den treuesten von Criewen …«

(an dieser Stelle würgte von Würmerhelm lange und sorgfältig mit einem trockenen Husten)

»… und ersuchen Sie, in der geheimen Ausmittlung der Mordbande alle nur erdenklichen Anstrengungen zu unternehmen. Majestät sind sogar bereit, Ihnen mit 10 000 Talern aufzuhelfen, wenn es Ihnen nur recht bald gelingt, die Namen der gottlosen Gauner zu erfahren, auf dass man sie demaskieren, kaschieren und abbreviieren könne!«

Würmerhelms Blondschopf machte eine garstige Wipp-Bewegung, wodurch die gelben Haarsträhnen für den Bruchteil einer Sekunde nach vorn rutschten, um dann mit aller Verve nach hinten geschleudert zu werden. Die Königin tippte ihm auf die Schulter, weshalb er sich diensteifrig zu ihr wenden und sein Ohr ihrem Mund beugen musste, der Unhörbares verlauten ließ, was den Strohhaaren erlaubte, über das biedere Gesicht zu rutschen und dort zu verharren, bis sie katapultgleich wieder rekapituliert wurden.

»Sie werden ersucht, Monsieur, Majestät zudem zu sagen, ob man die bei von Criewen gefundene Kurierpost, deren Inhalt äußerst befremdlich war, unterdessen entschlüsselt hat? Der Polizeipräfekt von Becker erzeigten sich so freundlich, sie uns express hierher zu übermitteln.«

Langustier verneinte. Zudem dankte er für die generöse Belohnungssumme, die er – wie er sagte – gern zum Anreiz nehmen wollte, ohne auf ihrer Einlösung zu bestehen. Würmerhelm wiederholte, doch die Königin wehrte ab und schien ihm ärgerlich zu bedeuten, dass sie nicht taub sei. Sie nannte Langustiers Replik sehr ehrenwert, ohne ihr Angebot zurückzunehmen. Umstandslos kam sie auf ein anderes Thema zu sprechen, wobei ihr der Baron als lebende Dechiffriermaschine behilflich war:

»Majestät stellen Ihnen anheim zu bedenken, welch große Gefahr der König für die übrigen Höfe Europens darstellt, und dass es schon seit jeher Bestrebungen gegeben habe, diverse Anschläge gegen ihn anzustrengen. Da der König keinen volljährigen Nachfolger besitzt, der seine Machtansprüche mit der gleichen Verve zu vertreten in der Lage wäre, verspricht sich freilich jede der Feindesmächte vom Erfolg eines solchen Komplotts eine Chance auf einen politischen Wandel. Es seien – geben Majestät zu bedenken – jedoch nicht nur die gegnerischen Dienste, die derlei Pläne ventilierten und im Geheimen ihre Ausführung betrieben. Sogar Mitglieder von des Königs eigener Familie müssten leider Erwähnung finden, die es sich in der Vergangenheit nicht selten zur Bestürzung aller Ehrempfindenden erlaubt hätten, lauthals Ausfälligkeiten und Rachegedanken gegen den König vorzubringen. Seinen verworfenen engsten Verwandten dürfe man alles zutrauen, auch seine …«

(der Würmerhelmsche Schopf unterstrich das folgende Wort durch einen grandiosen Salto)

»… Exstirpation!«

Langustier schwieg. Austilgung war ein rohes Wort. Prinz Heinrich war freilich als Vormund des eventuellen Thronfolgers, des Neffen des Königs, eingesetzt. Aber musste man gleich vermuten, dass ein brüderliches Komplott im Schwange war? Gab es eine Verbindung zwischen diesen Andeutungen und dem Tod von Criewens? Die verschlüsselte Kurierpost? Zweifelte auch die Königin an dem Überfall? Langustier fragte sie, und der Baron verkündete die Antwort:

»Majestät können Ihren Schlüssen nicht vorgreifen, doch es muten sie befremdlich an, dass von Criewen ihr wiederholt Andeutungen gemacht hatte, dass er kurz vor der Aufdeckung gewisser inskünftiger Machinationen stehe, die – auf der Rankünе hochstehender Persönlichkeiten beruhend – des Königs baldige Entfernung herbeiführen sollten.«

Langustiers Blick folgte der fliehenden Strohmähne des Barons. Dieses denkwürdige Gespräch begann, ihn nachdenklich zu stimmen. Er dachte an die Begebenheiten auf dem Kunersdorfer Schlachtfeld. Zwar entsann er sich der Grobheiten, die Prinz Heinrich zu verschiedenen Zeiten gegen seinen Bruder hatte vernehmen lassen. Schwiegersohn Adrian Graf von Beeren, der zum engeren Vertrautenkreis des Prinzen gehörte, berichtete ihm gelegentlich unter vorgehaltener Hand die neuesten Sottisen. Wenn es nicht die Fehler bei der Kriegsführung waren, die er am König rügte, so war es dessen Ungerechtigkeit gegen den Bruder August Wilhelm. Ungeachtet der für jedermann offenkundigen Tatsache, dass der König die gröbsten Verstöße gegen den Feldherrnverstand allein zu verantworten hatte, war es ihm ein satanisches Bedürfnis gewesen, den einunddreißig Jahre jüngeren August Wilhelm vor zwei Jahren wegen militärischer Unfähigkeit zu entlassen. Die Degradierung vor seinem eigenen Regiment hatte der jüngere Bruder nicht verwunden. Ein Jahr nach dieser brüderlichen »Hinrichtung« war August Wilhelm still und heimlich auf seinem Schloss Oranienburg gestorben, an gebrochenem Herzen, wie jeder meinte. Doch wie vertrug sich diese Vermutung mit der Tatsache, dass August Wilhelm dem König angeblich *blutige, ewige Rache* geschworen haben sollte? Konnte ein derart Rachlüstiger an gebrochenem Herzen sterben? Hatte August Wilhelm seinem Bruder Heinrich aufgetragen, seinen mörderischen Schwur in die Tat umzusetzen? War der Prinz dazu überhaupt in der Lage? Hatte der Soldatenkönig nicht auf dem Totenbett zu seinem Sohn Heinrich gesagt: *Ich sehe, er ist und bleibt ein Narr*?

Baron von Würmerhelms Stimme wurde wieder vernehmlich:

»Majestät betonen sehr, nur laut nachgedacht zu haben. Mögen die familiären Rivalitäten vielleicht nicht direkt mit dem Tod des von Criewen in Verbindung stehen, so vermuten Majestät doch insgeheim, dass sich eine Verbindung herstellen ließe, wenn man nur die besagte Kurierpost entschlüsseln könnte.«

»Königliche Majestät, seien Sie versichert, man arbeitet daran. Dürfte ich erfahren, ob sich in Ihrer Grußadresse an die Königin von Schweden, welche Ihr Kammerherr vor einem Monat in Stockholm überreichte, auch geheime Informationen befanden?«

Würmerhelm genügte ein Blick der Königin, um an ihrer Stelle zu antworten:

»Hier muss Ihnen vorerst die Fantasie weiterhelfen. Sollten Sie die vorhandene Nachricht entschlüsseln, so löst sich dieses Orakel vielleicht von alleine. Majestät wünschen Ihnen viel Erfolg!«

Als die Königin durch Nachfrage herausfand, dass Langustier sich bisher um sein Unterkommen kaum hatte kümmern können, wurde der Baron beauftragt, ihm ein solches zu verschaffen. Man trennte sich unter Verbeugungen, und Langustier hatte den flüchtigen Eindruck, dass sämtliche Personen im angrenzenden Saal, als er hinter Würmerhelm rasch hinaustrat, in einem einzigen, der Tür sehr nahen Geviert des Raumes konzentriert waren. Freilich mochte dies bei einer statistischen Untersuchung über die Verteilung von x frei beweglichen Personen in einem y mal z großen Zimmer nicht undenkbar sein, aber gewöhnlich kam es ihm nicht vor. Dieses Naturphänomen war ihm als *unstillbare Neugierde* bekannt.

Baron von Würmerhelm stand ohnehin auf Langustier Liste der zu Befragenden, somit traf es sich gut, dass dieser sich nun persönlich um einen Schlupfwinkel für den königlichen Hofküchenmeister bemühte. Nachdem sich weder in der Domdechanei (dem Königlichen Palais) noch im Fürstenhaus ein freies Zimmer finden ließ, gelang es dem Baron, im Gasthof »Zum Postillion« eine eigentlich unvermietbare Dachkammer als Behelfsquartier zu erhalten. Als von Würmerhelm sich verabschieden wollte, hielt ihn Langustier zurück.

»Man erzählte mir, Monsieur, Sie und von Criewen seien nicht gerade die größten Freunde gewesen.«

Der Blonde verzog das Gesicht wie nach dem Biss in eine Zitrone.

»Das war bei der Divergenz unseres Lebenswandels auch schwer denkbar! Er war ein der Unzucht ergebener Mensch, ohne Moral, ohne Sinn für das Reine, Keusche. Seine alterierenden Liebschaften brachten einen lasterhaften, frivolen Ton an den Hof, den die Damen der Königin goutierten, der ihnen aber zu nichts als Schande gereichte. Ich habe meinen Einfluss bei der Königin geltend zu machen versucht, dass sie von Criewen als Gesellschafter aus ihrem Kreis entfernte, doch das stieß bei Ihrer Königlichen Majestät nicht auf Gegenliebe. Sie verwies mich wegen meiner Intervention, zieh mich der Bigotterie und wünschte, niemals dergleichen mehr zu vernehmen.«

»Sie hatten demnach allen Grund, ihn aufrichtig zu hassen.«

Baron von Würmerhelms Stimme klang gequält:

»Hass ist ein so hartes Wort. Ich habe das Wirken des

Teufels in ihm erkannt und gehasst, das schon. Aber ich war doch an seiner Rettung als Mensch interessiert. Ich habe deswegen wiederholt mit ihm zu sprechen versucht, doch er hat mich nur ausgelacht und mir meine Keuschheit und meine Entsagung vorgehalten, als müsste ich mich dieser Tugenden schämen. Von Criewen war in allem mein Gegenstück, doch wir trafen uns in dem einen entscheidenden Punkt, dass wir beide stets das Beste für Ihre Königliche Majestät wollten.«

»Was geschah im Alabastersaal, nachdem von Criewen und die Ramen so auffällig kurz nacheinander die Tafel verlassen hatten?«

Von Würmerhelm wurde rot.

»Ihre Königliche Majestät waren sehr erzürnt über dieses Gebaren. Sie belegte die Ramen gleich mit den schlimmsten Schimpfworten und nannte von Criewen einen unverbesserlichen Gockel. Bei dieser Formulierung lachten alle Damen höchst lästerlich. Daraufhin erhob sich die Frau von Quappendorff, schlug mit ihrer weißen, zarten Handschuhhand auf die Tafel und verließ ebenfalls den Saal. Ein erneuter allgemeiner Heiterkeitsausbruch machte der Sache ein Ende. Man sprach nicht weiter davon. Indessen kam von Criewen nicht zurück, und die Königin hieß mich nach ihm suchen. Ich fand weder ihn noch seinen Diener. Am Eingang zur Küche suchte ich ihn vergeblich. Nachher traf ich den Diener Hessel und bestellte ihm das Ansinnen der Königin. Offenbar gelang es von Criewen nicht mehr, der Aufforderung Folge zu leisten. Die Königin war ziemlich echauffiert darüber und sprach von nichts anderem, bis man abfuhr.«

Langustier dankte dem Baron für die Auskünfte. Ein pockennarbiger Hausdiener, der in dieses Etablissement passte wie auf einen Hogarthschen Kupferstich, geleitete ihn vier Stiegen hoch unter das schiefe Walmdach des Hauses. Ein düsterer, schmutziger Gang, den nur eine Unschlittlaterne erhellte, führte an mehreren vermieteten Kammern vorbei zum einzigen noch freien Verlies. Er öffnete und betrat eine fürchterliche Rumpelkammer. Neben alten zerbrochenen Möbeln lagen vier strohgefüllte Säcke in einer kastenartigen Einfassung, aus denen sich mit einigen mottenlöchrigen Decken eine behelfsmäßige Bettstatt bauen ließ. Der sonstige Komfort bestand in einer Dachschräge, an der man sich den Kopf stieß, und einer Luke, deren Scheibe sich in drei verschiedenen Positionen einhaken ließ. So konnte genügend Luft herein, um ein versehentliches Ersticken zu vermeiden. Dass dieses Loch so viel kosten sollte wie ein normales Zimmer, erinnerte fast an die Unverschämtheiten der Wirte in den Messestädten, die zur Messezeit noch für die Flure in den Wirtshäusern Abnehmer suchten und fanden.

Langustier sparte dennoch nicht mit Kostgeld für den Platzanweiser und schickte ihn sofort zur Unterkunft der Köchinnen im Fürstenhaus, um Sophie seinen einstweiligen Verbleib zu melden.

Kaum hatte er eine kleine Öllampe entzündet, die auf einem Teller stand, klopfte es. Da es ein zartes Klopfen war, ganz wie von Frauenhand, eilte er zur Tür, riss sie auf und wollte das davor stehende, vermummte Wesen stürmisch umarmen – bis ihm im letzten Moment bewusst wurde, dass er es bei der präsenten Dame nicht mit der geliebten Sophie zu tun hatte. Sie trug einen schwarzen Überwurf mit Kapuze und hielt den Kopf leicht gesenkt, so dass er ihr Gesicht nicht sehen und ihre Stimme schlecht vernehmen konnte, da der Schall nach unten wegging.

»Verzeihen Sie vielmals, Monsieur. Bitte lassen Sie mich nur rasch eintreten, es darf nicht publik werden!«

Der verdutzte Langustier konnte nicht verhindern, dass sie unter seinem Arm hindurchschlüpfte, den er gegen den

Türrahmen gestemmt hatte. Seine erste Vermutung, die schwarze Pellerine im Blick, war, mit einer weiteren Geliebten von Criewens bekannt zu werden. Die unverhoffte Erscheinung stand mit dem Kopf vor der Luke und blickte hinaus. Als er bedächtig die Tür geschlossen und sich ihr zugewandt hatte, drehte sie sich um und schob die Kapuze ab. Er schaute in das lachende Gesicht seiner Tochter Marie, die sich diebisch an seinem Erstaunen weidete. Es klopfte erneut, diesmal eindeutig männlich.

»Sei so gut und öffne«, bat Marie, »dann wollen wir dir alles erklären!«

Er tat es und stand seinem Schwiegersohn, dem Grafen Adrian von Beeren gegenüber. Langustier umhalste sie beide und wollte sie sofort dazu bewegen, in die Gaststube zu wechseln, doch Marie und Adrian wehrten ab und schilderten rasch die Hintergründe ihres Kommens:

»Kaum warst du weg aus Berlin, oder sagen wir lieber: hattest dich schmählich aus dem Staube gemacht und mir keinen persönlichen Abschied gegönnt, nur dieses lächerliche Billet, brachte mir Hütter diesen Brief, der an dich adressiert war.«

Sie händigte ihn dem Vater aus.

»Da er uns von Wichtigkeit schien, kam Adrian, der glücklich auf Urlaub in Berlin eintraf und sehr fluchte, dich jäh verfehlt zu haben, auf die Idee, einen kleinen Ausflug hierherzumachen. Wir hätten dich eigentlich einholen müssen mit dem leichten Wagen, hatten aber vor Möckern eine Panne und waren gezwungen, in einer Scheune zu nächtigen.«

Langustier fand dies vom Schicksal sehr löblich eingerichtet, sonst wäre man einander möglicherweise im »Güldnen Stern« begegnet. Marie fuhr fort:

»Adrian kann außerdem einen Auftrag seines derzeitigen

Kommandeurs mit dieser Fahrt verknüpfen, soll er doch der Familie des von Criewen in Wassersuppe das Beileid des Prinzen Heinrich überbringen!«

Bei dem Wort Wassersuppe konnte sie ein prustendes Lachen nur schwer unterdrücken.

»Meine Güte, wie hast du dir denn das … äh … zugezogen?«, fragte Langustier seinen Schwiegersohn, der seinen schwarzen Überwurf abgelegt hatte und die aquamarinblaue Uniform eines Generallieutenants im Infanterie-Regiments No. 35, *Prinz Heinrich*, mit gelbem Kamisol und gelber Hose, zur Schau stellte. Im Vergleich zu den Uniformen der Unteroffiziere zeichneten sich die Röcke der höheren Chargen durch das Fehlen von Stickereien, Borten oder Ähnlichem aus. Einzig und allein der aus Silberfäden gestickte Stern des Schwarzen Adlerordens glänzte wie ein kostbares Spinnengewebe auf Adrians Brust.

»Ach, unser höchster Orden? Der wurde mir vor einem halben Jahr im Auftrag des Königs angenäht, der mich damit an meinen glorreich zugezogenen Kratzer bei der Verteidigung der Mark gegen die Schweden in Fehrbellin erinnern möchte.«

Adrian von Beeren war in der zwar sieglosen, letztlich aber doch den Gegner schwächenden Schlacht von einem Säbelhieb schwer gezeichnet worden. Über seine Brust verlief ein langer Schnitt, und er hatte großes Glück gehabt, dass er von der Waffe des anderen – von dem einige sagten, es sei Graf Hamilton selbst gewesen – nur gestreift worden war. Warum die Schweden 1758 trotz der dominierenden Rolle wieder nach Norden verschwunden waren, um sich bei Stralsund einzurichten, hatte niemand je ergründen können.

»Respekt! Wie geht es dem Prinzen? Wie ist übrigens das Klima zwischen ihm und dem König, was würdest du sagen?«

Adrian überlegte nicht lange und antwortete:

»Ausgezeichnet. Ausgezeichneter war es aber, als sich der König entschlossen hatte, den Prinzen zum Oberbefehlshaber zu machen. Eine Ehre, die leider nicht lange währte, denn es gibt, glaube ich, keinen besseren Heerführer als den Prinzen. Doch der Zorn über den Wankelmut seines Bruders war ebenso rasch wieder verraucht, wie er aufkochte. In diesem Charakterzug unterscheidet er sich vom König, er neigt nicht zum Nachtragen. Prinz Heinrich ist ganz einfach ein unverbesserlicher Hitzkopf, der heute bereut, was er gestern an Ausfälligkeiten verbrochen hat, und doch nicht umhin kann, sich vielleicht morgen schon heftiger gegen den gerade Besänftigten zu ereifern.«

»Hältst du ihn aber einer ausdauernden Intrige gegen den eigenen Bruder für fähig?«

»Nie und nimmer!«

Dieses aus dem Munde seines Schwiegersohnes, der Prinz Heinrich so gut zu kennen vermeinte wie er selbst den König, bewog Langustier, die Verfolgung der Verschwörungstheorie, zumindest was die Brüder betraf, hintanzustellen. Dass sich der tote August Wilhelm aus dem Grabe heraus für erlittene Seelenpein zu rächen gedachte, kam ihm reichlich unmöglich vor. Und vom jüngsten Bruder Ferdinand, der kaum von sich reden machte, stets kränkelte und dem König widerspruchslos ergeben war, ließ sich erst recht nichts Schlechtes annehmen. Wie sich diese von der Königin aufgebrachten Geschichten überhaupt zum Fall von Criewen schicken sollten, war ihm so unklar wie nur etwas. Es mochten der enge Gesichtskreis einer abgeschieden lebenden Königin und der stets von Intrigen dominierte höfische Umgang sein, der sie zu solchen Überlegungen anhielt.

Er besann sich auf den Brief, den ihm Marie gegeben und den er achtlos auf die Bettstatt geworfen hatte. Auf den Dielenbrettern hin und her tretend und sich mehrmals fluchend den Kopf am Schrägdach anhauend, erbrach er das von Värnshagensche Siegel. Marie und Adrian hatten es sich mühsam auf zwei übereinandergelegten Strohsäcken bequem zu machen versucht und waren dabei lachend hintüber gepurzelt. Langustier entfaltete das beschriebene Blatt, dem ein zweiter, kleinerer, versiegelter Umschlag entfiel. Er las:

Verehrter Monsieur!
Kaum waren Sie fort, als mir der Brief einfiel, den ich am Tag der Abfahrt der Königin für meinen Cousin entgegennahm. Da ich der Annahme war, er sei schon abgereist, legte ich ihn auf seinen Schreibtisch und vergaß die Sache völlig. Anbei erhalten Sie ihn, denn wer weiß, vielleicht könnte er von Nutzen sein. Ich habe sehr der Neugier widerstehen müssen, ihn selbst zu öffnen und zu lesen, doch mir scheint, es wäre nicht recht. Sie hingegen sind vom König mit den Ermittlungen in seinem Fall betraut, und ich möchte mir später nicht vorwerfen müssen, etwas unterschlagen zu haben, was möglicherweise Licht in die Finsternis hätte bringen können. Bitte versäumen Sie nicht, der Königin alle erdenklichen Ehrbezeugungen zu übermitteln von Ihrer
Leopoldine Ludwigia von Värnshagen.

Das zweite Schreiben hatte ein Langustier gänzlich unbekanntes Wappensiegel. Es zeigte in einem viergeteilten Feld zwei Fässer und zwei Flammen. Langustier löste es vorsichtig mit einem Messer, um es nicht zu zerstören, entfaltete den Bogen und las:

Sans SOUCI:
(40f)2.(14)7.(0)10.(42)5.(7f)3.(9)1.(19)5.(23)6.(0)
8.(25) 5.(5)5.(5)9.(30)4.

Er dachte an den Text, den Eller im Saum des von Criewenschen Justaucorps entdeckt hatte. War dies der zugehörige Code? Er überlegte kurz, dann gab er Adrian die in der Charité angefertigte Abschrift zu lesen.

»Sagt dir das etwas?«

Der Generallieutenant überflog die Zeilen und schüttelte den Kopf. Marie indessen, welcher er das Blatt auf Langustiers Fingerzeig hin weiterleitete, benötigte kaum länger als zwei Augenaufschläge, um zu sagen:

»Es deucht mich schon sehr des Bemerkens wert, wie wenige männliche Leser Voltaire, außer dem König versteht sich, in unserem armseligen Lande findet, meint ihr nicht auch? Denn gehörtet ihr zu diesen, wäre euch zweifelsohne aufgefallen, dass diese Passage aus seinem jüngsten Werk stammt, dem Pessimistischsten und doch auf traurigste Weise auch Komischsten, was ich überhaupt je gelesen.«

»Voltaire?«, fragte Langustier. »Sag bloß, das ist ein Zitat aus seinem *Candide*? Ich habe keine Muße gefunden, das Büchlein zu verkosten.«

»*Candide*, ganz recht! Mein Vater sollte sich schämen ob seiner literarischen Unbildung. Das Werk ist schon seit Januar auf dem Markt. Jeder spricht davon.«

Während er über dem geheimnisvollen Papier ins Sinnieren geriet, verabschiedeten sich Marie und Adrian, um sich bis zum Morgen zur Ruhe zu begeben. Als gräfliche Reisende hatten sie einen weitaus hübscheren Raum im Haus bekommen.

In der Ziffernfolge steckte der Schlüssel, doch Langustiers Gedanken wichen beständig zurück, wenn er sie auf des Rätsels Lösung ansetzen wollte. Er blickte durch die halb geöffnete Luke dieses wüsten Dachbodens in die sternenklare Nacht hinaus. Der geheimnisvolle absenderlose Brief hatte von Criewen nicht mehr erreicht. Der Adressat war bereits zu steif, um ihn noch öffnen, lesen und verstehen zu können. Die Attentäter hatten den Nachrichtenfluss zwischen einem Informanten und seinem preußischen Verbindungsmann unterbrochen, und alles, was nun geschehen würde, war unvorhersehbar.

Schritte tappten auf der Stiege. Sie näherten sich auf dem Dielengang und kamen bis zu seiner Tür. Langustier erschauerte bis ins Mark. Dann klopfte es leise und nach seiner vorsichtigen Antwort lugte Sophies brauner Lockenkopf herein. Vergessen der Wunsch nach Auflösung – der Zettel mit dem Code entfiel seiner Hand und flatterte gefährlich nahe an der Flamme der Ölfunzel vorbei, als er aufsprang, um die Geliebte in seine Arme zu schließen. Haken, Bänder und Schnüre waren alles, was er in dieser Nacht noch aufdröselte.

Mittwoch, der 22. August 1759

Sein feinsamtenes taubenblaues Justaucorps mit roter Weste zeigte sich durch gelbgraue Striemen entstellt, die braunen Culottes waren staubgebleicht, die weißen Perlstrümpfe trauerten ihrer Unbeflecktheit nach, und die elegant-flachen, schwarz glänzenden Lackschuhe mit den großen Silberschnallen sahen übel traktiert aus. Außerdem hatte er Rückenschmerzen und einen schrecklichen Ausschlag am ganzen Leib. Beides musste von den Strohsäcken des Nachtlagers herrühren. Doch ein Blick auf Sophie an seiner Seite genügte und all dies war wie weggewischt. Sie saßen des Morgens auf dem Marktplatz unter einer riesigen Linde. Eine hübsche Bank lief rund um den Baumstamm. Während Sophie den Bauern zusah, die ihre Waren anordneten, hatte er sich innerlich wieder der geheimen Botschaft zugekehrt.

Sans SOUCI – was konnte das heißen? Dass es einfach nur Ohne Sorge bedeuten sollte, war unwahrscheinlich. Die Betonung auf Sorge leuchtete schon eher ein. Aber er sorgte sich ja längst. Er machte sich sogar große Sorgen … Es konnte aber auch ohne SOUCI bedeuten – ohne S, ohne O, ohne U usw. Natürlich! Es war die einfache Aufforderung, den Geheimtext der groß geschriebenen Buchstaben zu berauben.

Als Sophie zu einem ersten Marktrundgang aufbrach, um

Qualität und Preise zu vergleichen, nahm er Ellers Abschrift des Textes vor und versuchte, die gerade vermutete Regel darauf anzuwenden. Das Resultat sah nicht sehr viel versprechend aus:

welh en Fürt! hön we h elbt, lebenwürdg, gütg, getprühend nd vll glühender Lebe. h lebte hn, we man eben zm erenmal lebt: abgötth nd vller Hngabe. nere Hhzet wrde mt nerhörtem Prnk vrberetet. Fete, Rngeltehen, pernaffführngen jagten enander, nd ganz talen dhtete mr z Ehren nette, vn denen allerdng ken enzge ledlh gt war. h war fat af dem Gpfel mene Glüke, al ene alte Marqe, de ehemalge Mätree mene Fürten, hn z ener Tae hklade enld. Kam 24 tnden päter tarb er nter entetzlhen Krämpfen. Aber da war nr der Anfang.

Was ließ sich schließen, wenn man die nachfolgende, glasklare Anweisung in der Code-Zeile bedachte?

(40f)2.(14)7.(0)10.(42)5.(7f)3.(9)1.(19)5.(23)6.(0) 8.(25)5.(5)5.(5)9.(30)4.

Zumindest erst einmal das Notizbuch. Es war zum Verzweifeln.

Weil man den berühmten Langustier nun schon einmal da hatte, wollte man ihn nicht fortlassen, ohne auch in den Genuss seiner Kunst gekommen zu sein. So war er durch den Baron von Würmerhelm herzlich gebeten worden, ganz ohne Hilfstruppe ein kleines Essen für den engsten Kreis der Hofdamen und die Königin zu zaubern. Da Langustier jedoch das böse Blut der amtierenden Küchenmeisterin Carlotte Adelheid Huber voraussah und durchaus vermeiden wollte, dass es in Wallung geriete, hatte er Sophie gebeten, ihr vorzuschlagen, die kleine Menüfolge gemeinsam ins Werk zu setzen. Sophies Chefin war darauf eingegangen, und jetzt galt es, schleunigst zu beginnen. Während er weiterrätselte, was die Zahlen innerhalb und außerhalb der Klammern, die offenbar von Punkten getrennte Anweisungen darstellten, bedeuten konnten, war Sophie wieder da. Neben ihr stand, eine stattliche Kugel in Türkis, die Küchenmeisterin Huber. Ehe er etwas sagen konnte, hatte sie dies bereits getan:

»Guten Tag, mein Herr! Reden Sie bloß Deutsch mit mir, ich versteh ja kein Französisch! Die Puten sollten wir langsam einfangen, sonst wird es nichts mehr bis heute Mittag, finden Sie nicht auch?«

Da die Vögel nach dem Rupfen selbst bei maximaler Bratzeit nur knappe drei Stunden in den Ofen müssten, fand er dies zwar nicht, doch er wollte keinerlei Meinungsverschiedenheiten hochkochen lassen.

»Selbstredend, Madame! Ergebenster Diener!«

Er grüßte sie höfisch, was sie mit einem ungehaltenen Knurren beantwortete, um sich sofort umzudrehen und mit dem Pirschgang zu beginnen. Doch alle Opfer, die sie ebenso zielsicher wie wahllos ausdeutete, wurden von ihm zurückgewiesen, bis sie nach einer Viertelstunde des Hin- und Herlaufens mit der Geduld am Ende schien:

»Jetzt ist mir klar, warum der König so ein Knochengerippe ist! Weil Sie am Ende nichts vom Markt mitbringen und er Wassersuppe bekommt!«

Langustier entgegnete nur:

»Pardon, Madame, aber nur die beste Wahl ist für den königlichen Gaumen akzeptabel. Das gilt wohl auch für den der Königin!«

Während sich der Purpur ihres Gesichts in Zinnober verwandelte und ihre Laune dicke Blasen warf, hatte er einen Stand mit Preiselbeeren entdeckt, bei dem er reichlich einkaufte, um dann einen kapitalen Hecht und drei kleine Aale zu angeln und sich reichlich mit Erbsenschoten zu versehen, bevor er eine Bäuerin mit Bresse-Puten ausmachte und aufjauchzend auf die tödlich erschrockenen Tiere zulief. Als hätten sie geahnt, dass ihr letztes Stündlein geschlagen hatte, protestierten sie lautstark. Die drei Marktgänger heimsten diverse andere Zutaten ein, die schließlich in zwei großen Bastkörben lagen und von Langustier freudig in Richtung Küche geschaukelt wurden, während Madame Huber sich die beiden Puten unter die Arme geklemmt hatte. So hielten sie in der Küche des königlichen Palais Einzug, deren Türen sich zum Konklave schlossen.

Zu Beginn würde man mit einer *Potage Purée de Pois Cassés* – einer Erbsensuppe – aufwarten. In farblich reizvollem Kontrast sollten winzige Blutwürstchen darin schwimmen. Im selben Gang käme Hecht auf preußische Art. Der zweite oder Hauptgang würde aus den Bresse-Puten mit Herzoginkartoffeln bestehen. Anders als beim König, der sich massiv in die Festlegung einer Speisenfolge einmischte, hatte Langustier hier freie Hand. Oder fast; er hatte der Huberin die Erbsensuppe abringen müssen, die sie für viel zu gewöhnlich hielt. Doch hatte sie dafür den Hecht à la prusse zugestanden bekommen, bei dem Hecht- und Aalstücke in Fischsud pochiert und mit Petersiliensauce nappiert würden. Dazu Gurkensalat und Perlgraupen à part.

Um dreiviertel zehn hatte Madame Huber ihr Lamento über die Kürze der Zeit und ähnliche scheinbare Hindernisse aufgegeben. Gemeinschaftsgeist hatte über Rivalität gesiegt. Die gefüllten Puten schmorten im Ofen. Hecht und Aale waren längst ausgenommen und zum Pochieren vorbereitet. Jetzt widmete man sich munter der Erbsgewinnung. Getrocknete Spalterbsen hatten sich mit Hühnerbrühe, einem Bouquet garni aus Lauch, Möhre, Sellerie sowie einigen Thymianzweigen und einem Schinkenknochen ins kochende Wasser begeben.

Während Sophie erzählte, dass es auch Erbsen à la magdebourgeoise gäbe, kam Langustier beim Erbsenzählen plötzlich eine Idee: Ließ sich nicht jede Erbsenschote wie ein Wort auffassen, bei dem die Zahl der eingeschlossenen glänzend grünen Kügelchen der Zahl der Buchstaben entsprach? Die dritte Kugel in einer fünferbsigen Schote wäre somit mathematisch auszudrücken als: 3(5) oder (3)5! Verstohlen pulte er den Zettel mit dem Zahlensalat aus der Jackentasche:

(40f)2.(14)7.(0)10.(42)5.(7f)3.(9)1.(19)5.(23)6.(0) 8.(25)5.(5)5.(5)9.(30)4.

Verdammt! Egal, wie er es auch wendete: Es gab in dieser imaginären Erbsenbotschaft entweder die neunte Erbse in einer fünferbsigen oder die dreißigste Erbse einer viererbsigen Schote. Das war leider Gottes absoluter Kokolores ...

»Ich wusste gar nicht, dass du ein schriftliches Rezept für das Erbsenpulen brauchst, mein Schatz«, spottete Sophie.

Er lächelte säuerlich. So einfach war es also nicht.

Madame Huber hatte bei der vertraulichen Anrede zwischen den beiden aufgemerkt, die Augenbrauen hochgezogen und gelächelt. Langustier überließ das Erbsgeschäft Sophie und widmete sich der weiteren Suppenvorbereitung, indem er fette Speckwürfel schnitt und in einer schweren Pfanne in Butter anröstete. Zwiebeln, Karotten, Lauch und einige Spinatblätter rutschten hinzu.

Mittlerweile hatte es elf geschlagen. Die Huberin hatte ihre Petersiliensauce und ihren Gurkensalat fertig. Der zugehörige preußische Hecht bräuchte nur eine Viertelstunde vor Speisebeginn in seinen Garsud zu springen.

Langustier ging an die Vorbereitung der Duchessekartoffeln und der Nachspeise. Die im Ofen brütenden Truthennen näherten sich schon der Reife.

Die Huberin hatte in einer großen Kupferschüssel Eischnee geschlagen und pochierte inzwischen ihre Hecht- und Aalstücke. Jetzt fing es an zu pressieren. Doch die Damen waren weit entfernt, in Panik auszubrechen. Überhaupt schienen Frauen in der Küche besonnener und weniger gehetzt zu agieren als Männer. Langustier erwog, ob das auch bei Verbrechen galt, wo es ja auf jede Minute ankam und oft innerhalb von Sekunden schwerwiegende Entscheidungen getroffen werden mussten?

Sophie überließ Langustier das Abschmecken der fertigen Erbsensuppe und kontrollierte lieber rasch die nebenbei erhitzten Blutwürstchen. Vor dem Servieren müsste bloß noch esslöffelweise weiche Butter hinzugefügt werden.

Um Punkt zwölf wurden Hecht und Suppe in den Saal getragen. Sophie hielt dort die Stellung, während Madame Huber und Langustier wieder an die Küchenfront eilten und gemeinsam die Puten und die Herzoginkartoffeln der Vollendung entgegenführten. Was machte derweil die Nachspeise? Ein starker Kaffeeaufguss war bereitet und mit Butter und Zucker aufgekocht worden, mit wenig Mehl abgerührt und mit Eigelb vermischt. Der Ofen, aus dem jetzt die Truthennen herauskamen, hatte volle Hitze. Gerade als sie beginnen wollten, die Braten zu filetieren, wobei jeweils ein Stück weißes Brustfleisch und etwas dunkles Keulenfleisch nebeneinander auf die Platte kamen, fiel Langustier die vergessene Preiselbeersauce für die Puten ein. In Windeseile wusch er die Beeren, während Madame Huber Wasser und Zucker auf den Herd gab. Zehn Minuten mindestens sollte es kochen, dann aber musste es vor dem Servieren erkalten! Jeden Augenblick konnte Sophie herunterkommen und die Puten ordern. Also rasch schon einmal so weit anrichten. Etwas vor der Zeit gossen sie den Preiselbeersirup in das größte und kälteste Steingutgefäß, das sie finden konnten und weiter in das nächste. Nachdem sie alle durch hatten, gleich wieder von vorn, bis Sophie hereinstürmte:

»Meine Güte, wo bleibt ihr denn mit den Puten?«

Rasch waren die auf einer großen Platte angeordneten Bratenscheiben dekorativ mit der Sauce beträufelt, und ab ging's damit. Das Heikelste war aber das ausstehende *Soufflé au café*, denn es benötigte 20 bis 30 Minuten Backzeit und musste sofort mit Puderzucker bestäubt und aufgetragen werden! Der Eischnee wurde unter die Grundmasse gehoben, und schon fuhr es in den Backofen ein wie in den Hauptstollen der Hölle.

Es klappte. Pünktlich kamen die Soufflés wie Pilze aus ihren Förmchen, wurden bestäubt, serviert und begierig verschlungen. Den Trick, mit dem Langustier eine dekorative Kappe auf jedem von ihnen erzeugt hatte – er war einfach vor dem Backen einmal mit einem Teigmesser rundum gefahren –, musste er am Tisch der Königin preisgeben, auch detailliert berichten, wie es zu dem herrlichen Kaffeegeschmack gekommen war. Er versäumte es nicht, das erhaltene Lob mit seinen Mitstreiterinnen zu teilen.

Erschöpft saßen die drei schließlich in der chaotischen Küche beieinander. Hier gab es keine Helferschar, da keine Löhne mehr gezahlt werden konnten. Also wurde der Abwasch ehrenamtlich aufgeschoben und erst einmal bei Kaffee und einigen tüchtigen Schnäpsen der Erfolg begossen. Eigentlich war das eine gute Gelegenheit, seine Kollegin nach ihren Beobachtungen am Tag der Umsiedlung zu befragen, fand Langustier.

»Erinnern Sie sich an den Dienstag letzter Woche, Madame?«

Carlotte Adelheid Huber seufzte.

»Freilich. Es war grauenhaft: Wir fabrizierten den scheußlichsten Braten seit Menschengedenken. Er war versalzen und völlig ungenießbar, weil wir allesamt nicht recht bei der Sache gewesen sind. Und von Criewen hatte auch an diesem Tag, wo wir alle vor Angst vergingen, nichts Besseres zu tun, als mich bei der Königin anzuschwärzen.«

»Wie das?«, fragte Langustier.

»Er erdreistete sich zu behaupten, ich hätte aus lauter Furcht dauerhaft meinen Geschmackssinn verloren! Mit diesen Worten stand er von der Tafel im Alabastersaal auf und verließ demonstrativ den Raum.«

»Woher wissen Sie das? Soweit mir bekannt ist, müssen Sie nicht, wie Joyard und ich, am Tisch stehen.«

»Frau von Quappendorff erzählte es mir. Sie kam extra in die Schlossküche und beteuerte, dass er es nicht so gemeint habe, sondern nur einen billigen Grund vorgeschützt habe, um die Tafel zu verlassen. Weshalb, wusste ja jeder.«

»Elsbeth Ramen!«

Sie nickte voller Abscheu.

»Ich habe nie verstanden, wie eine Dame so viel Beherrschung und Geduld mit einem so liederlichen Subjekt aufbringen konnte.«

»Und wann war das? Wann kam die Dame zu Ihnen?«

»Um zwanzig nach elf. Wir hatten aufgeräumt und schickten uns an, aus der Küche zu gehen. Sie erwischte uns, als wir gerade mit Hütter, dem Kastellan, abschließen wollten. Die Köchinnen rannten alle in die Polnischen Kammern, wo wir untergebracht waren, um ihre Koffer zu holen und sich zur Abfahrt einzufinden. Wir wussten nicht einmal, ob wir Kutschen bekommen würden.«

Frau von Quappendorff war also von Criewen und der Ramen gefolgt, hatte sie aber wohl aus dem Auge verloren. Bis zum Grünen Hut jedenfalls schien sie den beiden nicht nachspioniert zu haben.

»Inmitten des Gewühls«, ergänzte Madame Huber, »sah ich auf dem inneren Hof ganz deutlich den Bruder von Criewens, der ihn in Schönhausen wegen einer gewissen Familienangelegenheit schon häufiger aufgesucht hatte in der vorhergehenden Woche. Sie waren selten anders als im heftigsten Streit auseinandergegangen.«

»Ach nein? Eine blasse, schmächtige Gestalt? Emil von Criewen?«

»Ja, so heißt er, glaube ich.«

»Den habe ich auch gesehen!«, fiel Sophie plötzlich ein. »Die anderen waren schon auf dem Weg zu den Polnischen Kammern, wozu sie ja direkt aus der Hauptküche durch den Eishof gehen mussten, während wir …«

(sie deutete auf Madame Huber und sich)

»einen Blick in den Hof werfen wollten, um uns nach einer Kutsche umzusehen, in der Plätze zu haben wären. Er ging, offenbar sehr erregt, aus dem Eingang zur Kapelle, ebenfalls so um zwanzig nach elf, und verschwand durch das Portal eins auf den Schlossplatz.«

Langustier zückte seine schwarze Taschenkladde mit den gesammelten Notizen zum Criewen-Fall.

»Wohin ging Frau von Quappendorff, nachdem sie mit Ihnen gesprochen hatte?«, fragte er die Huberin.

»Sie begleitete uns über den Hof, denn wir wollten uns ja eine Kutsche sichern, was aber vorerst fehlschlug. Die Quappendorff begab sich zu ihrer Chaise und dann wohl wieder in den Alabastersaal. Das muss gegen halb zwölf gewesen sein.«

Beim Notieren dieser neuen Zeitangaben fiel sein Blick

auf einige Erbsenschoten, die Sophie wegen Kränklichkeit ausgeschieden hatte. Die aufgeklappten Schoten lagen wie eine Textspalte untereinander. Er musste sofort an die Zahlenkolonnen auf dem Geheimzettel denken. Die Zahlen hinter den Klammern reichten von 1 bis 10. Und die Nachricht, die er zeilengenau kopiert hatte, besaß 10 Zeilen. Gruppierte man die Klammern nach den dahinterstehenden Zahlen, so ergab sich:

(9)1.(40f)2.(7f)3.(30)4.(5)5.(19)5.(25)5.(42)5.(23)6.(14)7(0)8.(5)9. (0)10.

Was nun erhielt man aus der Nachricht, wenn man die neunte Erbse, will sagen: den neunten Buchstaben aus der ersten Schote, quatsch: Zeile holte?

Sophie und Madame Huber beäugten ihn interessiert wie einen Irrsinnigen, während er die Buchstaben auf einem kleinen Notizblatt zählte und wild selbige bekritzelte:

»F«. Er stutzte bei der Anweisung »40f«, doch dann war klar, dass es Kanzleideutsch war und »Vierzig sowie den folgenden« hieß: »AN«. Eine kleine Weile ging es so weiter, bis in der zehnten Zeile nur der nullte, d.h. kein Buchstabe hinzuzufügen war.

»FANALFATALAM24.«

Madame Huber und Sophie starrten ihm über die Schulter.

»Fanalf atalam?«, fragte Sophie, und es klang wie ein türkischer Zauberspruch.

»Fanal«, entschied die Huberin. »Fanal fatal am 24sten!«

Langustier standen die Haare zu Berge. Er umfasste erst die perplexe Madame Huber und drückte dann die ebenso verständnislose Sophie an sich.

»Ich bin untröstlich, dass ihr beiden jetzt alleine abspülen müsst! Sage bitte meiner Tochter in meinem Namen alles Gute. Sophie, mein Liebes, und sie möge sich die von Criewensche Verwandtschaft genau anschauen. Besonders den bleichen Emil, der mit seinem Bruder im Streit lag.«

Zu weiterer Erklärung reichte seine Zeit nicht. Er packte sein Bündel, warf sich seinen Uniformrock über, stürmte durch das kleine Städtchen und erstritt sich bei der Schutztruppe der Königin ein Kurierpferd. Der Kapitän von Pantzer, der anwesende Stadtkommandant von Borcke und andere boten ihre ganze Beredsamkeit auf, um ihn von seinem Vorhaben abzubringen. Seine gleichbleibende, enervierte Entgegnung lautete jedoch nur:

»Cito, citissime, meine Herren, das Leben Sr. Königlichen Majestät steht auf dem Spiele!«

Donnerstag, der 23. August 1759

Langustier war wie ein Wirbelwind über die Mittelmark dahingefahren und hatte jeden pferdebedingten Zwischenstopp verflucht. Zum Glück konnte man Kurierpferde austauschen. Anderthalb Tage hatte er im Sattel zugebracht, war fast in direkter Linie über Wiesenburg, Belzig, Brück, Beelitz, Trebbin, Zossen, Mittenwalde und Königs Wusterhausen geritten, bevor er sich in Markgrafpieske ein letztes Mal Ruhe gönnte. Langsam konnte er das Gemisch aus Brombeergestrüpp und Birken nicht länger ertragen. Und zum Pilzesammeln war es erstens zu früh, zweitens musste man dazu Ruhe und Geduld mitbringen.

Auf dem ersten öden Stück zwischen Magdeburg und Wiesenbrück waren ihm versprengte Angehörige der Reichstruppen krumm gekommen und hatten ihm diverse Kugeln nachgesandt. Ihr Pfeifen gellte ihm noch in den Ohren, als er sich kurz vor sechs der Spreebrücke vor Fürstenwalde näherte, wo der König am 18. Quartier bezogen hatte. In einer Linie saßen auf einer Landzunge die Schleuse, eine Walkmühle, eine Schneidemühle, eine Lohmühle, eine Mahlmühle und am Ende, vor der Stadtmauer, die so genannte Spreemühle. Keuchenden Pferdes langte er am rechts der Mühle gelegenen Mühlen- oder Spreetor an, wo ihn der Torschreiber und zwei Mann aus des Königs Leibgarde erwarteten. Viel zu wenig Kontrolle, fand er und ließ sich den Weg zum Schloss beschreiben. Der verschlafene Märker merkte kaum auf. Es schien ihm bereits Moos im Gehirn zu wachsen.

»Zu welchem? Dem alten Schloss, welches die Bischofsburg heißt, oder dem Neuen Schloss, welches jetzt das Fourage-Magazin beherbergt?«

Langustier war auf hundertachzig.

»Ja, Himmel und Hölle – zum König! Ich habe eilige Kurierpost hier drin!«

Er schlug demonstrativ an sein Felleisen, das einige Äpfel, eine Wurst und etwas Brot enthielt. Als der Torschreiber darangehen wollte, es zu öffnen, verwies er es ihm grob und bat den zuschauenden Gardisten, endlich einzugreifen und ihn zum Adjutanten von Götz zu bringen oder wer immer jetzt Adjutant sei. Er zeigte ihm das Permiss, welches Eindruck genug machte, dass er endlich in dieses verfluchte Städtchen hineingelassen wurde. Der Gardesoldat führte ihn stracks an einem kleinen Dom vorbei und beim Frankfurter Tor wieder hinaus. Sie gingen auf ein hässliches Areal mit Speichergebäuden zu. Im Hintergrund sah man auf der Ebene die spärlichen Reste der einst so glorreichen Armee kampieren.

Sie näherten sich dem ehemaligen Jagdschloss Friedrichs I., einem inzwischen dreigeschossigen Putzbau mit Walmdach, der sich zwar weiterhin »Neues Schloss« schimpfte, aber keines von beiden mehr war. Ein breiter Wassergraben trennte den ungefügen Kasten vom Städtchen. Letzter adeliger Bewohner war bis 1744 der Major von Massow gewesen, seinerzeit Kommandeur des in Fürstenwalde stationierten Schweriner Regiments. Dann war das Gebäude langsam auf den Hund gekommen. Nach einem Stadtbrand war die Ruine von obdachlos gewordenen Bürgern mit Beschlag belegt und 1750 gar vom Amtsrat Schönholz zur Strumpfwirkerei umgewidmet worden. Umwidmen durfte aber nur der rechtmäßige Besitzer, und das war der König. Er hatte allen illegalen Fremdnutzungen ein Ende gemacht, indem er die lästige Immobilie zum Getreidespeicher erklärte.

Der Adjutant von Götz war erfreut, Langustier zu sehen. Er führte ihn durch die niedrigen Gelasse der Kornschipperwohnung, in der sich der König eingenistet hatte. Überall duftete es angenehm nach Getreide. Im hintersten Eckchen saß der Monarch mit verstaubter Uniform an einem uralten, schiefen Kontorstisch und hatte von einem Lakaien eine Mehlsuppe vorgesetzt bekommen. Ihr Odeur war ein Affront gegen Langustiers feinen Geruchsinn. Jetzt war der König dabei, den ersten Löffel zu nehmen, und er tat es mit großem Appetit, denn er hatte seit dem Morgen nichts außer Wasser zu sich genommen. Musste sein Zweiter Hofküchenmeister gerade jetzt in den Raum treten?

Langustier, die Lage überschauend, stürzte mit dem Blick eines Wahnsinnigen auf den König zu, nahm ihm den zinnernen Löffel aus dem schmutzigen Wildlederhandschuh und zog den Suppenteller schwappend an sich. Er balancierte ihn schwankenden Schrittes zum offenen, korbbogigen Fenster und schleuderte ihn hinaus, so dass sich die Wachen vor dem Gebäude mit dem Anblick eines in den Dreck fliegenden Tellers konfrontiert sahen, bevor ihnen die separat gesegelte Mehlpampe über die blauen Röcke pladderte.

Es war getan. Langustier suchte sein aufgewühltes Gemüt zu beschwichtigen. Er hatte in Notwehr gegen einen ungreifbaren Gegner gehandelt. Gefahr war im Verzug gewesen. Doch mit jeder Sekunde kam ihm wärmer und wärmer, ja schließlich siedend heiß zu Bewusstsein, dass der kleine, mächtige Mann hinter ihm am Tisch allen Grund hatte, sein Handeln als Affront zu empfinden. Heute war schließlich erst der 23ste. Er drehte sich langsam um und sah, wie sich der König nach dem Löffel bückte, der in der Ecke am Boden gelandet war. Er würde ihn doch nicht ablecken wollen?

Nein, das tat er nicht, sondern gab ihn mit einem Blick des tiefsten Bedauerns dem schlotternden Lakaien, der an solche Auftritte nicht gewohnt war. Der Monarch richtete seine großen, traurigen Augen auf Langustier, der sich nun einer harten Verbalattacke sicher war, und sagte:

»Mein lieber Maitre! So sehr mich auch nach diesem Brei gehungert hat, so fühle ich mir doch schuldig und kann nur zu wohl ermessen, dass Sie erzürnt seindt. Was muss es in Ihren Augen vor einen Effekt machen, wenn das gräulichste Exkrement aus einer Kornschipperküche den Künsten des größten Kochkünstlers vorgezogen wird, der je Brandenburgs Sandkuhlen betreten hat?«

Langustier stand erstaunt und wollte nicht glauben, dass ihm so viel nachgegeben würde, doch der König näherte sich, gekrümmt wie ein Butter-S, auf seine Krücke gestützt und sah ihn flehentlich an. Das so genannte Weiße in seinen Augen wirkte wie beiges Aspik.

»Ich kann Ihre Verbitterung und Wut verstehen, Monsieur! Vor allem, da mich das verschmähte Madlitzer Essen später reute. Doch heute habe ich seit fünf des Morgens die Truppe inspiziert. Ihr Kollege Joyard liegt ja leider unpässlich mit einer Magenverstimmung darnieder. Mich seindt doch sehr nach etwas im Magen zu Mute …«

Langustier war feuerrot angelaufen.

»Majestät beschämen mich, indem Sie mein unverzeihliches Verhalten als das eines gekränkten Künstlers zu entschuldigen suchen. Es gehört beileibe nicht zum guten Stil in der Gastronomie, den Gästen die Teller vom Tische fortzureißen, bevor sie den ersten Löffel Suppe kosten konnten.

Wie stark ich es auch bezweifle, dass die Suppe geschmacklich Ihrem Gusto entsprochen hätte, so lag es doch keineswegs in meiner Absicht, Sie um Ihre wohlverdiente Mahlzeit zu bringen. Ich handelte zwar voreilig, aber dennoch nicht ohne triftigen Anlass und bitte, dass Sie mich anhören, Sire. Ich komme von Ihrer Majestät, aus Magdeburg, die Sie sehr herzlich grüßen lässt.«

Langustier offerierte dem Darbenden Brot, Wurst und einen Apfel aus seinem Felleisen und stellte baldigst Ersatzlieferung für die Suppe in Aussicht. Er wolle alles wiedergutmachen und sich selbst an den Herd stellen. Dafür gäbe es noch einen zusätzlichen Grund. Der König stutzte, während er den letzten Wurstzipfel verschluckte und heißhungrig den Apfel nachschob. Er gebot Langustier, Platz zu nehmen, und ließ sich dessen bisherige Erkenntnisse im Fall von Criewen vortragen. Langustier summierte die kärglichen Verdachtsmomente und konzentrierte sich auf die Verschwörungstheorie.

»Nach allem scheint es mir am wahrscheinlichsten, dass man ihn schwedischerseits als möglichen Verräter an der Sache der Hüte-Partei ausgeschaltet hat, auch wenn ich stark bezweifle, dass dies so geschah, wie sein Diener und sein Kutscher vorgeben. Ich möchte diese beiden aber in Sicherheit wiegen, bis ich klarer sehe. Von entscheidender Bedeutung ist meines Erachtens die Botschaft, die er bei sich trug.«

Der König wusste Bescheid:

»Es stammt aus dem *Candide*! Wieso trug der Criewen, wovon Becker mich unterrichtet, diese Zeilen eingenäht im Rockfutter spazieren? Und was bedeuten sie?«

»Halten zu Gnaden, Sire, es scheint sich um einen Wechsel des Codes gehandelt zu haben. Der neue Code wurde von Criewen zu spät zugesandt, er war schon tot. Es gelang mir, ihn gestern während eines delikaten Auftrags für Ihre Majestät zu dechiffrieren. Nach der berühmten Methode von Dupois.«

Langustier schmunzelte, und des Königs Laune besserte sich, als er von den subtilen kulinarischen Entschlüsselungsideen erfuhr und wie sie in der Magdeburger Hofküche entstanden waren. Als er jedoch die Nachricht selbst vernahm, schlich sich eine leichte Ironie in seine Worte:

»Das Ergebnis seindt mir doch gar zu spanisch.«

»Für heute, gestehe ich, übereilte ich mich. Doch es erschien mir ratsamer, Sie einer Gefahr zu entreißen, als möglicherweise Ihren Tod mit ansehen zu müssen. Es ist leicht denkbar und steht immer zu befürchten, dass ein Mordplan in letzter Sekunde abgeändert wird, um seine Vereitelung zu verunmöglichen. Bitte gestatten Sie, Sire, dass ich mich von nun an persönlich um Ihr Wohlergehen kümmere, und lassen Sie morgen Ihre Bewachung verstärken. Oder besser: wenn Eure Majestät das Haus nicht verließen. Es hat wohl massive, drei Fuß dicke Mauern, so dass von außen nur schwer beizukommen ist.«

Der König musterte ihn streng, als habe er ein absolut ungehöriges Ansinnen an ihn gerichtet. Doch dann milderte sich sein Blick, und es schien Langustier, als betrachte ihn der Monarch mehr wie einen Jähzornigen, dem man mit Sanftmut begegnen musste, um ihn nicht weiter zu reizen.

»Mein bester Langustier! Wenn mir ein anderer das verlangte, so ließe ich den närrischen Schlingel hochkant hinauswerfen. Doch da Sie es seindt, ist mich gewiss, dass die Sache einen guten Grund in sich habe. Und so geschehe denn alles so, wie Sie mich befehlen! Nur reichen Sie mir noch eine kleine Nachtspeise, weil mir ansonsten der Hunger gleich umbringen wird.«

Langustier wanderte beglückt mit einem Korb in die winzige Stadt, wo vor der Domkirche gerade ein Markt abgebaut wurde. Etwas Rindfleisch, reichlich Markknochen, auch einen Fasan erbeutete er. Dieser hatte, dem Jäger zufolge, schon einige Tage in den Federn gehangen. Wenn es stimmte, würde er zart und wohlschmeckend sein. Als er die geliebten Schokobohnen Sr. Königlichen Majestät in der Auslage einer Konditorei erblickte und es ihm gelang, den ganzen Vorrat des überraschten Konditors zu erwerben, hatte Fürstenwalde, das ihm zuvor gräulicher als Magdeburg erschienen war, sein Antlitz verwandelt. Lachend schaute er zu dem Storchennest auf dem Frankfurter Tor hinauf, durch das er wieder Richtung Schlossscheune hinaus passierte, und pfiff vor sich hin. Die jungen Störche schickten ein klapperndes Gelächter zum Himmel.

Scharf gewürzte Knoblauchpolenta besänftigte den Monarchen für den Abend. In der Gewissheit, dass die halbe Armee sich wie ein Schildkrötenpanzer um den Speicher zusammenziehen würde und einem potenziellen Attentäter keinerlei Chance eingeräumt würde, sich dem König auf weniger als eine Achtelmeile zu nähern, sank Langustier, ein Stockwerk unter dem König, auf ein ebenso einfaches wie bequemes Lager, verlor das Bewusstsein und entschlummerte sofort.

Freitag, der 24. August 1759

Seltsame Geräusche weckten ihn aus Traumuntiefen. Wie unregelmäßiges Poltern und Stampfen klangen sie. Es dauerte eine Weile, bis Langustier begriff, wo er sich befand. Dann dämmerte ihm auch, was da über ihm rumorte: der König! Der notorische Frühaufsteher sah sich der üblichen Bewegung beraubt und konnte nicht anders, als im Zimmer auf und ab zu stolzieren und dabei wutschnaubend mit dem Krückstock aufzustoßen. Recht so, dachte Langustier. So würde er ihn den ganzen Tag unter schärfster Kontrolle haben. Und während des Essens stünde er sowieso bei ihm.

Nachdem eine Morgenschokolade nebst reichlich Obst bereits im königlichen Magen angekommen und der Regent für den Vormittag versorgt war, bereitete der Leibwächter und Mundkoch das bescheidene Mittagsmahl vor. Der Flügeladjutant von Götz meldete ihm Vollzug, was die völlige Abschottung Sr. Majestät betraf. Man habe nur Sorge zu tragen, dass genügend Luft in die Zimmer gelangen könne, meinte Langustier, doch sei es ratsam, auch am Kamin auf dem Dach eine Wache zu positionieren, damit nicht – unwahrscheinlich zwar, aber möglich – durch den Schacht eine Granate eingeworfen würde.

Beim Rupfen des Fasans gedachte er der schwierigen Position, die Köche schon seit je bei Hofe innehatten. Gottvergessene Fürstenmörder gab es seit Menschengedenken, und sowohl Küchen- als auch Kellermeister hafteten mit Kopf und Kragen für die von ihnen kredenzten Leckereien. Der gute Leumund sagte herzlich wenig über die Zuverlässigkeit der Untergebenen, Feindesmächte wussten mit Geld wohl jeden armen Küchenhandwerker zu bestechen. Deshalb gab es eine Reihe lang erprobter Sicherheitsvorkehrungen.

Langustier seufzte, während er den Fasan ausweidete und das Innere mit einem Tuch ausrieb. Die Essbestecke früherer Fürsten, meist aber zugleich Mundtuch, Salz und Gewürze, waren vorzeiten im Nef oder der Cadena aufbewahrt worden, einem goldenen Prunkbehälter in Schiffsform, den der Fürst allein öffnete und verschloss. Derlei praktischen Prunk liebte Preußens Asket auf dem Thron leider nicht. War nicht gerade eine preußische Flottille aus dem Nichts erstanden? Hätte man nicht ein kleines Boot für den Tisch in Auftrag geben können?

Langustier salzte das Federvieh und wickelte es in Speck. Die kleine Küche bot kaum die richtigen Voraussetzungen für sein Vorhaben, aber es musste eben ohne Backofen gehen. Der Fasan kam mit Butter in einen Bräter. Als der Satz zu bräunen begann, gab er etwas Wein und Gewürze hinzu, fügte gerädelte Möhren und Schalottenwürfel bei.

Mit Madeira wurde der Fasan angegossen. Er hatte keinen Madeira … Musste es also Frankfurter Weißwein tun, ein erbarmenswürdiges Gesöff … Er nahm den Fasan vom Herd. Dann löste er den Bratensatz und verdünnte ihn leicht mit der Rinderbrühe, die nebenan im Topf simmerte und als Bouillon den ersten Gang vorstellen würde. Kartoffeln waren geschält und zerkleinert in Salzwasser aufgesetzt, zwei Stangen Blattsellerie gewaschen und geschnitten. Jetzt erhielten sie eine würzige Marinade aus Apfelessig, Leinöl und Zwiebeln, Pfeffer, Paprika und Salz.

Seine Zwiebel, ein absolut verlässliches Instrument aus der Werkstatt von Ferdinand Berthoud, Paris, zeigte fünf vor zwölf. Oben startete der König gerade eine Krückenattacke. Sollten Se. Königliche Majestät vielleicht ein Hungergefühl verspüren? Rasch schmeckte Langustier die Bouillon ab, packte den Topf, zog die Sauce vom Feuer und schloss die Tür zur Küche nach dem Hinaustreten sorgsam hinter sich. Die Wache erhielt Bescheid: Kein lebendes Wesen einlassen, selbst wenn es brenzlig röche und schwarzer Rauch unter der Tür hervorkäme!

Der König empfing seinen Kerker- und Küchenmeister mit säuerlicher Miene. Dennoch genoss er die Brühe und bat nachdrücklich, den Topf dazulassen. Langustier dienerte und entschuldigte sich sogleich wieder. Der Fasan verlangte nach Vollendung.

Der verdünnte Bratensud wurde durch ein Sieb passiert, mit Butter verrührt, mit Salz, Pfeffer und dem Saft einer Zitrone abgeschmeckt. Nebenan erfüllte sich das Schicksal der Kartoffeln, sie wurden Brei: Wasser abgießen, reichlich Muskat darüber, das der König löffelweise liebte, etwas Salz, gehackte Petersilie nebst Butter nicht vergessen. Dann mit einem Stampfer das Ganze zermanscht und mit Rahm aufgeschlagen.

Er dachte über die verwegensten Methoden nach, die in den Küchen benutzt wurden, Leib und Leben des Fürsten zu schützen. Man lebte zwar im aufgeklärtesten Jahrhundert, das sich überhaupt denken ließ, doch behauptete sich hartnäckig der Hokuspokus. Sein Kollege Joyard etwa war nicht eben unempfänglich für derlei Schauprozesse, wenn es darum ging, die Gäste ruhig zu stellen. Der ebenso baumlange wie abergläubische Marquis d'Argens goutierte besonders die Anstrengungen des Ersten Hofküchenmeisters, mit Hilfe von zwei »Messgeräten« höchst suspekter Provenienz die

Unbedenklichkeit der aufgetischten Speisen unter Beweis zu stellen. Er hatte sie angeblich von einem angesehenen Sachverständigen in »les Hautes Pyrenneés« erworben, der für ihre Zuverlässigkeit die Hand ins Feuer legte. Hoffentlich nicht zu lange, dachte Langustier, denn er hielt von diesen Dingen freilich nichts: vom Bezoar, vom Natternzungenbaum, vom Steinbock- oder Rhinozeroshorn sowie vom Serpentin- oder Schlangenstein. Diese Instrumente wurden allen Ernstes als Sonden in Speisen und Getränke eingeführt und auf Farbveränderungen kontrolliert. Vom Serpentin- oder Schlangenstein sowie vom Steinbock- und Rhinozeroshorn wurde eine Verfärbung bei Giftkontakt erwartet, weshalb sie nicht selten als Material für Schalen und Trinkbecher Verwendung fanden.

Langustier hatte gerade die erneut erhitzten Fasanteile und die fertige Sauce, das Kartoffelpüree und den Selleriesalat auf einem Servierbrett arrangiert, als oben die Krücke in Tätigkeit geriet. Er seufzte.

Der König, wiewohl er bereits zwei Liter Bouillon intus hatte, fiel über den Fasan her, als hätte man ihm die ganze Woche nur Mehlsuppe verabreicht. In Gegenwart Langustiers gewann er bald seine aufgeräumte Laune wieder, umso mehr, als er zum Beschluss Schokobohnen mit Kaffee erhielt.

Bis gegen vier war der Mittagstisch ausgedehnt worden, und es blieben für Langustier kaum drei Stunden Ruhe, da forderte der Monarch auch schon klopfend sein Abendmahl ein, das aus einer Markklößchensuppe, königlich scharfer Hechtpastete mit Bratkartoffeln und abschließenden rahmgefüllten Baisers bestand. Der König aß bedächtig und hielt seinen Zweiten Hofküchenmeister durch viele leutselige Erzählungen bei sich fest.

Als zwölf Schläge von der Fürstenwalder Domkirchturmsuhr hereindrangen, um die Mitternacht zu verkünden, saß Langustier noch immer beim Regenten im gut bewachten Kornspeicher. Nichts Feindseliges hatte sich den lieben langen Tag ereignet.

Der König ließ die Adjutanten rufen und teilte ihnen das Ende des Ausnahmezustandes mit. Langustier vermochte dawider nichts auszurichten. Seine eindringlichen Appelle an die Vorsicht, mit denen er zum Ausdruck zu bringen gedachte, dass es möglicherweise doch, aus Perfidie, einen Tag nach dem angekündigten Termin, zu einem Attentat kommen werde, fanden keinerlei Beachtung mehr. Der König, am offenen Fenster tief durchatmend, sagte:

»Nun haben Sie mir, Langustier, glücklich vor einer Attaque bewahrt. Doch das Ding geriet so gut, dass man es schwerlich entscheiden kann. Vielleicht war die Warnung Mumpitz? Ihre Nervs seindt jedenfalls arg gebeutelt. Ich schicke Ihnen daher bis auf Weiteres in die Recreation und habe mich auch schon eine Erholung ausgedacht: Dieser Brief hier berichtet von einer neuen Kartoffelsorte, die auf einem Gute vor Anklam gezogen wird. Die Sache mögen Sie sich einmal in aller Ruhe anschauen. Bei den Tartuffeln, das hat mich vorhin geschmecket, seindt noch sehr viel im Argen. Den Bouillon und Fasan habe aber als vortrefflich goutieret. Bon nuit et au revoir, Monsieur!«

Langustier stand wie erstarrt. Selbst wenn ihn der König nach Küstrin in die Festung geschickt hätte, wäre ihm dies lieber gewesen als – Erholung! Das klang ganz nach einem frühen Todesurteil.

Mittwoch, der 5. September 1759

Nicht dass sich der König über ihn lustig gemacht hätte – wie er es gern mit schmählich unterlegenen Menschen tat –, doch er musste eine Bemerkung ausgestreut haben, die den Adjutanten gut genug in Erinnerung geblieben war, um ein dauerhaftes Lächeln auf ihre Lippen zu zaubern. Als er es nicht mehr hatte ertragen können, war ihm durch von Götz am Tag der Abfahrt, dem 25. August, der Grund für ihre Heiterkeit berichtet worden:

»Er nannte Sie ›einen ausgekochten Cuisinier, der mir vor Urlaub einen Tag lang gefangen setzte‹. Ist das nicht drollig?«

Langustier hatte dies Urteil keineswegs geteilt, schließlich war er beim Anraten der Vorsichtsmaßnahme einzig auf das Wohl seines Herrn bedacht gewesen. Er hatte sich durch die Eindeutigkeit der geheimen Nachricht an von Criewen, durch ihre Fundumstände, ja eigentlich durch den ganzen Weltlauf vollauf bestätigt gefühlt.

Sein Zwangsurlaub, fand er nun, zwölf Tage später, war eine höchst perfide, ungerechte Strafe. Und diese lächerliche Kartoffelmission wünschte er direkten Weges zum Teufel. Warum hatte sich dieser Bauer die hinterste, nachtschattigste Ecke der Welt, dieses Preußisch-Vorpommern ausgesucht?

Nur eine knappe Nachricht an Sophie hatte er losgeschickt, bevor er Fürstenberg verlassen hatte. Die Fahrt durch die nebligen Feenwälder des sanften Barnim hatten trefflich mit seiner trüben Laune korrespondiert. Er hatte mit seinem Schicksal und dem unverständlichen königlichen Befehl gehadert und wurde von der Scham darüber, im Fall von Criewen nicht zum Ziele gelangt zu sein, schier zernagt.

Doch was nutzte das Aufbegehren gegen eine unumstößliche Anweisung? Wenn ihn der König nun für unfähig hielt, so musste er es hinnehmen. Schließlich hatte er ja in der Tat wenig genug geleistet, um ein gegenteiliges Bild zu erzeugen.

Alt-Friedland, das dem Schwedter Markgrafen gehörende ehemalige Nonnenkloster der Zisterzienser, hatte den Zwangsreisenden milder gestimmt. An einem idyllischen Waldsee gelegen, unweit des von Quilitzschen Schlösschens, hatte Langustier allervortrefflichste Karpfen-Frikadellen vorgesetzt bekommen und sich zwischen den noch immer farbenprächtigen Beeten eines ausgedehnten Bauerngartens ergangen. Vor vier Tagen hatte er das einladende Gemäuer verlassen und fühlte sich hinreichend gefestigt, seine Reise fortzusetzen. Da ihm jedoch das Kutschreisen wie eine Zumutung vorgekommen war, hatte er in dem winzigen, uralt wirkenden Groß-Neuendorf einen Bauern mit Zesenkahn dazu überredet, ihn als Zuladung zu seiner Fuhre Kartoffeln bis Stettin zu schippern. Vielleicht wäre eine gemütliche Kahnpartie ja geeigneter, ihn vollends zur Ruhe und vielleicht zur Erleuchtung kommen zu lassen?

Schon bald nach dem Ablegen hatte es ihm in der Tat begonnen besser zu gehen. Herausragende Ereignisse auf der bisherigen Flussfahrt waren rar gewesen. Hatte sich über dem sanften Fließgeräusch des Wassers, über dem Summen der Bienen und Hummeln, die den bräunlichen Strom überbrummelten, dem Dahinjagen der königsblauen Eisvögel und der schläfrig machenden Sonne, die ihm auf den Pelz brannte, nicht tatsächlich so etwas wie Erholung eingestellt? Er hatte neben dem Pfeife schmauchenden Fährmann unter einem löchrigen Baldachin gelegen und die Naturschönheiten an sich vorüberziehen lassen. Wohlig hatte das brennende Haupt sich beschattet gefühlt, der gesottene Leib den Anhauch des Wassers als Kühlungsborn empfunden.

Um schüttere Weiden quoll dichtes Schilf, das, von beiden Ufern auslaufend, allmählich in Kornfelder überging. Den ganzen Weg über tönten die schon herbstlich gestimmten Instrumente der Wald- und Feldvögel: das Keifen der Eichelhäher, das Purren der Rebhühner und der Lockruf des Wachtelhahns, der täuschend dem eines Mäusebussards ähnelte. Wasserumspülte Sandinseln zogen gemächlich vorüber, die sich bei langer starrer Betrachtung in die Rücken schlafender Ungetüme verwandelten. Plötzlich folgten gleich ein Dutzend verschiedenster Sangeslaute in einem Potpourri. Wie sehr er sich bemühte, den Kapellmeister dieses Stückes zu sehen und diese Art imitatorischer Polyphonie einer beruhigenden Klassifizierung zuzuführen – es wollte nicht glücken. Das schmatzte, knarzte zwischen den sanft knisternden Halmen wie ein ganzer Krötenchor, gurrte wie ein Taubenschwarm, scheckerte wie eine Elster und schimpfte wie ein Hausspatz. Es folgte eine Reihe morgenländisch anmutender Laute, ein Pirol pfiff, ein Kranich und manches andere, bevor die Reihe mit Variationen wieder vorne anging. Das monotone Knispeln des Schilfrohrs und die Litanei des merkwürdigen Ein-Mann-Orchesters übten eine einschläfernde Wirkung auf den Dahintreibenden aus, so dass ihn ordentlich schauerte, als sein Bauer ihn aufklärte:

»Das ist der Sieben-Stimmen-Vogel, der Sumpfrohrsänger, der im Winter bis ins innerste Afrika fliegt, von wo er manche fremde Stimme mitbringt: Goldralle, Bienenfresser, Reissittich, Kongofink, Löffler, Mandarinente, Krickente,

Brandgans, Trompetenvogel, Kakadu, Pelikan, Flamingo und Ibis.«

Im Röhricht an der Güstebieser Loose – wo früher die alte Oder ihre Kehre begonnen hatte, die durch den Verbindungskanal zum Alt-Arm geworden war – sah Langustier schließlich die Rohrdommel, eine Art kleiner Reiher, der dumpfe, an eine Basstuba erinnernde Töne ausstieß und sich bei Gefahr den Anschein gab, ein Baumstumpf zu sein: Das Tier richtete den schlanken Körper steil auf und reckte auch den Hals samt Schnabel kerzengerade in die Höhe.

Auf dem langen Stück bis Schwedt, für das sie einen ganzen Tag brauchten, fing er mit einer vom Schiffer mitgeführten Angelrute so ziemlich alle Fische, die es in diesem sanft dahinfließenden Strom nur gab. Gerne hätte er ihre Namen in Blochs Fischlexikon nachgeschlagen, aber das war bis dato nicht erschienen.

Die neue Oder bis zur Einmündung der alten Oderkehre bei Hohensaaten lag hinter ihnen. Es ist nicht leicht, in der freien, belebten Natur zu lesen. Erst jetzt, da es keinerlei aufregende Beobachtungen und Entdeckungen mehr zu machen gab, zog er endlich Voltaires Roman, der in seinem Handgepäck schlummerte, hervor. Die Geschichte um den unglücklichen und unfreiwilligen Abenteurer Candide, der trotz bester Anstrengungen des unbarmherzigsten Schicksals einfach nicht totzukriegen ist, fand rasch seine Sympathie. An vielen Stellen sah er förmlich in wechselnden Inkarnationen den König und den Autor als hartnäckig miteinander ringende Philosophen vor sich, etwa im Dialog von Jacques, dem Schiffer, und Pangloss, dem alten Philosophielehrer des Candide:

»Pangloss setzte ihm auseinander, dass doch alles in der Welt gar nicht besser sein könnte. Jacques teilte diese Ansicht nicht. Die Menschen müssen sich schon von der Natur etwas entfernt haben, sagte er, denn sie werden zu reißenden Wölfen, obwohl sie nicht als solche auf die Welt kommen. Gott hat ihnen weder Vierundzwanzigpfünder noch Bajonette gegeben, sondern sie haben alles beides erst selbst erfunden, um sich gegenseitig zu vernichten.«

Langustier haderte lange und ergebnislos mit sich, ob er der Antwort beipflichten sollte, die der einäugige Doktor Pangloss darauf gab:

»Alles dies ist unerlässlich … auf dem Unglück einzelner baut sich das Wohl der Allgemeinheit auf, so dass also das Glück der Gesamtheit umso größer ist, je mehr privates Unglück es gibt.«

Der König, in seinem oft durchblitzenden Zynismus, könnte wohl manchmal so gedacht haben in der Vergangenheit. Er konnte nicht hindern, dass ihm nach der Lektüre des Wortes Unglück immer häufiger Sophie vor dem inneren Auge erschien: Er verzehrte sich nach ihr. Ob sie wohl an ihn dachte? Was sie wohl gerade tat? Er musste ihr schreiben, und zwar möglichst bald!

Die kleine symmetrische Barockstadt Schwedt und damit die ganze neumärkische Oderstrecke waren passé. Jetzt ging es gen Stettin, und man bewegte sich dabei auf sehr ungewissem Terrain. Der Kahn dümpelte direkt auf der Grenze entlang, so dass die linke Seite des aufgeschütteten Kartoffelberges uckermärkisch, die rechte dagegen hinterpommersch zu nennen war. Langustier war kaum zehn Seiten weiter im *Candide*, als urplötzlich bei Gartz heftig einsetzender Regen ihn zwang, das Buch zu verwahren. Rasch blätterte er noch etwas vor, um wenigstens den Gang der Handlung zu erahnen, die allerdings so verworren war, dass er es gleich aufgab. Indessen bemerkte er, dass unweit der Stelle, bis zu der er gekommen war, ein Blatt fehlte. Er besah sich die Textstelle, die Eller abgeschrieben hatte, und erkannte, dass sie sich in den Kontext einfügte. Aus diesem Buch also stammte der Ausriss. Nun ja. Das war ja jetzt nicht mehr so wichtig.

Angetan mit einem Roquelor aus gelbem Wachstuch, verbrachte Langustier die letzten dreieinhalb Meilen unter einer leckenden Plane neben dem unerschütterlichen Bootseigner, der die Geschwätzigkeit eines Stockfisches besaß. Die Nachtfahrt im strömenden Regen bei völliger Dunkelheit war kein Zuckerschlecken. Gerne hätte sich Langustier mit seinem Nebenmann über die neuartige Unterwasser-Schifffahrt unterhalten oder über die Ursache der großen Luftundulationen oder Seestürme. Doch außer der uralten und nie bezweifelten Mär, dass zerschnittene Aale wieder zusammenwachsen, die sich in seinem bedachtsamen Mund auf etwa eine dreiviertel Flussmeile in die Länge zog, schien den Mann nichts zu interessieren. Ein spanbreites Lüpfen des schwarz lackierten, wasserfesten Hutes mittags beim Entlohntwerden im Stettiner Hafen war die lebhafteste Geste, die Langustier von ihm zu sehen bekam.

Das ehemals schwedische Stettin war inzwischen, wegen seines großen Oderhafens, der wichtigste Stützpunkt Preußisch-Vorpommerns. Langustier schwang eine kleine Reisetasche auf die Kaimauer und kletterte tropfend an Land. Ein Akzise-Beamter, dem das Wetter genauso übel aufstieß wie Langustier, visitierte sehr wohlwollend nur sein Felleisen, da der Ankömmling beteuerte, ohnehin so rasch wie möglich per Schiff weiterreisen zu wollen.

»So würde ich mich an Ihrer Stelle, mein Herr«, entgegnete der freundliche Beamte, »bei dem großen Kahn da vorne mal umhören. Der wird in Bälde Richtung Haff auslaufen!«

Von wegen Kahn! Majestätisch erhob die Fregatte *Friedrich Wilhelm zu Pferde* ihre Masten über die kleinen, schäbigen Fischerboote und Kauffahrer ringsum. Es war ein Traum von einem Dreimastvollschiff, das aussah, als sei es auf mysteriösen Wegen aus dem letzten Jahrhundert über die Zeit gerettet worden.

Langustier wusste nicht sehr viel über die jetzige preußische Flotte. Der König hasste Schiffe, und er hasste vor allem das Wasser. Außer auf dem Rhein, von Wesel nach Utrecht 1755, war er nie zur See gefahren. Er hatte nur widerstrebend das Angebot seines treuen Anverwandten, des Herzogs von Braunschweig-Bevern, angenommen, der ihm eine eigene kleine Flottille im Abwehrkampf gegen die seetüchtigen Schweden zur Verfügung stellte. Der Herzog war Kommandeur von Stettin und hatte schon vor Jahren damit begonnen, Fischerkähne zu armieren. Freilich hatte das nicht hingereicht. Unter Generallieutenant Graf zu Dohna waren daraufhin schwere Kauffahrer und Fischereiboote zu Kriegsschiffen umgebaut worden. Doch die resultierenden Bojer, Hucker, Besanever oder Galioten konnte man wohl kaum rechte Schiffe nennen: einen Großmast und einen kleineren Besan, jeweils mit einem Gaffelsegel. Der Großmast hatte drei Rahsegel, und vor ihm waren ein Stagfocksegel und an dem ungewöhnlich langen Bugspriet drei Vorstagsegel angebracht. Man sagte nicht mal Zwei-, sondern bloß Anderthalbmaster dazu. Fredersdorf, der selbst einen Kauffahrer zu dieser Notflotte beigesteuert hatte, war vor einem Jahr, noch auf dem Totenbett, voll des Spotts darüber gewesen.

Langustier blinzelte, um sich zu versichern, dass er nicht träumte: Woher kam nun dieses prachtvolle Exemplar eines schwerbewaffneten Dreimastglattschiffs, dieser schweren Fregatte, dieses stattlichen Zweideckers? Wenn er die Mündungsklappen auf der ihm zugewandten Seite zählte und das Ganze mal zwei nahm, kam er auf 52 Kanonen, wie es aussah. Das Deck maß sicher über hundert Fuß Länge. Am Heck prangten schwarzhaarige üppige Meerjungfrauen und ein Mann mit rotem Rock und Dreispitz.

Langustier fackelte nicht lange, sondern ging umstandslos über eine regennasse wippende Planke mit aufgenagelten Querrippen an Bord. Ein Schiffsjunge eilte auf ihn zu und verschwand, nachdem er ihn nach dem Kapitän gefragt hatte. Es kam aber zunächst der Erste Offizier, der sich das Anliegen des Fremden geduldig anhört, bevor er den Steward in Kenntnis setzte, der Langustier gründlich musterte und endlich unter Deck verschwand.

Eine ganze Weile geschah nichts. Langustier bewunderte die Matrosen, die wie Spinnen über die riesigen Netze der Takelage krabbelten. Ein Räuspern signalisierte ihm, dass Günter Haubold von Bilgewasser, Kapitän dieses Schiffes und Oberbefehlshaber der gesamten preußischen Oderflottille, sich vor ihm aufgebaut hatte. An Höhe und Breite dem Berliner Polizeichef durchaus ähnlich – bei feineren und klareren Gesichtszügen –, besaß er etwas, das diesem bei größtaufgeblähter Arroganz stets fehlen würde: allerhöchste Autorität. Schon an seinen Bewegungen, die an Sicherheit denen eines burmesischen Tigers gleichkamen, war dies abzulesen. Als er Langustier, mindestens einen Kopf kleiner, ins Auge fasste, erhellte sich sein Antlitz. Die silbern betressten Achselteller seiner marineblauen, goldgeknöpften Kapitänsuniform hoben sich wie zwei Tabletts auf den Händen gewagt jonglierender Servierkräfte, und der flache schwarze Zweispitz trug eine stolze, windgeblähte Kranichfeder.

»Monsieur, es ist mir eine außerordentliche Ehre, mich für die kulinarischen Freuden revanchieren zu dürfen, die Sie mir vorletztes Jahr in Dresden bei einem Bankett Sr. Königlichen Majestät im Zwinger bereiteten. Ihr Name war in aller Munde. Seien Sie daher mein Gast und fühlen sich wie zu Hause! Wir können Sie bis zur Anklamer Fähre mitnehmen. Wir liegen da droben seit Wochen in Fehde mit den Schweden. Sollte etwas passieren, werden Sie rechtzeitig mit einer Barkasse an Land gebracht.«

Von Bilgewasser schüttelte Langustiers Hand lange und unerbittlich.

»Wir verholen gleich in den Fluss, ein Stück weiter nördlich. Dort nehmen wir Pulver an Bord. Wie wär's, wenn Sie sich etwas regenerieren? Nachher zeige ich Ihnen mein Schiff, und heute Abend wird unser Smutje Ihnen zu Ehren seine Kunst unter Beweis stellen.«

Langustier dankte dem Kapitän für die Gastfreiheit. Der Steward brachte ihn in eine feine kleine Kajüte, wo er sich erschöpft auf ein bequemes Lager fallen ließ. Vom Losmachen und Verholen des großen Schiffes wurde er sanft in die Schläfrigkeit geschaukelt. Das Poltern der Schwarzpulverfässer, die mit einem kleinen Kran an Bord kamen und durch eine Luke in die Pulverkammer hinabgehievt wurden, hörte er nur als fernes Donnergrollen. Schon wenige Augenblicke später dämmerte er in seiner sauberen Koje weg. Kein einfaches oder doppeltes Glasen – das Anschlagen der Schiffsglocke zur halben oder vollen Stunde – konnte ihn mehr wecken.

Während der Passagier schlief, ging das Leben an Bord seinen gewohnten Gang. Ein großes Schiff war das Urbild einer sehr besonderen und strengen Regierungsform. Da es sich dabei um einen kleinen Staat im Staate handelte, der überall Feinde um sich fand – Himmel, Ungewitter, Wind, See, Strom, Klippe, Nacht, andere Schiffe –, so gehörte ein strenges Gouvernement an Bord dazu. Jeder der Crew hatte seine angewiesenen Stellen und Ämter, deren Vernachlässigung scharf bestraft wurde. Die Oberen, nach dem Kapitän, der über allem wachte, waren der Erste und Zweite Offizier, der Steward, Koch, Zimmermann und Segelmacher.

Der Erste Offizier oder »der Erste«, wie er par excellence stets genannt wurde, war Oberleutnant, Oberbootsmann, Steuermann und Quartiermeister in Personalunion. Sobald ihm der Kapitän eine dringliche Aufgabe beschrieb, war es an ihm, ihre rasche und richtige Umsetzung zu überwachen. Anders als der Kapitän jedoch erlaubte er sich schon einmal einen Spaß mit der Mannschaft und triezte sie, wo er nur konnte. Günstigenfalls stand er mit den Matrosen im Einvernehmen. Doch recht eigentlich ward er von allen gehasst.

Der Zweite Offizier saß zwischen zwei Stühlen, denn er versah alle Pflichten eines einfachen Seemanns. Er musste mit aufentern und die Marssegel reffen und festmachen und genau wie jeder der Mannschaft seine Hände in Teer tauchen und schmieren. Der Erste erwartete dennoch von ihm, dass er seine Autorität aufrechterhielt und ihm Gehör verschaffte. Die Mannschaft nannte ihn den »Seemannsdiener«, da er sie mit allen zur Arbeit nötigen Werkzeugen und Materialien versorgte. Doch hoch angesehen war er deshalb unten nicht, vielmehr der Bedauernswerte, dem wenig gegeben und von dem viel verlangt wurde. Von seiner guten Heuer, die in der Regel doppelt so hoch war, als die eines gewöhnlichen Matrosen, hatte er nur Neid und Missgunst.

Der Steward war der Diener des Kapitäns und kontrollierte die Vorratskammer. Jedem außer ihm blieb es verwehrt, sie zu betreten, auch dem Ersten Offizier, der ihn folgerichtig dafür verachtete.

Nur der Koch war allgemein in der Position eines Abgottes, denn er war Beschützer und Ernährer in einem. Wer bei ihm einen Stein im Brett hatte, durfte schon einmal seine nassen Strümpfe in der warmen Kombüse trocknen oder sich während der Nachtwache die Pfeife dort anstecken.

An Ehrenmännern, die nachts keine Wache zu gehen hatten, gab es außer Koch und Steward noch den Zimmermann und den Segelmacher, doch weil sie den ganzen Tag beschäftigt waren und die Arbeit auf einem so großen Kahn nie bewältigt werden konnte, hatten sie von dieser Befreiung keinen anderen Vorteil als ihren wohlverdienten Schlaf.

Langustier allerdings wurde gegen sechs des Abends vom Steward geweckt und zur Tafel gebeten. Das war eine für ihn ganz ungewohnte Erfahrung, doch er fühlte sich keineswegs schlecht dabei. Ein Blick aus den Fenstern der schön getäfelten, geräumigen Kapitänskajüte zeigte ihm, dass sie sich bereits in der Fahrrinne zum Haff befanden.

Der Kapitän gab ihm als Nachspeise zu einigen sehr wohlschmeckenden grünen Flussbarschen mit goldgelben, in Butter gebackenen Petersilien-Kartoffeln, die der Smutje mit öligem Lächeln servierte, eine detaillierte Schilderung des bereits lange schwelenden Konflikts mit den Schweden, wobei er mit übertriebenem Lob und geradezu stürmischem Enthusiasmus seine winzige Escadre in den Himmel hob. Am schwedischen Pommerngeschwader ließ er hinwiederum kaum ein gutes Bändsel. Dabei waren die Schweden sowohl an erfahrenen Seeleuten als auch an Schiffen den Preußen naturgemäß überlegen.

Mit Stolz kam Kapitän von Bilgewasser auf die *Friedrich Wilhelm zu Pferde*, sein eigenes Schiff, zu sprechen. Es hatte zuletzt in der Preußisch-Asiatischen Kompanie zwischen Emden und China Dienst getan, bis diese 1753 bankrottging. Von Bilgewasser war in Emden aufgewachsen und hatte das Schiff schon von Kindheit auf geliebt. Es stammte in der Tat aus der kurbrandenburgischen Flotte und war neunundsiebzig Jahre alt. 1680 von einem Schiffsbauer namens Pickelhering in Pillau erbaut, in Königsberg fertig gestellt und 1684 in die Flotte des Großen Kurfürsten übernommen, hatte es für diesen vor allem Sklaven von Afrika nach Amerika transportiert. Langustier entsann sich der Gespräche, die er einst mit Fredersdorf über dieses dunkle, von allen vertuschte Kapitel der Seefahrtsgeschichte des brandenburgischen Fürstenhauses geführt hatte. Er entsann sich uralter Schwarten der Kompanie-Handels-Abrechnungen, die in der Generaldomänenkasse auf hohen Regalen standen. Von außen verriet nichts das Leid, welches sich in ihren Tabellen verbarg.

»Die Fahrt wird sehr ruhig werden, Monsieur!«, versicherte ihm der Kapitän. Langustier sah reichlich grün aus im Gesicht, obwohl das Wasser brettflach und die Brise flau war. Kaum merklich zog der große, elegante Schiffskörper dahin.

»O, verzeihen Sie, ich musste nur gerade an eine üble Geschichte denken.«

»Ach, Sie meinen den toten von Criewen?«, forschte von Bilgewasser, ein Seebär zwar, doch über alles in Kenntnis gesetzt, was in der Welt der Landratten gerade die Runde machte. Und obwohl Bilgewasser recht eigentlich weit vorbeigeschossen hatte, kam Langustier nun auch diese Tragödie wieder in den Sinn. Fast hätte er sie ganz vergessen.

»In der Tat, in der Tat. Kannten Sie den Herrn?«

»Flüchtig, wie man entfernte Verwandte eben kennt.«

Das Wort *Verwandte* genügte, um den fast erloschenen Brand in Langustiers Kopf vollends neu zu beleben.

»Fragen Sie mich jedoch nicht nach dem genauen Grade. Er muss kaum bezifferbar sein. Die Abspaltung erfolgte wohl im vergangenen Jahrhundert. Wenn Sie es übrigens genau betrachten, so werden Sie feststellen, dass der Adel, nicht nur derjenige Schwedens, eine grauenhafte Inzucht betreibt. Da sind solche Querverbindungen nicht selten, und es wären unstandesgemäße Verehelichungen mit bürgerlichen oder niedrigeren Ständen nur zu begrüßen, da so frisches Blut in die Familie kommt. Eine der sieben Urgroßtanten von Criewens heiratete einen von Güllbrandt; und dessen Mutter war eine von Bilgewasser. Wir kamen darauf, als wir kürzlich in Berlin aufeinandertrafen. Er stand kurz davor, mit seiner Cousine zur Königin Ulrike von Schweden zu reisen. Wir hatten nicht viel Zeit, uns auszutauschen. Die schöne Ludwigia, deren Los mich dauert, da sie früher sehr lebendig war, vergnügte sich mit einem schwedischen Offizier namens von Millberg – einem Riesen von Mann, der den beiden bis Stockholm zum Schutz zugeteilt worden war, in Preußen aber inkognito bleiben musste, um nicht vom Pöbel gelyncht zu werden.«

Langustier notierte all dies mit Interesse und bat Bilgewasser um eine genaue Beschreibung.

»Schmales, langes Gesicht, rötlichblond, Adelsnase, breite Stirn und, wie gesagt, sehr groß.«

»Wissen Sie, was aus ihm wurde?«

»Ich denke, er wird seinen Auftrag erfüllt haben und wieder in Stockholm Dienst tun.«

»Trafen Sie auch die von Criewen-Brüder? Wenn ja, was hielten Sie von ihnen?«

»Es ist wie bei allen diesen Familien ja auch bei den von Criewens, soweit es mehrere männliche Stammhalter gibt: Ein Bruder widmet sich dem Herrgott und wird Pfarrer, einer wird Bauer und betet zu seinen Rindern und Kartoffeln, einer wird Diplomat, und der Letzte ergreift, was jedem Patrioten ziemt, der sein Land von allen Seiten bedroht sieht – das Panier und das Schwert! Doch ob einer seine Aufgabe erfüllt, ob eine Sache funktioniert und ein Leben gelingt oder scheitert, das hängt letztlich nur vom Schicksal ab. Kurz gesagt: Es dependiert davon, ob einer zur rechten Zeit am rechten Platz ist! Der bleiche Reisende, von Criewens

Bruder Emil, scheint mir noch nicht seinen Ort gefunden zu haben. Er ist immer auf der Flucht.«

Der Kapitän lachte ein für ihn typisches Lachen, das sich bei geschlossenem Mund glucksend und räuspernd irgendwo im Halse abspielte, wodurch es ihm trefflich gelang, stets seine Würde zu wahren. Langustier war nachdenklich geworden. Es hatte sich ihm ein Gedanke aufgedrängt, dem er am liebsten den Zutritt verwehrt hätte, so ungeheuerlich war er. Zur rechten Zeit am rechten Platz: zur Tatzeit am Tatort, oder doch in relativ geringer Nähe zu ihm – nun, das war Sophie, seine geliebte Sophie gewesen! Er hatte es schmählich unterlassen, Madame Huber nach dem Erhalt des ominösen Ringes zu fragen. Ja, das hatte er vergessen! War es nicht denkbar, dass Sophies vorgebliche Suche nach diesem Ring nur eine Finte gewesen war? Hatte sie vielleicht nach etwas anderem sehen wollen? Nach der Mordwaffe vielleicht – einem Spieß: dem Bratspieß! Langustier fasste sich an die Brust. Er legte seine Rechte an etwa die gleiche Stelle, an der von Criewens Brustkorb von einem spitzen, aber nicht unbedingt scharfen Gegenstand, wie Eller gesagt hatte, durchbohrt worden war. Er hatte einen solchen Spieß, ja: den Bratspieß in Spicks Bratenhölle in der Hand gehabt. Warum war Sophie so bleich aus der Bratenküche zurückgekommen, als sie gemeinsam Aalsuppe gekocht hatten und sie, um einen Topf mit Fleischbrühe zu holen, in die Untiefen hinabgestiegen war? Hatte sie bemerkt, dass der Spieß nicht mehr verbogen war, wie sie ihn möglicherweise in Erinnerung hatte, und dass er nicht aufrecht stand, sondern bereits wieder an seinen gewöhnlichen Platz geräumt worden war? Warum war sie blass gewesen, wenn nicht aufgrund der Erkenntnis, dass der eigentliche Ort der von Criewenschen Ermordung bereits entdeckt war?

Langustier wusste mehrere Dinge plötzlich so klar wie

nur etwas: Einen Überfall im Wald hatte es nicht gegeben. Hessel und Duffke waren die Handlanger bei einem gewaltigen Ablenkungsmanöver gewesen. Weshalb hatte man von Criewen am Nachmittag und am nächsten Tag nirgends mehr gesehen? Weil er bereits tot war! Von Criewen war in der Bratenküche zu Tode gebracht worden, durch den Bratspieß, den er höchst selbst abgewischt und grob wieder in Form gebracht hatte! Sophie hatte das Ergebnis seiner Aufräumarbeit gesehen und war darüber erblasst. Hatte er eine Schlange an seinem Busen genährt? Kam keine andere Deutung in Frage? Waren nicht fast alle übrigen Personen genauso verdächtig? Er blätterte im Geiste die Aufzeichnungen der Zeugenaussagen durch: Der Bruder war im Hof gewesen, ebenso die Frau von Quappendorff. In seinem Kopf rumorte es. Er sah eine ganze Weile wieder nichts außer Sophie, wie sie mit dem fürchterlichen Spieß den zudringlichen Kammerherrn erstach. Soviel musste er ihr zugestehen: Es konnte sich nur um Notwehr gehandelt haben. Warum sollte sie sonst … Doch Halt! Er atmete auf, denn es war ja zeitlich ganz unmöglich: Madame Huber und Sophie hatten Frau von Quappendorff am Haupteingang der Küche in Empfang genommen, um zwanzig nach elf. Wohin ging Sophie, wohin gingen die Vorerwähnten nach dieser Begegnung? Nach den Angaben der Huber auf den inneren Schlosshof. Und sie trennten sich, um sich auf den Weg zum Alabastersaal bzw. zu den Polnischen Kammern zu begeben – beides weit von der Mordküche entfernte Lokalitäten. Freilich konnten sich Sophie und Madame Huber durch ihre Aussagen gegenseitig decken. Der Bruder Emil kam laut Madame Huber um zwanzig nach elf aus dem Durchgang zum Kapellenhof; Sophie hatte ihn gesehen. Zu dieser Zeit war von Criewen mit der Elsbeth Ramen zusammen, und das bis um Viertel vor zwölf, wenn man ihr glauben konnte. Konnte man? War der Bruder den beiden vielleicht gefolgt und hatte, als er gesehen oder gehört, was sie trieben, wieder kehrtgemacht? Was war mit der Frau von Quappendorff? War sie wieder im Saal angekommen? Würmerhelm könnte das wissen. War sie vielleicht in die Bratenküche gegangen, welche offen geblieben war, weil das von Criewensche Gepäck dort zwischengelagert wurde? Herrgott, der dämliche Kistenunfall! Was auch immer zwischen Viertel nach elf und zwölf Uhr geschehen war: Hessel und der Kutscher mussten Komplizen des Täters sein! Sie hatten den Mord vertuscht, indem sie die Abfahrt der von Criewenschen Kutsche verunmöglichten. In aller Ruhe wurde der Tote am nächsten Tag mit reichlich Theater beseitigt. Sogar der Schäfer war bestochen worden: fünf teure Schutzhunde, obwohl die Schäferei nichts abwarf!

Aber es blieben zahlreiche Dunkelstellen. War nicht Hessel gesehen worden – vom Kutschenbauer Wallraff, wie er kurz vor zwölf die Ramen auf den Hof führte? War von Criewen zu diesem Zeitpunkt schon tot gewesen? Man musste es vermuten, wenn die Beschädigung der Kutsche mutwillig erfolgt war, zum Zwecke, die Leiche unbeobachtet aus dem Schloss zu entfernen und so weit wie möglich vom Tatort fortzubringen. Doch wann hatte sich der Vorfall mit den Marmorkisten ereignet? Hastig blätterte er im Notizbuch: gegen elf, laut Aussage Hessels. Das passte nicht. Das war viel zu früh, denn erst um zehn nach elf hatte sich von Criewen, gefolgt von der Ramen und der Quappendorff, aus dem Alabastersaal entfernt. Hessel musste gelogen haben, wenn die Havarie keine echte war. Doch die anderen Angaben mussten ja alle ebenso wenig zutreffen! Stimmten etwa die der kleinen Ramen nicht, so lebensecht sie sich ihm auch aufgedrängt hatten? Sie hatte behauptet, mit von Criewen um halb zwölf darüber gesprochen zu haben, am folgenden

Tag mit ihm fahren zu wollen. Dies bedeutete, dass die Kutsche zu dieser Zeit schon kaputt gewesen war. Um dreiviertel zwölf bat Hessel den Kastellan, die Küche zur Gepäcklagerung nutzen zu können. Warum erst so spät? Man hätte mit dem Zwischenlagern längst angefangen haben können, wenn der Unfall wirklich bereits vor elf Uhr passiert wäre. Langustier zitterte am ganzen Leib vor Anstrengung, diesen Wust zu durchschauen.

»Monsieur, was fehlt Ihnen? Fühlen Sie sich nicht wohl? Ist Ihnen der Fisch nicht bekommen?«

Von Bilgewasser war äußerst besorgt über die krankhaften Zustände, in die sein Gast zu verfallen schien. Doch Langustier, von seinen inneren Bildern nur wenige Augenblicke übermannt, hatte sich wieder im Griff. Es war alles in Ruhe zu durchdenken. Was Sophie betraf, wurde er immer ruhiger. Der Anblick der Eisernen Jungfrau hatte sie in Furcht versetzt! Nur so konnte es gewesen sein. Sie hatte sich vor ihm keine Blöße geben wollen und war mannhaft in die dunkle Folterkammer getappt. Nein, Sophie durfte es, sie konnte es auch nicht gewesen sein! Von Bilgewassers Sorge zu entkräften, zwang er sich zu einer ebenso ruhigen wie entlegenen Antwort:

»Eine kurze Schwäche, Monsieur. Sie ist schon vorbei.«

Von Bilgewasser glaubte ihm kein Wort. Der König hatte Recht damit getan, diesen verdienten Mitarbeiter auf eine Erholungsreise zu schicken.

»Es wird besser sein, wenn Sie sich einmal richtig ausruhen, Monsieur, da es mich nicht verwundern würde, wenn wir schon bald einen Sturm bekämen. Da werden Sie froh sein um jedes Quäntchen Schlaf, das Sie vorher erhaschen konnten!«

Langustier, kurz vom Kurs seiner Mutmaßungen abgelenkt, entgegnete:

»Woran erkennen Sie das? Es ist das schönste Abendrot. Wie sollte man auf den Gedanken verfallen, dass es hier bald zu stürmen begänne?«

»So etwas rieche ich.«

Von Bilgewasser stellte kurz eine sehr ernste Miene zur Schau, dann tippte er sich mit den Spitzen der weißen Handschuhe an die Kante seines nachtschwarzen Zweispitzes, wünschte angenehme Erholung und begab sich auf seinen abendlichen Inspektionsrundgang. Langustier trat hinaus an Deck. Er sehnte sich zwar danach, seine Hypothesen nicht weiterspinnen zu müssen, die ihm hier oben ohnehin nichts nützen würden, doch er war von innerer Einkehr weit entfernt. Sollte er nicht sofort verlangen, an Land gebracht zu werden, und versuchen, sich so rasch wie möglich wieder nach Magdeburg zu begeben?

Sicher hatte er etwas übersehen, hatte nicht richtig nachgedacht. Auch war er von Schuldgefühlen geplagt. Sophie, die Geliebte, eine Mörderin? Wie hatte er das nur denken können? Ihr so etwas auch nur zuzutrauen! Er stand ratlos an der Reling und sah dem Treiben an Deck gleichgültig zu.

Mit der Dämmerung war die Zwischenwache aufgezogen, die von sechs bis acht Uhr abends ihren Dienst verrichtete, bevor die Nachtwache an Deck kam. Der Steward hatte seine Arbeiten in der Kapitänskajüte verrichtet und saß nun mit dem Koch in der Kombüse bei einer Pfeife Tabak. Die Mannschaft fläzte sich auf dem Ankerspill oder lag auf dem Vorderdeck und rauchte ebenfalls, sang und produzierte Seemansgarn. Täuschte er sich, oder war da von Aalen die Rede, die wieder zusammenwuchsen?

Um acht Uhr wurde acht Glasen geschlagen und mit dem Relingslog geloggt. Hierzu wurde ein Holzstück ins Wasser geworfen, das – am Schiff entlangtreibend – nacheinander zwei an der Reling angebrachte Markierungen passierte. Die

Zeit, die es dafür brauchte, wurde mit einem auf 15 Sekunden geeichten Logglas gemessen und anschließend die Geschwindigkeit des Schiffes errechnet. Dies geschah mit Hilfe einer Tabelle, die sinnigerweise (nach einem Patent von Pieter Hohn, Amsterdam) auf dem Deckel einer blechernen Tabaksdose eingestanzt war. Jeder Matrose konnte diese Rechnung leicht durchführen

Der Steuermann war mit dem Ergebnis zufrieden. Die Nachtwache zog auf. Der Rudergänger wurde abgelöst, die Kombüse abgeschlossen, und die Wache ging nach unten. Langustier blieb an Deck, bis die Sonne vollständig verschwunden war. Das Wasser gurgelte und brüsselte schwach um das große, dunkle Schiff, das mit leichter Fahrt dahinzog. Möwen flogen durch die Dämmerung und setzten sich auf die Masten. Ihren wie Kinderschreien klingenden Rufen antworteten eilige Vorbeifliegende, spitz und wie neidisch auf den guten Ruheplatz, während ein leichter Wind sie weitertrieb. Das Glühen am Horizont wurde schon schwächer. Endlose Schilfgürtel säumten den Haffzugang an beiden schon recht weit entfernten Ufern. Die Sterne standen am Himmel, als Langustier sich in seine Kajüte begab. Er setzte sich und schrieb die halbe Nacht Briefe: einen an Sophie, einen an den Pathologen Eller, einen an Madame Huber, einen an den Baron von Würmerhelm, einen an Frau von Quappendorff und einen an den Kastellan Hütter.

Donnerstag, den 6. September 1759

Der Morgen begann damit, dass die Deckwache die Planken schrubbte. Mit dem Abfüllen des Wasserfasses mit Frischwasser und dem Aufschießen des Takelwerks nahm dies die Zeit bis sieben Glasen oder halb acht Uhr in Anspruch, worauf alle Mann frühstückten. Kurz vor acht ging eine Barkasse mit Langustiers Briefen an Land und kam mit einigen Schock Eiern und frischer Milch zurück. Um acht Uhr fing das Tagewerk an. Es würde wie üblich bis Sonnenuntergang dauern, eine Stunde für das Mittagessen ausgenommen.

Nach dem Frühstück ging Langustier an Deck und fühlte sich großartig. Für den Moment hatte er alles getan, was ihm in der Mordsache möglich war. Behände entfernten sich die Rabenvögel unter seinen Gedanken, kaum dass er auf das weite Wasser hinausschaute. Das Gefühl, auf einem stolzen Schiff zu sein, das lustige Flattern der Wimpel und das knatternde Hochfahren eines Segels hießen ihn schlagartig jede Beschwernis vergessen: Was gab nicht ein Schiff, dachte er, das an der hauchdünnen Trennlinie zwischen Himmel und Wasser schwebte, dem Bewusstsein für eine neue Sphäre. War man auf der Erde an einem toten Punkt oder gar in die Enge einer ausweglosen Überlegung getrieben, so verschwand alles Bangen förmlich mit dem Gang über die leicht beweglichen Planken. Alles setzte hier den

Gedanken Segel. Das flatternde Tuch, das munter wankende Holz, der rauschende Wellenstrom, die fliegende Wolke, der unendliche Luftkreis! Wer ist so frei wie die Söhne der Wogen? Langustier atmete so heftig ein, dass eine Lachmöwe, die in Griffweite auf der Reling gedöst hatte, sich mit erschrecktem Laut in die Fluten fallen ließ. Die *Friedrich Wilhelm zu Pferde* nahm rasch Fahrt auf und segelte bald mit allem verfügbaren Stoff an den Masten.

Da die Seeleute genötigt sind, auf Wind und Wetter zu achten, da ihr Schicksal von Phänomenen in der Höhe abhängt, so gibt ihnen dies schon Anlass genug, auf Zeichen und Vorboten zu merken. Dennoch war Langustier verblüfft, dass ein auf den ersten Blick so nüchterner und klar denkender Mann wie von Bilgewasser mit seiner an obskuren Vorzeichen orientierter Prognose das Richtige getroffen hatte. Der Wind frischte auf und wurde zu einer steifen Brise. Da diese starr und unerbittlich von vorne kam, also von dort, wohin der stolze Segler eigentlich windgestützt schippern wollte, war man gezwungen zu kreuzen, sprich: sich im Zickzack gegen die Windrichtung voranzumogeln – hart am Wind, so hart, dass die Segel mitunter nicht mehr voll standen, sondern killten.

Langustier trug seinen gelben Roquelor, da es zu regnen begonnen hatte. Der Kapitän stand neben ihm mit einem Fernrohr auf der Brücke und sah lange über die aufgepeitschten Wellen des Haffs.

»Da vorne sind sie!«

Im gleichen Moment kam auch vom Mast der Ruf:

»Wahrschau! Verband steuerbord in Sicht!«

Warschau? Lag das nicht ganz woanders? Doch der Kapitän erläuterte seinem Passagier, dass der Ruf nichts anderes als *Achtung* bedeutete. Durch das Fernrohr waren die schemenhaften Umrisse mehrerer Galioten oder Besanever und einiger Barkassen in ihrem Schlepptau auszumachen. Viel weiter entfernt standen andere Schiffe, kaum mehr zu unterscheiden vom blassen, blaugrünen Horizont, der Insel Usedom. Am Marstopp unter dem Toppstander der größeren im Vordergrund flatterte der schwarze Adler. Das also war die preußische Armada.

»Zu Wasser unbesiegt«, wie von Bilgewasser betonte. Was keine Kunst war, fand Langustier, da die Flottille bis dato kein Seegefecht hatte bestreiten müssen. Der vor einigen Tagen erfolgte Durchbruch der Schweden bei Mönchow war ohne einen Schuss abgegangen. Die glorreiche Flotte hatte schnell kehrtgemacht und sich erst in Ueckermünde vom Schreck erholt, dann bei erneuter Annäherung der Schweden wiederum Anker gelichtet, um sich nun hier, zwischen Repziner und Woitziner Haken, dem Übergang von Großem und Kleinem oder Frischem Haff, dem Gegner erneut zu stellen.

Der Kapitän begann ein Vergleichen der preußischen mit anderen Flotten – ja, er scheute sich nicht, dieses stolze Wort zu verwenden, obwohl vier der am Horizont stehenden Schiffe nur mit Kanonen beladene Seekähne waren. In geradezu kosmischer Verblendung hatte man sie nach Planeten bzw. Gottheiten benannt.

»Dass Russland keine gute Seeflotte hat«, erklärte von Bilgewasser, »hängt im Wesentlichen von zwei Ursachen ab: Erstens ist auf ihren Schiffen keine Subordination, welche doch gerade auf dem Wasser das Allerwichtigste darstellt, wo bei ihrem Fehlen leicht ein ganzes Schiff verloren geht. Zweitens hat bei ihnen nicht ein jeder seinen bestimmten Platz, sondern jeder Mann wird zu allem gebraucht. Der alte, abgelebte Soldat, der weder Lust noch Kraft besitzt, etwas zu lernen, wird Matrose. Selbst wenn er kaum ein Segel erklimmen kann, dünkt er sich Seemann! In den Zeiten der Alten wäre das tunlicher gewesen, da Seefahrt nicht als Kunst galt und die Schiffe nichts weiter vorstellten als eine Anzahl Ruder und Hände, Ruderer und Soldaten. Jetzt aber ist keine zusammengesetztere Kunst denkbar als die Schifffahrt. Da hängt von einem Versehen oder den Folgen einer Unwissenheit Gelingen oder Scheitern eines Krieges ab. Von Jugend an müsste also der Russe«, schloss von Bilgewasser seine diesbezüglichen Betrachtungen, »zur See gewöhnt werden und bei anderen Nationen die Seefahrt erst lernen, ehe er sie ausübte. Aber das ist sein Grundfehler in allem: Da er alles zu wissen glaubt, forscht er nie weiter nach und bleibt also immer in allem stümperhaft.«

Anders als der Brandenburger. Dies hinzuzusetzen hatte der Kapitän unterlassen, denn es lag auf der Hand. Bilgewassers Flotte schien ja auch der trefflichste Beweis für die Überlegenheit Brandenburgs auf allen Gebieten. Nur allumfassende Forschungen konnten etwas so Vorbildliches auf die Wellen setzen wie die ruhmreiche Flotte der Brandenburger, dieses Volkes von eingefleischten Seebären, dachte Langustier leicht amüsiert bei sich, von denen jeder aus der Wiege zur Schifffahrt drängte. Eine Seefahrernation!

Sie mussten ihren Standort verlassen, denn der aufkommende Wind erreichte Sturmstärke. Das Haff schien sich plötzlich in einen brodelnden Hexenkessel verwandelt zu haben. Krachend schlug die hohe Gegensee an das Schiff. Vereinzelt brachen schon große Wellen über Deck. Die Befehle des Ersten Offiziers wurden lauter. Schließlich tönte sein Ruf und wurde in die Luken nach unten weitergegeben:

»Alle Mann ahoi! Beidrehen! Segel festmachen!«

Als die Marsfallen losgeworfen waren, blähten sich die Großsegel und hauten mit gewaltigem Donnern an die Masten. Pfeifend fuhr der Sturm durch die Takelage. Lose Tampen flogen mit lauten und kaum verständlichen Kommandos umher, und einer fing sie prompt und sicher auf und schlang das jeweilige Tau um einen wohlbedachten Halt. Die Matrosen an den Tauen sangen laut und mit hohen, heiseren Stimmen. Ringsum herrschte, obwohl es kaum Mittag war, Tintenschwärze. Und in dieser Hölle wurden jetzt die Marssegel gerefft und der Schoner gegen den Wind und die Wellen gedreht. Langustier verspürte mit einem Mal ein ihm bislang unbekanntes, doch keineswegs gutes Gefühl. Der Steward hielt ihn, damit er nicht über die Reling ins Wasser fiel, während ihn Nausea, die gefürchtete Seekrankheit, zwang, das erste Quantum seines reichen Mageninhaltes von sich zu geben. Mit einem Eimer versehen, sperrte man ihn in seine Kajüte, wo der Stöhnende bald nicht mehr wusste, was oben und was unten war.

Sonntag, der 9. September 1759

Drei Tage währte der Sturm. Als er am Sonntagmittag sein Maximum erreichte, glaubte sich Langustier dem Tode nahe. Da trat Gottfried Göbel, der Smutje, bei ihm ein. Langustiers Magen hatte sich bereits zum dritten Male kurz hintereinander umgekehrt, ohne dass weiter Nennenswertes zu Tage gefördert worden war. Göbel achtete seines beklagenswerten Zustands kaum, sondern sagte nur mit fröhlicher Miene:

»Nun sind wir gut ausgeputzt, Kollege. Jetzt hast du keinen Tropfen Landsuppe mehr intus und all dein Landrattengepäck und verschlungenes Zuckerwerk längst über Bord geworfen. Jetzt ist es Zeit, dass du lernst, was den Seemann vor derlei Unbilden sicher bewahrt. Hier hast du gutes Pökelrindfleisch und ein paar Schiffszwiebäcke. Ich werde nicht eher wieder gehen, bis das nicht verputzt ist. Schließlich ist keinem gedient, wenn du dir hier die Seele aus dem Leib würgst.«

Langustiers rote Augen verdrehten sich, als er das halbe Pfund grauen Fleisches und das Säckchen mit Zwiebackbrocken vor sich liegen sah. Da es jedoch kaum schlimmer kommen konnte und sein freier Wille ohnedies bloß an einem seidenen Bändsel hing, das schon reichlich durchgescheuert war, schaufelte er mit dem Mut der Verzweiflung die ganze Ladung in sich hinein.

»So ist's recht, mein Lieber!«, lobte ihn Göbel. Er deckte ihn behutsam zu und entfernte sich, während das Schiff Anstalten machte, im Hin- und Herschwanken einen Vollkreis zu beschreiben. Das am Boden liegende Tintenfass, das seinen Inhalt längst in die Fugen verströmt hatte, rollte in einer Tour dwarsschiffs hin und her.

Als Göbel nach ein paar Stunden wiederkam, fand er Langustier völlig verändert. Für diesen war es wie eine zweite Geburt, und er schwor sich, dem Schiffszwieback und dem Rindsgepökelten auf seiner persönlichen Rangliste der Speisen einen Platz ganz oben einzuräumen. Selbst die härtesten Bewegungen konnten ihm jetzt kaum etwas anhaben, und sein Zustand war am Abend schon wieder gefestigt genug, dass er mit Göbel ein wenig zu plaudern vermochte. Der Sturm war abgeflaut, und sie konnten beieinander sitzen, ohne sich krampfhaft festzuhalten. Das Schaukeln war jetzt fast angenehm.

Gefragt, was die Matrosen bei ruhiger See am liebsten äßen, berichtete ihm Göbel von einer höchst eigenartigen, »Duff« geheißenen Nachspeise, einer Art Pudding, die nichts weiter war als mit Wasser gekochtes Mehl, das mit reichlich Melasse verzehrt wird. Es sei sehr schwer, dunkel und klumpig, und würde dennoch als Leckerbissen angesehen.

»In der Tat stellt es ja eine angenehme Abwechslung gegenüber dem gepökelten Rind- oder Schweinefleisch dar. So mancher abgefeimte Kapitän hat sich die Mannschaft auf der Heimfahrt von längerer Reise dadurch zu Freunden gemacht, dass er ihnen zweimal wöchentlich Duff gestattete. Sogar dem alten Piraten Nevin ist das gelungen, als ich bei ihm fuhr.«

Langustier hätte bei dem Gedanken an süße Mehlpampe beinahe einen kleinen Rückfall in seine vorherigen Zustände erlitten, doch als er Göbel im Austausch von des Königs

Lieblingsgericht, der scharfen, salzigen Knoblauchpolenta erzählte, hatten sich seine Magennerven vollends beruhigt.

Erfreut stellte er fest, dass sie in Glass Nevin, dem ehemaligen Kapitän des Kauffahrers König von Preußen einen gemeinsamen Bekannten hatten. Langustier erzählte von seinen Erlebnissen mit diesem einarmigen Einäugigen, und Göbel schilderte sehr plastisch die Chinafahrt, welche auf Langustiers damalige Ermittlungen gegen Nevin gefolgt war.

»Ich habe ihn nie gut- und sanftmütiger erlebt als auf dieser Reise. Er war eigentlich gar kein richtiger Kapitän mehr, sondern barmherziger als ein Samariter, und wir erwarteten alle, dass er sich an die Reling stellen und zu den Delphinen predigen würde wie ein Franziskus der Meere. Es besserte sich dann jedoch rasch, und nach einem Monat war er ganz das alte unausstehliche Scheusal.«

Langustier ermüdete viel zu schnell an diesem Abend, und so vertagte man sich. Er hörte noch, wie der Steward meldete, dass man nun im Geschwaderverband mit den anderen Schiffen vor Anker liege und ihn morgen mit einer Barkasse anlanden werde. Dann übermannte ihn der Schlaf.

Montag, der 10. September 1759

Der frühe Morgen brachte eine völlige Wetterberuhigung. Nur ein Nebelschleier in einer Meile Entfernung behinderte den Blick aufs Kleine Haff und damit auch den direkten Blickkontakt zum Gegner, dessen Orlogschiffe dort irgendwo vor Anker lagen. Die preußischen Wasserfahrzeuge verharrten parallel zu den schwedischen in einer langen Linie an der engsten Stelle des gewaltigen Teiches, der dort eingeschnürt war wie ein voller Magen durch einen zu engen Gürtel.

Langustier hatte seine Reisetasche gepackt und war frohen Mutes, binnen Tagesfrist festen Boden unter die Füße zu bekommen.

Der Kapitän erklärte ihm beim Abschied Bewaffnung und Besatzung der gesamten Flottille. Flankiert von den Seekähnen *Merkur*, *Jupiter*, *Mars* und *Neptun* mit je 35 Mann Besatzung boten die vier Galioten und der hinzugekommene Dreimastschoner mit jeweils etwa 80 Mann zuzüglich 250 Infanteristen den Schweden die Breitseite: *König von Preußen*, *Prinz von Preußen*, *Friedrich Wilhelm zu Pferde*, *Prinz Wilhelm* und *Prinz Heinrich*. Fehlten eigentlich nur die Prinzessinnen! Hinter ihnen lagen fünf bewaffnete Barkassen, die diese vielleicht darstellen konnten, sinnierte Langustier. Und die Schweden? Steckten irgendwo im Nebel.

Um acht Uhr, gerade als sich Kapitän Bilgewasser auf Deck von Langustier verabschieden wollte, kam vom Ausguck der gellende Ruf:

»Wahrschau! Alle Mann ahoi! Feind voraus!«

Sofort wurde das Ausschiffen gestoppt und der Befehl zum Klarmachen der Geschütze gegeben. Langustier wusste kaum, wie ihm geschah. Vom einfachen Reisenden war er urplötzlich zum Gefechtsbeobachter degradiert. Wie gerne hätte er diese Tätigkeit jedoch mit einem Fernrohr bewaffnet auf dem nahen Festland ausgeübt! Er stellte sein Gepäck beim Smutje unter und trat neben Göbel an die Reling. In voller Fahrt auf sie zuhaltend, kam die schwedische Angriffsformation aus dem Dunstschleier: die Halbgaleere *Svärdfisken*, die Schaluppe *Diana*, die Galeeren *Cronoborg, Bleking, Malmö* und *Carlskrona*, die Schaluppen *Flygaren* und *Löparen*, gefolgt von der Geschützprahm, einem kastenartigen Kahn mit aufgesetzter Riesenkanone, sowie einer langen zweiten Reihe aus 14 armierten Barkassen.

Mit fasziniertem Grauen sahen Göbel und Langustier die unerbittlich vorgreifenden Ruderfächer der Galeeren, die den schlanken, wie Raubfischen wirkenden Booten eine beachtliche Geschwindigkeit verliehen. Da fast Flaute herrschte, waren die Preußen dagegen recht bewegungslos und ganz auf die Feuerstärke ihrer Geschütze sowie auf Degen und Gewehre angewiesen.

Um neun Uhr waren die Schweden nahe genug herangekommen, dass man das Feuer auf sie zu eröffnen vermochte. Offenbar hatte es der feindliche Geschwaderführer – ein gewisser Kapitän Karl Ruthensparre, wie Göbel Langustier erläuterte – keineswegs im Sinn, sich feldmäßig aufzustellen und sich mit langen Kanonaden aufzuhalten. Sein preußischer Kontrahent sah es mit Schrecken! Mit gewaltigem Donnern protzten die preußischen Kanonenboote los. Doch die eher beiläufig aufgenommenen Treffer hielten die Schweden nicht auf. Langustier blickte zu Bilgewasser, der seinen Kapitänen Signalbotschaften per Wimpelpost übertragen ließ. Bald schlugen erste gegnerische Geschosse ein. Kapitän Bilgewasser fluchte und schrie bei jedem Treffer, der sein schönes Segelschiff versehrte, wie vor Schmerzen auf. Derweil enterte innerhalb von zwanzig Minuten die *Svärdfisken* die beiden Seekähne *Merkur* und *Jupiter*. Beim kurzen vorausgegangenen Feuergefecht trafen die Schweden indes eine ihrer eigenen Barkassen, die mit einem Großteil ihrer Besatzung in die Luft flog. Langustier und Göbel sahen diese Tragödie fassungslos mit an. Einige Tote waren von der Explosionswucht bis in die Takelage der *Svärdfisken* geschleudert worden, wo sie mit grotesken Gesten ihrer gebrochenen Arme und Beine verhakt hingen. Etwa einem Dutzend Männer gelang es jedoch, sich schwimmend zu retten.

Weithin dröhnte das Haff vom schweren Geschützdonner. Wenn die Preußen in einer Linie feuerten, klang es, als würde der Himmel einstürzen. Die Schüsse der Schweden kamen unregelmäßiger und tönten eher wie Feuerwerk. Nur der schwedische Artillerieprahm glich bei jedem Schuss der explodierenden Barkasse. Eine seiner Kugeln riss der *Prinz Wilhelm* ein Loch unter der Wasserlinie. Bevor sie die Ankertaue kappen und abdrehen konnte, wurde sie von der *Malmö* und der *Carlskrona* gestellt, die der schwedische Kommandeur Ruthensparre befehligte. In einem Aufwasch kaperte er den lahmen Kahn *Neptun*, der somit als vorletzter der griechischen Götter die Segel strich. Während Prisenkommandos an Bord der Galiot und der Seekähne gingen, verfolgte Kapitän Ruthensparre mit der *Malmö* den flüchtigen *Mars* und löschte das Göttergeschlecht der preußischen Seekähne damit völlig aus.

Von Bilgewasser musste mit ansehen, wie seine sämtlichen Offiziere ohne Gegenwehr in Gefangenschaft wanderten. Zähneknirschend entschloss er sich zum Rückzug und dachte dabei wohl zugleich an die sonst zu gewärtigenden weiteren Schäden an seiner schönen *Friedrich Wilhelm zu Pferde*, der gerade eine Kugel des Artillerieprahms den Besanmast auf halber Höhe gekappt hatte. An die drei verbliebenen Galioten konnte der Befehl nur mit Mühe weitergegeben werden, da die Knallerei auf beiden Seiten einen solchen Dampf hervorgerufen hatte, dass man inzwischen meinen konnte, wieder im tiefsten Nebel zu stecken. Direkt vor Langustier fuhr ein Geschoss in die See und bewirkte eine Wasserfontäne, die ihn bis auf die Knochen durchnässte. Bestürzt vergewisserte er sich, dass sein kleines schwarzes Notizbuch, das er vorsichtshalber in ein Stück Persenning gewickelt hatte, unversehrt geblieben war.

Während man unendlich langsam Fahrt aufnahm, um vielleicht die Weiten des Großen Haffs zu erreichen, machten sich die Galeeren *Cronoborg* und *Bleking* an die Verfolgung des Resthauses Brandenburg, unterstützt von den Schaluppen *Diana*, *Flygaren* und *Löparen*. Der König und die beiden Prinzen waren rasch gestellt: Die Schaluppen legten sich an ihre Seiten und ihre Besatzungen kletterten gewandt und schlagkräftig an Bord. Da nützte alle Feuerkunst der Musketiere nichts. Nicht einmal die Helme der Grenadiere schreckten die Enternden: »Pro Gloria et Patria« stand darauf. Das Ende der preußischen Flottille hatte leider kein Fünkchen Glanz.

Einzig die *Friedrich Wilhelm zu Pferde* schien die Chance des Entkommens zu besitzen. Ein Treffer des Artillerieprahms, der sich ohnehin auf dieses schönste aller feindlichen Schiffe eingeschossen zu haben schien, versetzte ihr jedoch den Todesstoß. Das halbe Heck war plötzlich weg, mitsamt des dort stehenden preußischen Befehlshabers.

Langustier und Göbel schrien wie am Spieß, während sich das stolze Segelschiff unter ihnen davonmachte. Alles stürzte, barst und sank. Langustier, der mit seinem Kollegen unterm Fockmast gestanden hatte, fand sich urplötzlich auf einer steiler werdenden Schräge wieder und musste sich binnen kürzester Frist zum rettenden Sprung über die Reling bequemen. Göbel hatte ihm diesen bereits vorgemacht. In der grünlichen Flut versinkend, hörten sie die verbliebenen Masten auf das Wasser schlagen. Langustier fragte sich, ob dies sein letztes Stündlein sei. Doch fast wie von selbst drängte es ihn wieder an die Oberfläche. Göbel und er umklammerten Wasser spuckend den glitschigen, schwimmenden Fockmast.

Die verspätet hinzueilende schwere Galeere *Carlskrona* mit Kapitän Ruthensparre an Bord kam gerade zurecht, um den Großteil der Besatzung der *Friedrich Wilhelm zu Pferde* aufzunehmen. Preußens maritimes Glanzlicht verteilte sich langsam im dampfenden Haff. Aus dem umherschwimmenden Gehölz tauchte als Letzter, prustend wie ein Meerwunder, Haubold von Bilgewasser auf. Eine der unbeschädigten Barkassen, obwohl bereits randvoll, hievte ihn und die beiden Köche an Bord. Wenig später waren sie auf der *Carlskrona* in Sicherheit.

Ruthensparre empfing seinen Gegner mit dem größten Respekt. Über einen als Dolmetsch fungierenden Offizier ließ er Bilgewasser das höchst ehrbare Kompliment machen, dass er den Angriff nicht gewagt hätte, wenn ihm der Mut seines Gegenübers bekannt gewesen wäre. Die Schweden hatten siebzehn Mann und zwei Barkassen, die Preußen dreiundzwanzig Mann und alle größeren Schiffe verloren. Nur ein paar armierten preußischen Barkassen war die Flucht gelungen.

Die schwere Galeere *Carlskrona* wendete schäumend und

nahm erneut Kurs auf das Kleine Haff. Das regelmäßige Hämmern der trommelnden Rudertaktgeber, das gleichmäßige Heben, Zurücknehmen, Eintauchen und Ziehen der Ruderblätter wirkte beruhigend auf die Gefangenen. Langustier und Göbel standen in nassen Stoff gehüllt an Deck und bestaunten das Antriebssystem dieser bei genauerem Zusehen nur bedingt beweglichen Schiffe. Wenn sie nicht geradeaus fuhren, waren sie sehr schwerfällig, denn die langen Ruder brauchten back- und steuerbords eine Unmenge freien Platz.

Die Gefangenen wurden nicht in Ketten gelegt und nicht unter Deck versperrt. Freilich hielten die Wachen alle verfügbaren wachsamen Augen auf sie gerichtet. Der Dolmetsch hatte ein deutliches Interesse für Langustier und seine Tätigkeit am Hof des Preußenkönigs entwickelt, so dass man fast den halben Nachmittag beinahe familiär plaudernd beisammensaß, während die Ruderer unermüdlich dafür sorgten, dass sie sich der Stelle näherten, wo der königliche Gesandte eigentlich hätte an Land gehen wollen. Als der Dolmetsch sich entfernte, gab Langustier dies Göbel mit einem halben Lachen zu verstehen, woraufhin sich in dessen Miene ein Grinsen stahl.

»Dies wäre mir wohl auch als Landungspunkt willkommen. Glaubst du, ich legte Wert darauf, auf einer schwedischen Galeere meinen Lebensabend zu beschließen? Als Koch des Königs wärst du wohl fein raus, selbst als Kriegsgefangener. Möglich, dass sie dich als Geisel nach Stockholm bringen. Vielleicht landest du bei der Königin Ulrike, so bleibt der Koch in der Familie.«

»Wir müssen hier weg, aber flott!«, sagte Langustier mit entschlossenem Unterton. »Wenn du eine Idee hast, so bin ich ganz Ohr. Du weißt besser, was man auf einem solchen Kahn anstellen kann, um sich zu verabsentieren.«

Göbel senkte die Stimme bis fast zur Unhörbarkeit.

»Reinspringen und schwimmen geht höchstens in der Nacht, wenn sie uns nicht anketten. Aber bei unserer Übung im Schwimmen und dem üblen Licht treffen wir vielleicht nicht die Richtung und ersaufen. Hast du irgendetwas von Wert zurückbehalten? Dann gäbe es vielleicht einen besseren Weg.«

Langustier überlegte. Sein Gepäck lag auf dem Grund des Haffs. Auch eine Rolle Taler stak darin. Sein nasses Notizbuch war nur für ihn wertvoll. Seine Taschenuhr? Er zog sie heraus und klappte den verbogenen Deckel auf. Ein kleiner Schwall Wasser lief aus dem zerdepperten Uhrglas. Die schöne Schreibschriftgravur des Herstellers stimmte ihn traurig. Die Uhrkette aus Silber mochte gut ihre 10 Taler wert sein. Göbel griff sie prüfend auf.

»Beim Barte des Klabautermanns! Das reicht! Für einen Schiffskoch ist die ein Vermögen wert – komm mit!«

Sie fanden den schwedischen Smutje Pfeife rauchend in seiner unglaublich verdreckten Kombüse. Angesichts seines mittigen Umfanges konnte ihm keine Havarie bedrohlich werden: Fett schwimmt immer oben, dachte Langustier und fühlte sich auch selbst plötzlich wieder sicher. Radebrechend – zum Glück sprach der Schwede wie alle Seeleute von jeder Sprache ein bisschen – machten sie ihrem feindlichen Kollegen begreiflich, was sie wollten. Er kraulte sich lange den Bart und lugte verstohlen um sich. Seine hervorgetretenen, leicht schielenden Augen beschrieben Kreise. Mit lüsternem Grienen ließ er die verführerisch funkelnde Kette leise rasselnd von einer Hand in die andere fallen. Schließlich erblühte ein Entschluss auf seinem zerstörten Gesicht. Während seine Miene einen Ausdruck von Verwegenheit annahm, glitt das edle Metall in die Tasche seiner bräunlich-fettigen Kochjacke.

Als die um Mitternacht beginnende und bis vier Uhr dauernde Hundewache, die von allen Seeleuten gehasst wurde wie die Pest, bereits zur Hälfte herum war, machte der Smutje mit einigen Flaschen Branntwein die Runde bei der Deckwache und verteilte zur Feier des Sieges flüssige Geschenke. Auch lud er den achtern Dienst tuenden, der mehr als erfreut war über diese Idee, zu einem Pfeifchen in die Kombüse ein. Die Gefangenen lagerten an Deck und schliefen wie die Steine. Langustier und Göbel hatten sich, von ihrem Kollegen mit Schnüren, zwei Schöpfkellen und zwei Messern bewaffnet, Zoll um Zoll in Richtung Heck geschoben. Als der Wachhabende mit dem Smutje in der Kombüse verschwunden war, huschten sie das kleine Treppchen an der Seite des erhöhten Heckaufbaus der Galeere hinab. Da es nach sechs steilen Stufen bereits ein jähes Ende nahm und bis zum Wasser, das unten mit leichtem Rauschen vorbeiströmte, zwei Mannslängen Differenz klafften, knotete Göbel ein wohlweislich vom Smutje erhaltenes, zehn Lachter messendes Ende Schiemannsgarn an den untersten Tritt und ließ sich behutsam daran hinab. Als er ins Wasser geglitten war, gab er Schnur und kam so treibend bis fast auf die Höhe des hinten angebundenen Beibootes der Galeere. Nun hätte er dieses nur mit der langen Schöpfkelle zu sich heranziehen und hineinklettern müssen. Doch eben, als er dies bewerkstelligen wollte, riss das schwache Tau, und er fand sich, abdriftend von Beiboot und Galeere, allein im Strom zurückbleibend. Auch wenn das Schiff mit seinen Segeln und ohne die Ruderunterstützung in der Nacht keine große Fahrt machte, so reichte doch bereits die Strömung, um den schwimmenden Koch rasch zurückzulassen. Langustier hatte das Reißen der Leine bemerkt und überlegte fieberhaft, was jetzt zu tun wäre. Ein leiser Ruf nach Göbel blieb unbeantwortet. Dem dünnen Seil hatte er sowieso nicht getraut – er ließ sich von der untersten Stufe herabfallen, fing sich mit den Händen an der Stufe auf und schwang kurz, bis er das eigene Gewicht nicht mehr halten konnte, hin und her. Schließlich schoss er wie ein Stückfass in die Tiefe.

Kühl umfing ihn das brackige Haffwasser und schoss ihm stechend in die Nase. Er ruderte mit aller Kraft, um wieder an die Oberfläche zu kommen. Instinktiv wirbelte er mit den Armen herum und spürte kurz etwas Hölzernes neben sich. Es spüren und reagieren war eines. Sofort hatte er den Rand des Beibootes gepackt und hangelte sich, schräg in der Strömung treibend, bis zu dessen Bug zurück, wo er die Schleppleine erreichte, mit der es an der Galeere festgemacht war. Er zog das im Gürtel neben seiner Schöpfkelle nach Piratenart verwahrte Messer und kappte mit einem raschen Schnitt die Schnur. Zügig entfernte sich der große Schiffskörper hinter ihm und dem befreiten Boot. Das Licht der Kombüse blakte in der Finsternis wie die Laterne eines Glühwürmchens. Der Wachhabende torkelte wieder hinaus. Eine leere Flasche verfehlte Langustier und das abdriftende Boot knapp auf ihrem Flug. Eine ganze Weile wartete er, bevor er einen zweiten Versuch machte, die Holzschüssel zu entern. Aber beim besten Willen gelang ihm dies nicht. Seine vollgesogenen Kleider waren zu schwer! Da spürte er, wie ihn etwas an den Beinen packte. Zum Glück ging sein Schreckensschrei, den er in Todesangst ausstieß, unter im Gekreisch eines kleinen Schwarms Lachmöwen, die gerade vorüberzogen – Göbel, der sich mit dem Mut der Verzweiflung wieder herangeschaufelt hatte. Indem er Langustier, mit den Füßen eifrig Wasser tretend, nach vorne oben zu schieben trachtete, gelang es diesem, sich am Bootsrand festzuklammern und hochzuziehen. Der Angehievte konnte sich über die Reling werfen und platschte schwer wie ein

Seehund auf die geschwungenen Planken. Kurz lag er benommen, dann zog er mit letzter Kraft seinen Helfer an Bord, bevor die beiden sich fühl- und reglos für den Rest der Nacht der Hilfe der Wellen überließen.

Dienstag, der 11. September 1759

Der Sonnenaufgang über dem offenen Wasser zählt zu den beeindruckendsten Bildern überhaupt, selbst wenn ihn, wie am Haff, ein kleiner Landstreifen um eine Minute hinauszögert. Am überwältigendsten gar ist der Effekt, wenn ein Erwachender das Erscheinen des Taggestirns zugleich als sein erstes morgendliches Bild in sich aufnehmen kann.

Das zweite, was Langustier nach nur drei Stunden Schlaf nach dem Aufgehen der Sonne sah, war der Grund für sein Erwachen: ein Rudel großer schmutzigbrauner Vögel mit bösen, starren Augen, die mit ihren harten Schnäbeln seinen aufgeweichten Leib zu zerzupfen suchten. Zweifellos hielten sie ihn und Göbel für zwei Stücke gestrandetes Aas. Rote, schwimmhautbespannte Füße ruhten und trippelten überall. Langustiers Abwehrbewegungen veranlassten die hungrige und unverschämte Meute von Sturmmöwen, mit schrillen Ärgerrufen aufzufliegen. Die Beutestücke waren nicht so tot, wie sie aussahen. Göbel fand sich erwachend in eine Wolke aus Federn gehüllt.

Nach herzhaftem Gähnen hielten sie Umschau. Die Galeere war verschwunden. Da sie sich in Sichtweite eines schilfgesäumten Uferstreifens wiederfanden, wussten sie, dass die Flucht geglückt war. Die Gefühle, mit der sie den Grünstreifen am Horizont betrachteten, glichen indes ein wenig denen zweier Entdecker vor einer unbekannten Südseeinsel. Nach dem Stand der Sonne zu urteilen, ließ sich schwer zu entscheiden, ob das Ufer westlich von ihnen zu Usedom oder zu Vorpommerns Festlandseite gehörte. War Usedom überhaupt länger preußisch, wenn schon schwedische Feuerstellungen dort existierten? Bedeutete der gestrige Tag zugleich auch die Eroberung der Inseln Usedom und Wollin?

Bei näherer Betrachtung entpuppte sich ihre Lage als gar nicht so sonnig, wie der aufsteigende Glutball sie glauben machen wollte. Sie befanden sich zwar in einem so genannten Ruderboot, doch Ruder gab es keine. Diese zum Rudern unerlässlichen Gerätschaften mussten bei ihrer stümperhaften Einschiffung über Bord gegangen sein. Die Bestürzung währte indes nicht lange. Triumphierend schwenkte Langustier das neben den Messern wohlverwahrte Instrumente, das sie aus dem Schlamassel befreien würden: die Schöpfkelle! Doch genauso gut hätten sie zwei Löffel bemühen können. So klappte es auf keinen Fall.

»Verflucht und zugenäht!«, brüllte Göbel und schlug mit der flachen Hand auf die Sitzbank. Langustier schaute erst die Sitzbank, dann den Fluchenden an. Schon wenige Augenblicke später waren sie emsig damit beschäftigt, das rasch herausgerissene Brett mit den Messern so weit anzuritzen, dass sie es in der Mitte durchbrechen konnten. Indianergleich knieten sie im Kahn und stachen und zogen ihre beiden kurzen Brettchen durchs Wasser. Als die Sonne gegen Mittag unbarmherzig auf sie herabschien, waren sie nahe genug am Ufer, um das letzte Stück zu schwimmen. Kleider und Schuhe zu Ballen geknebelt und mit den Gürteln auf den Kopf geschnallt, stiegen sie wenig später durch Schlick und Röhricht an das unbekannte Land.

Es war unzweideutig preußisches Land – die Schlaglöcher auf dem Weg, über dem sie einem Weiler entgegenmarschierten, sprachen eine eindeutige Sprache! Ein höllisch rumpelnder Karren nahm sie das letzte Wegstück mit, und der Lenker bestätigte ihre kühnsten Hoffnungen. Vor ihnen lag das winzige Dorf Kamp. Von dort war es nicht mehr weit bis Nevermin, der Besitzung des Herrn von Mellenthin.

Der klein gefaltete Brief jenes Herrn, der Langustiers so genannten Urlaub begründet hatte, war wie aller Inhalt des Notizbuches in einen nassen Lappen verwandelt. Das in Teer getränkte Segeltuch hatte dem beim Schwimmen eindringenden Wasser nicht Stand halten können. Hier war vor der Lektüre behutsame Trocknung angezeigt. Sie stiegen vom Karren und wanderten auf den Haushügel zu; eine *Motte*, sagte man in Frankreich dazu.

Langustier wusste freilich auswendig, dass in dem Brief des Königs von einer neuen Kartoffelsorte namens *Henriette* die Rede war. Bei der Liebe des Königs zur Kartoffel wäre vielleicht *Friederike* ein besserer Name gewesen, fand Langustier, während sie in den gepflasterten Hof des Gutes traten. Kurz blickten sie zurück und erfreuten sich an dem schönen Weitblick. Anklamer Fähre, die kleine armierte Insel, war zu sehen, die sich an der Mündung des Peenestromes erhob. Die Ufer des Haffs verschwanden in unbestimmten Fernen. Ansonsten traten nur kleine, eichenbekrönte Hügel zwischen weiten gelben Feldern in den Blick. Und es war Erntezeit!

Schnuppernd folgten sie einer Fährte aus Essensdüften und gelangten in eine riesenhafte Küche, in der zugleich die Gesindetafel stand. Göbel und Langustier fühlten sich sogleich heimisch, auch wenn die Aufseherin sie mürrisch für Landstreicher ansah. Ein Herdfeuer prasselte, ein Heer von Pfannen hing an den Wänden. Auf den rundlaufenden Borden standen die Töpfe, Kasserollen, Schüsseln und Krüge, Gefäße und Gemäße aller Art aus Zinn, Messing, Kupfer, Steingut oder Holz.

Sie hatten noch kein Wort herausgebracht, als das Gepolter eiliger Hufe, das knirschende Rollen der Wagenräder im Torbogen hallte. Ein Fuhrwerk voller Kartoffeln schwankte auf den Hof und schob sich unter dem Blätterdach der Linde hindurch. Das Schnauben der Rosse hallte im Geviert, die Schläge mit der Gerte an das Geschirr sowie das Brummen des Großknechts, bevor der Wagen vor der Scheuer zum Stehen kam. Die Gäule wurden abgeschirrt. Es herrschte geschäftiges Gewimmel beim Abladen; die Pferde trotteten derweil zur Tränke oder fraßen Hafer aus dem Futtersack. Langustier und Göbel traten hinzu.

Neben dem Fuhrmann saß der Gutsherr Franz von Mellenthin auf dem Kutschbock. Geduldig hörte er sich Langustiers Vorstellung und die Schilderung der Umstände an, unter denen sein Begleiter und er gerade den Wasserweg verlassen hatten. Mellenthin stieg von der Kutsche herab. Von der Scheune her näherte sich ein vornehmer Herr in einer schwedischen Uniform. Langustier und Göbel erstarrten, denn sie konnten nichts anderes vermuten, als dass man sie festnehmen wollte. Doch der Mittvierziger, den ein frischer Schmiss auf der rechten Backe zierte, lächelte und hob leicht die Hände – zum Zeichen, dass er nichts Böses im Schilde führe. Er hatte wohl ihre Unterhaltung mit angehört, denn er sagte:

»Ach was, eine Seeschlacht? Wir hielten das ferne Donnern hier für ein Unwetter. So bin ich doppelt froh, Monsieur, dass Sie lebend hierhergefunden haben!«

Von Mellenthin, ebenfalls lächelnd, fügte an:

»Ein Brief des Sekretärs Sr. Majestät, eines Herrn von Krusemarck, kündigte Ihr Kommen bereits für die letzte

Woche an. Sie haben die Ernte auf dem Feld jetzt knapp verpasst. Doch das Ergebnis sehen Sie hier und werden es gleich zu schmecken bekommen.«

Etwas leiser fügte er hinzu, während er die Bewegungen des Knechts überwachte, der mit dem Abladen der kostbaren Erdtüffel, Tartüffeln oder Erdäpfel begann:

»Ich darf Ihnen Monsieur von Güllbrandt vorstellen, der Sie von Tag zu Tag sehnlicher erwartet hat. Es war freilich nicht sicher, ob es uns überhaupt gelingen würde, den König zu bewegen, dass er Sie herschickt. Doch in Anbetracht der Umstände schien es uns das Beste zu sein. Preußen wimmelt vor Spitzeln aller Herren Länder, und obwohl ich weiß, dass ich meinen Leuten absolut vertrauen kann, so senke ich doch die Stimme und würde mich hüten, die Hand ins Feuer zu legen, für wessen Loyalität auch immer. Sie wissen am besten, wie klein heutzutage der Schritt geworden ist, der einen ehrlichen, unbescholtenen Bürger vom zwielichtigsten Verbrechen, ja gar einem Morde trennt. Es ist darum besser, man vermeidet jedes Risiko.«

Langustier war überrascht. So war der Auftrag, der ihn dem Anschein nach hierherführte, nur eine Finte gewesen. Der eigentliche Sinn und Zweck seiner Reise hatte darin bestanden, ihn hier jemanden treffen zu lassen. Verzweifelt kramte er in seinem Gedächtnis, denn sein armes Notizbuch hätte erst behutsam in der Sonne getrocknet werden müssen, bevor er darin etwas hätte nachsehen können. Er verneigte sich leicht vor dem Schweden und sagte:

»Ihr Diener, Monsieur! Verwandt mit dem schwedischen Staatsminister von Güllbrandt?«

Von Mellenthin schmunzelte, während von Güllbrandt entgegnete:

»Ganz der Ihre, Monsieur, doch mit Verlaub: Ich war es selbst!«

Langustier erblasste und beeilte sich, den Fauxpas auszubügeln:

»Ich bitte tausendmal um Vergebung, Herr Minister – das ahnte ich nicht! Doch wieso sagen Sie *war*? Sind Sie es denn nicht mehr?«

»Vielleicht dem Namen nach; indes wird man mein Amt wohl baldigst neu besetzen. Lassen Sie uns, bevor wir die Kartoffelkünste der Hausfrau würdigen, wie es im Rahmen Ihres offiziellen Auftrags wohl verlangt wird, noch einen kleinen Rundgang machen.«

Während Göbel mit von Mellenthin in Kartoffelgesprächen zurückblieb, gingen von Güllbrandt und Langustier durch einen Rundbogen aus Natursteinen in den Kräutergarten. Sie passierten ein kleines Tor in einer hölzernen Einfriedung und standen am Beginn einer Eichenallee, die sie nun gemächlich bergan schritten. Ab und zu bückte sich Langustier mit verzücktem Blick, da es hier verkieselte Seeigel in Massen zu geben schien. Schließlich begann von Güllbrandt:

»Monsieur, da Sie in der Vergangenheit stets mit der Aufklärung von besonders heiklen Fällen in der Umgebung Ihres Königs betraut waren, so lag es nur nahe, dies auch im von Criewenschen Kasus zu vermuten. Können Sie sich nicht denken, warum ich selbst mit Ihnen sprechen wollte?«

Er sah Langustier fragend an, doch dieser drehte nur verständnislos einen der kleinen, walnussgroßen Steine zwischen den kurzen, kräftigen Fingern.

»Ich war von Criewens schwedischer Korrespondent!«

Der steinerne Seeigel kehrte zum Grunde der Allee zurück. Langustier schnappte nach Luft wie ein Karpfen.

»Ich konnte dem König meine Befürchtungen nicht direkt übermitteln, also wählte ich diesen Weg. Denn ich wollte nicht denselben Tod sterben wie von Criewen. Er hatte schon vor Wochen, bei seinem Besuch in Schweden, den Verdacht geäußert, es gäbe in seiner Umgebung eine undichte Stelle, die unsere Verbindung gefährde und möglicherweise den ganzen Austausch den Hüten hinterbringe.«

»Den Antiroyalisten?«

»Just diesen, Monsieur. Nur war er sich nicht sicher, wer der Verräter sein könnte. Als ich auf meine letzte Botschaft die übliche Rückmeldung erhielt, aber wenig später aus anderer Quelle über von Criewens Tod hörte, dachte ich gleich an ein Attentat und beschloss, Schweden so rasch wie möglich zu verlassen. Ich fand hier bei meinem alten Regimentskollegen von Mellenthin, der es verstand, sich beim gescheiterten Umsturz vor zwei Jahren rechtzeitig abzusetzen, eine Zuflucht.«

Langustier überlegte. Konnte er diesem Mann trauen? Was für einen Beweis gab es dafür, dass nicht auch er ein schwedischer Agent war, der ihn und den König in der Mordsache auszuhorchen versuchte? Er entschied, dass es am sichersten wäre, ihn nach dem Inhalt der letzten Botschaft zu fragen, die er von Criewen gesandt hatte.

»Wir fanden bei von Criewen eine Nachricht. Wenn Sie sein Verbindungsmann waren, können Sie mir zweifellos sagen, was darin stand?«

»Was immer auch darin stand, Monsieur: Von mir kann diese Nachricht nicht stammen. Denn es war ausgemacht, jede Nachricht sogleich zu verbrennen.«

Langustier hakte nach:

»Sie haben ihm aber jeweils den Code nach der Nachricht geschickt?«

Von Güllbrandt lachte herzlich.

»Ja, halten Sie mich denn für närrisch? Da hätte ich ihm ja auch stets den Klartext mitschicken können! Die Poststationen sind ein einziges Netz von Spionen. Nie wird ein Code ausgeschrieben per Post verschickt. Als von Criewen in Schweden war, gab ich ihm ein Buch an, das ich demnächst der Königin schicken würde. Als ihr Vorleser würde es ihm zugänglich sein. Darin waren Seitenzahlen und Buchstaben mit einer Nadel durchstochen. Wenn man es einmal durchgeblättert und gegen das Licht auf die Zeichen gemerkt hatte, besaß man den Code für das ganze Jahr.«

»Und es war kein Erbsen-Code?«

»Ich glaube, ich verstehe nicht, Monsieur?«

Für Langustier stürzte ein ganzes Denkgebäude ein.

»Pardon, ich meine, die Abfolge der Dechiffrierbefehle war nicht von der Art, dass sie Zeilen und Buchstabenzahlen aneinanderreihte?«

»Aber nein! Das wäre zu banal. Darauf käme ja jeder sogleich.«

Langustier verbiss sich seinen Ärger. Wie hatte er derart töricht sein können?

»Es war eine vierfache Vignère-Matrix. Die Nachrichten waren mit Geheimtinte auf den Rand eines normalen Briefes geschrieben. Um sie zu lesen, musste man sie mit einer Lösung aus Kupfersulfat befeuchten. Aber damit Sie nicht glauben, das wären alles nur erfundene Ausflüchte: Die letzte Botschaft, die er von mir erhielt, lautete im Klartext: Pommerngeschwader läuft aus am 14. August. Er muss sie um den zehnten August erhalten haben. Da Bilgewasser rechtzeitig mit seinen Kähnen vor Ort war, schließe ich, dass er sie richtig bestellen konnte.«

Langustier brauchte einige Zeit, um das alles zu verarbeiten. Er nahm den herabgefallenen Seeigel wieder vom Boden auf, und sie schritten wortlos weiter unter den Eichen dahin. Von Güllbrandt brach endlich das Schweigen:

»Es ist mir klar, dass Sie mir nicht verraten können, was für Hinweise auf den Mörder von Criewens Sie haben. Doch sagen Sie mir bitte, welchen Eindruck seine Cousine von Värnshagen auf Sie machte und wie seine Dienerschaft sich gebärdete. Ich habe lange nachgedacht und bin zu dem Schluss gekommen, dass die Verräter, von denen ich vorhin sprach, in seinem engsten Umkreis zu suchen sind. Auch Madame von Quappendorff käme zweifelsohne in Betracht, wenngleich es immer gräulich anmutet, sich eine solche Tat von weiblicher Hand ausgeführt zu denken.«

Langustier schluckte und pflichtete ihm bei.

»Madame von Värnshagen machte einen rüstigen, liebenswerten Eindruck. Ich glaube nicht …«

Güllbrandt fiel ihm ins Wort:

»Sie macht stets einen rüstigen, liebenswerten Eindruck! Rüstig! Sie rollte mir mit ihrem Fahrstuhl glatt über die Füße! Sie war der Schrecken der Stockholmer Gesellschaft an diesem Abend. Jedem meiner Parteigenossen hing sie am Ärmel.«

»Sie sind doch offiziell bei den Hüten gewesen?«

»Ja, und?«

»Die Dame erzählte mir, dass sie mit den Kappen sympathisiere und selbstredend königstreu sei.«

»Den Mützen, Monsieur! Den Mützen! Ich hatte erst denselben Eindruck, als sie ihren Cousin in Stockholm begleitete. Sie schmierte den Monarchisten Honig um den Bart und schwelgte in Lobpreisungen für den geheiligten König in Berlin. Doch ich halte sie für eine falsche Schlange! Ich habe sie auch kurz gesprochen. Und mir gegenüber, der ich ja nach außen hin den Königsverächter in Person spielen musste, schien sie von ihrer Vorliebe für gekrönte Häupter einiges zu verlieren. Bei von Criewens Audienz hatte sie sich selbstredend wieder im Griff und sprudelte vor Sympathie gegen die Königin. Dies habe ich nicht selbst miterlebt, aber von einem Kammerherrn gehört. Sie schien mir der reinste

Opportunismus, sofern dieser rein sein kann! Ob sie mit der Ermordung von Criewens etwas zu tun hat? Vielleicht sollte sie die undichte Stelle, die er darstellte, stopfen? Sie muss doch von seiner Tätigkeit gewusst haben.«

Von Güllbrandt enthauptete mit einem Stöckchen einige Brennnesseln, die an alledem ganz unschuldig waren. Für Langustier ergab das keinen Sinn.

»Tötet man den eigenen Cousin, nur um des Königs Position im Krieg mit Schweden zu schwächen? Ob sie von der Spionerei wusste, ist noch nicht ausgemacht. Hat sie mitbekommen, dass von Criewen und Sie sich vertraulich beredet haben? Haben Sie?«

Von Güllbrandt verneinte.

»Wir tauschten uns aus, als man ihn an der Grenze festhielt. Doch Monsieur, Sie denken zu gut von den Frauen! Der König hat Madame übel mitgespielt, indem er ihr jede Zuwendung verweigerte, als sie sich in Not an ihn wandte. Er schrieb ihr gar einen sehr spöttischen Brief darauf, von dem Abschriften an den Höfen kursierten. Das war schließlich der Grund dafür, dass sie sich so abkapselte. Ihr Sturz war die unmittelbare Folge dieses Briefes.«

»Deshalb den eigenen Cousin umbringen? Dass ihr Verhalten verdächtig ist, davon bin auch ich überzeugt. Aber eine Mörderin am eigenen Wohltäter? Von Criewen hat sie in sein Haus aufgenommen. Sein Erbe, welches ihr zufällt – das wäre schon eher ein Grund. Übrigens hat sie mir erzählt, der Sturz wäre bei einem Ball im Grand Trianon, dem Lusttempel der Maintenon, erfolgt.«

Von Güllbrandt nickte.

»Ganz recht. Nachdem der Graf Algarotti in einer ungehörigen Lautstärke einigen Umsitzenden eine Abschrift jenes Briefes verlesen hatte …«

Höchst gemein, fand Langustier. Über die Rolle der Madame von Värnshagen schien ihm das letzte Wort noch nicht gesprochen. Er fragte:

»Was sagt Ihnen der Name von Millberg?«

Von Güllbrandt musste nicht lange überlegen.

»Ein hoher Offizier der schwedischen Armee. Hoch auch durchaus wörtlich zu nehmen. Soweit ich mich erinnere, hat er von Criewen nebst Hydra nach Stockholm begleitet. Hageres Langgesicht, markante Nase, rotblondes Stroh auf dem Kopf. Was drinnen ist, kann ich nicht sagen, ich sprach ihn nicht. Aber die Sympathie, welche Ludwigia von Värnshagen für ihn empfand, lässt tief – oder flach – genug blicken. Ich denke, sie hegte oder hegt Gefühle für ihn. Und vielleicht beruhten diese Gefühle auf Gegenseitigkeit. Zuletzt hörte ich von einer geheimen Mission, die er im Auftrag der Russen durchführen sollte. Aber ich konnte nicht herausfinden, was es war. Wieso interessiert er Sie?«

»Wenn meine Vermutung stimmt, hat er bei Kunersdorf in der Uniform eines russischen Kosaken auf den König geschossen! Ich habe einen Augenzeugen dieser Tat in der Berliner Charité befragt, ein Offizier, der kaltblütig von ihm niedergeschossen wurde. Doch er hatte kein Glück. Eine heroische Tabaksdose hat sich dem Ansinnen widersetzt und die Tat vereitelt.«

Sie schwiegen für den Rest des Weges, der sie um einige Hügel mit hübschen Ausblicken und durch weite Felder führte. In den lachtertief ausgerundeten Hohlwegen sammelte Langustier so viele Seeigel, dass ihm die Rocktaschen wie Säcke an den Seiten hingen. Auf den abgeernteten Versuchsfeldern sonnten sich vergessene Kartoffeln.

Als sie wieder in den Gutshof traten, rief die Glocke das Hausvolk zum Mittagsmahl. Von Mellenthin, Göbel und Langustier folgten den Knechten und Mägden in die Halle.

Mit dem Rücken gegen den Tisch gewendet, sagte das Gesinde rasch seine Gebete her. Dann brachte der Großknecht das Heft seines Messers mit einem Schlag aufs abgewetzte Holz der Tafel, und man setzte sich – richtig herum, versteht sich. Das vom Großknecht geschnittene Schwarzbrot machte in großen Stücken die Runde. Während des Essens wurde kein Wort gesprochen. Von Mellenthin wünschte allen einen gesegneten Appetit und führte Langustier und Göbel in eine bescheidenere Stube mit einem langen Tisch und ledergepolsterten Stühlen darin, zu der eine Treppe auf der Seite des Herdes hinaufführte, wo die Hausherrin nebst drei Töchtern und einem Sohn saßen.

»Sapperment, Monsieur! Ist das Ihre Friederike?«, sagte Langustier nach dem ersten Bissen Kartoffel zu von Mellenthin. Die Kinder kicherten.

»Henriette, Monsieur, Henriette. In der Tat, das ist sie. Was sagen Sie?«

»Magnifik! Ich bin begeistert! Ist sie allein aus den bisherigen Sorten entstanden?«

»Nicht ganz. Wie Sie vielleicht wissen, kamen die ersten dieser Erdbirnen vor zweihundert Jahren aus der Neuen Welt nach Europa. Ich habe mir aus Mexiko mehrere Sorten schicken lassen und sie mit den bisher in Europa kultivierten angepflanzt. Von den Mischungen ist diese eindeutig die beste. Ich möchte, dass Sie dem König ein paar davon mitnehmen, und entbiete mich gern, Saatgut für die ganze Mark zu produzieren, damit sich der bessere Geschmack in den Köpfen verankert und der Anbau beschleunigt wird. Nur allzu oft hört man, selbst bei den jungen Bauern, die Meinung, dass die Tarfuffel eine Frucht des Bösen sei.«

Er senkte die Stimme, weil man ihn in der Halle beim gottesfürchtigen Gesinde sonst hätte hören können, und auch, weil seine Kinder am Tisch saßen.

»Die bigotten Pfaffen predigen es in ihrer unaussprechlichen Borniertheit, dass sie den Samen vermehre, die Begierde wecke und die Fruchtbarkeit bei den Geschlechtern bewirke. Die Kartoffel sei giftig, heißt es bei den Bauern, sie komme aus Amerika über die Alte Welt, um uns zu verderben. Sie verursache Geschwüre, die englische Krankheit, Schwindsucht und dergleichen. Die Dinger riechen nicht und schmecken nicht, sagen sie. Auch dass die Hunde sie nicht fressen wollten, wirft man den Erdfrüchten vor. Nun, ich kann all das bestätigen. Sie sind giftig, sie riechen und schmecken nicht und kein Hund geht daran – aber nur, solange man sie nicht kocht!«

Sie lachten. Der König hatte seit drei Jahren alles nur Erdenkliche getan, um die Landbevölkerung von ihren Vorurteilen abzubringen, und Reiter durch die Landstriche geschickt, die Aufklärung vor Ort betrieben und allen den rechten Umgang mit dem Gewächs zeigten. Aber selbst bester Geschmack, fürchtete Langustier, würde das Haupthindernis nicht sofort beseitigen. Während er einen aufgegabelten, dampfenden und goldgelben Erdapfel in leinölüberfluteten Quark mit reichlich Zwiebeln, Butterflocken und Kümmel tunkte, sagte er:

»Der König hatte Recht, als ich ihm zuletzt einen Kartoffelbrei kochte und er meinte, dass mit den Tartuffeln viel im Argen liege. Ihre Henriette mit der hiesigen guten Butter und dem Saft Potsdamer Orangen und Zitronen sowie Hagelzucker genossen, müsste schmecken wie eine Dessertschale! Doch ich glaube nicht, dass die Hauptfeinde der Frucht kulinarischen Erwägungen zugänglich sind. Nicht alle Grundherren denken wie Sie. Die meisten sehen die Gefahr, dass mit dem vermehrten Kartoffelanbau ihre Einnahmen zurückgehen. Wenn Weiden und Brachfelder dazu genutzt würden, hätten ihre Schafherden weniger Nahrung.

Und die Dreifelderwirtschaft, das Wintergetreide-Sommergetreide-Brache-System, käme aus dem Tritt. Pflanzte man zwischenrein die Kartoffel, litte das Getreide.«

Von Mellenthin seufzte.

»Ich weiß, dieses falsche Denken ist das Hauptproblem. Sollten es alle wie viele Pommern hier machen und wie so viele Grundeigner in Ostpreußen und zur Vierfelderwirtschaft übergehen. Dann bleibt Fläche genug für das heilige Getreide. Aber ich bin mir sicher, dass die große Zeit der Kartoffel bevorsteht. Des Königs Gesetze und die Geschmackserziehung der einfachen Leute werden das Ihre dazu beitragen.«

»Was führen eigentlich die Schweden für einen merkwürdigen Feldzug?«, wandte sich Langustier nun an von Güllbrandt. »Man nennt ihn bei uns schon den Kartoffelkrieg, weil die preußischen Saatkartoffeln so ziemlich die einzige Beute sind, die Ihre Landsleute über die Grenze mitnehmen! Mal abgesehen von der kleinen Schlacht gestern.«

»Sie haben Recht«, erwiderte von Güllbrandt. »Wir sind keine sehr kriegerische Nation. Doch müssen Sie uns zugute halten, dass wir den Wert der Kartoffel erkannt haben.«

Damit wurde die Tafel aufgehoben. Von Mellenthin sprach das Dankgebet, und der Lärm aus der Halle zeigte an, dass man dort ebenfalls mit der Mahlzeit zu Rande war.

Hier wurde keine Zeit vergeudet, keine Minute dem Müßiggang geschenkt. Der Großknecht bestimmte Anfang und Ende einer Mahlzeit. Sobald er sein Messer niederlegte, war das Essen beendet. Nach diesem Signal standen alle auf, wendeten sich wieder mit dem Rücken zum Tisch, sprachen das Abschlussgebet und gingen dann auseinander, jeder an seine Arbeit.

So nun auch Langustier, indem er Göbel zum Aufbruch drängte und sich vom Gutsherrn zwei schnelle Pferde ausbat. Von Güllbrandt und von Mellenthin schauten den Davonreitenden vom Tor aus nach, bis sie in einer Staubwolke verschwunden waren.

Zwar beseelte Langustier der eiserne Wille, die Strecke nach Berlin in Rekordzeit zu bewältigen, doch in der Nacht ward mit knapper Not Pasewalk erreicht. Göbel hatte wohl auf der *Friedrich Wilhelm zu Pferde* Dienst getan, doch mit einem echten Pferd unterm Hintern stellte sich der Seebär reichlich dämlich an.

Donnerstag, der 13. September 1759

Am Morgen hatten Göbel und Langustier bei Polzow Abschied voneinander genommen, entschlossen, sich in Berlin oder wo auch immer wieder zu treffen. Göbel war bis zuletzt nicht recht schlau geworden aus seinem Kumpan. Was war das nur für eine fürchterliche Eile, zu der er ihn und sich selbst peitschte? Warum freute er sich nicht einfach darüber, einer drohenden langjährigen Gefangenschaft entgangen zu sein?

Im Furor des Alleinreitens hatte Langustier es tags zuvor mit Ach und Krach über Prenzlau hinaus ins uckermärkische Angermünde geschafft. Er wollte den Weg nach Berlin jetzt doch über das Gut des blassen Emil von Criewen nehmen. Wie eine vom Wind angenagte Fahne hing die Neumark ins Oderbruch. Nur die untere Hälfte dieses gesegneten Landstrichs war uckermärkisch. Durch Oderberg und den interessanten, fast gebirgigen Ausläufer des Barnimer Landes bei Freienwalde war er gekommen und schließlich endlich in das malerische Alt-Modern gelangt, das in einer Linie mit Alt-Ranft und Alt-Reetz bei Wriezen lag.

Ein ungeheurer Lindenbaum beschattete das reetgedeckte Fachwerkhaus und rauschte gewaltig auf, als Langustier unter ihn trat. Der Hausherr war erst vor wenigen Stunden von der Beerdigung seines Bruders in Wassersuppe zurückgekommen, wie ihm der Bediente freudig meldete, und die Reise hätte ihn offensichtlich erfrischt. Doch als Emil von Criewen, der eben in die Halle trat, Langustier erblickte, schien die Farbe sofort aus seinem Gesicht fliehen zu wollen. Auf die Frage nach dem Befinden der Cousine antwortete er mit einer Stimme so frostig wie in Berlin.

»Sie entschied sich in letzter Sekunde, nicht mitzufahren, weil sie die Strapazen der Fahrt zu sehr fürchtete. Man kann es wohl verstehen.«

Langustier konnte dies ganz und gar nicht, hatte sie doch selbst die Reise nach Schweden nicht gescheut.

»Was taten Sie am Abreisetag der Königin im Schloss? Man hat Sie dort gesehen.«

Emil von Criewen schien zu gefrieren.

»Ich wollte mich von Hellmuth verabschieden und ihn um Verzeihung bitten für allzu heftige, unbedachte Worte, die am Vortag zwischen uns gefallen waren.«

Langustier präzisierte:

»Was taten Sie gegen zwanzig nach elf im Kapellenhof am Grünen Hut?«

Emil von Criewens Gesicht machte kuriose Farbveränderungen durch. Erst erschien es kalkweiß, um sich dann in eine Blutröte zu steigern, die jedoch rasch verflog und sich schließlich nur an den Ohrspitzen hielt.

»Ich hatte Hellmuth gesehen, der mit einer jungen Dame dort verschwand, und wollte eben eintreten, als mich ein Gefühl der Scham übermannte. Ich sah durch das Schlüsselloch, wie er sich an sie drängte und sie sich seiner erwehrte. Dann trat ich zurück, denn ihre Stimme wurde laut und sie kreischte, was mir mit anzuhören nicht länger erträglich war. Ich war gekommen, mich bei meinem Bruder zu entschuldigen, und sah ihn nun in viehischster Vereinigung mit diesem liederlichen Frauenzimmer.«

»Sie sagten, ihre Stimme wurde laut und sie kreischte – waren das Laute der Lust oder des Schmerzes?«

Es bereitete Emil von Criewen offenkundig Schwierigkeiten, über dieses Erlebnis zu sprechen.

»Monsieur, ich weiß es Ihnen nicht genau zu sagen, denn ich floh den Ort wie auch den Hof, es muss kaum eine Minute danach gewesen sein. Aber es war mir, als wehrte sie sich. Mag sein, dass dies zum Spiele oder zur Lust gehörte.«

Langustier sah ihm in die rot geränderten Augen und glaubte ihm. Man hatte ihn durchs Portal gehen sehen.

Langustier nahm Abschied vom Hausherrn.

Freitag, der 14. September 1759

Marie zeigte sich überglücklich, als ihr Vater in der Rossstraße auftauchte, auch Schwiegersohn Adrian, dessen Urlaub fast zu Ende war. Langustiers erste Frage galt der Dame im Roll-Stuhl.

»Wie hat sich die Base bei der Beerdigung aufgeführt?«

»Welche Base?«, fragte Marie erstaunt. »Von Criewens? Die war gar nicht dabei. Ist, glaube ich, kurz vor der Abfahrt doch schwankend geworden, ob sie die Strapaze erträgt.«

»Ist Post für mich gekommen?«, fragte Langustier hastig und erhielt von ihr einen kleinen Stapel Briefe. Kaum hatte er seine Tasche abgestellt, da war er auch schon wieder auf dem Sprung, die Treppen hinab.

»Willst du nicht vielleicht etwas essen?«, rief sie ihm nach, doch das Antwortgegurgel des abwärts Hastenden verstand sie nicht.

»Dann eben nicht, Monsieur!«

Entnervt schloss Marie die Tür. Mit diesem Vater war sie wirklich geschlagen!

Das Hausmädchen in von Criewens ehemaligem Palais konnte Emils und Maries Worte nur bestätigen. Frau von Värnshagen sei nicht wie vorgehabt mit ihren Cousins abgereist. Doch sei sie nun seit einem Tag bereits abwesend, um den

Cousin Emil zu besuchen. Langustier nahm es ebenso ungerührt wie ungläubig zur Kenntnis. Sie hätten sich auf der Strecke eigentlich begegnen müssen.

»Wo steckt der Bediente Ihres Cousins? Und wieso ist Madame auf ihn nicht gut zu sprechen?«

»Nicht gut zu sprechen? Pardon. Monsieur, aber ich verstehe Sie nicht. Die beiden waren doch …«

Sie stockte und schien plötzlich stark im Zweifel, ob sie weitersprechen dürfte.

»Mademoiselle, ich sage es nicht weiter, das verspreche ich Ihnen. Sie ist ja nicht da, und es wird niemand erfahren, was Sie mir anvertrauen.«

»Nein, ich weiß gar nichts!«

»Nun, dann wissen Sie vermutlich auch nicht, dass man Personen, die im Zuge der Aufklärung eines Verbrechens nicht mit den Beamten des Königs kooperieren, vor dem Rädern nicht einmal mehr ein Gebet aufsagen lässt!«

Er hatte dies drohend gesagt und ihr das inzwischen getrocknete Permissschreiben mit dem eindrucksvollen Siegel unter die Nase gehalten. Da sie nicht lesen konnte, kam ihr dies höchst amtlich und unwidersprechlich vor. Sie schlug die Hände vor den Mund, beeilte sich aber, sie wieder wegzunehmen.

»Es ist freilich so, dass … nun also … dass der Hessel … ja, dass der Hessel …«

»Ja, dass der Hessel –«, versuchte Langustier den Karren ihrer Rede behutsam aus dem Sumpf herauszuschieben.

»Ja, also, dass Madame und der Hessel sich oftmals unter vier Augen trafen, als der Herr noch lebte. Dass sie sich oft im Zimmer der Herrin trafen … Dass er oft die ganze Nacht bei ihr blieb. Wenn der Herr nicht da war …«

Es war heraußen. Hessel und Ludwigia von Värnshagen pflegten also einen mehr als vertrauten Umgang! Der Diener als Liebhaber? Nun ja, so etwas kam in den besten Familien vor und war kaum weiter der Rede wert.

»Der Herr wusste es nicht. Und die Herrin fürchtete wohl ein bisschen, dass er es erführe und ihr zürnen könnte. Ich glaube, das war der Grund, dass sie und Hessel den Anschein erwecken wollten, einander nicht leiden zu können.«

Sie schien sich selbst zuzunicken, wie um die Sache gleich wieder zu vergessen. Langustier fragte:

»Was ist am Tag der Abreise der Königin geschehen? Kamen der Kutscher und Hessel hier vorbei?«

»An diesem Tag nicht. Am folgenden aber brachten sie eine Kiste mit Marmor für den Tempel, kurz bevor sie mit von Criewen vom Schloss aus losfahren wollten, wie Hessel sagte.«

Langustier entsann sich, am Tag der Befragung von Madame von Värnshagen einen Tempel gesehen zu haben, und nahm die Baulichkeit nun in Augenschein. Kleine, höchst eilig und unfachmännisch aneinandergefügte Marmorplatten bedeckten schachbrettartig den Boden. Ein Plättchen war lose, und er erdreistete sich, es ganz aus dem lockeren Verband herauszunehmen. Auf der Rückseite standen auf einem Klecks weißer Emaillefarbe eine Inventarnummer und der Schriftzug »Karlsbad«.

»Wissen Sie, was Hessel und Duffke mit der Kiste getan haben, als sie geleert war?«, fragte er das Hausmädchen, das um Verständnis ringend neben ihm stand.

»Sie luden sie wieder auf die Kutsche und fuhren los.«

»Und wo ist Hessel jetzt?«

Sie konnte es ihm nicht sagen und vermutete nur:

»Vielleicht in Wassersuppe? Vielleicht hat der Offizier ihn als Ordonnanz genommen. Er war vor der Abfahrt des Leichenzugs wiederholt mit Cäsar von Criewen drüben in seinem Labor. Die beiden sind vernarrt in diesen weißen Stein!«

Stein der Weisen, übersetzte sich Langustier und fragte schließlich:

»Hat Ihre Herrin gelegentlich Post von einem Herrn von Millberg erhalten?«

Ein flüchtige Röte huschte über ihre Wangen.

»Gelegentlich! Eine Zeit lang fast täglich. Aufgeblüht kam sie mir vor, seit sie diesen Herrn auf der Fahrt nach Schweden um sich hatte. Einmal, so glaube ich wenigstens, haben die beiden auch … das Lager geteilt.«

»Kann man diese Post einsehen?«

»Dies denn nun nicht. Es wäre ohnehin gegen die Moral, Monsieur, und ich könnte es niemals gestatten. Hätte Sie nicht für so verworfen gehalten! … Sie hat aber auch alle ihre Briefschaften, bevor sie wegfuhr, verbrannt. Großreinemachen nannte sie das. Alle paar Wochen. Das war so eine Marotte von ihr.«

Langustier verabschiedete sich. Als er schon die Treppe hinunter war, kam sie hinter ihm her zur Tür heraus, von Furcht gezeichnet.

»Monsieur! So warten Sie doch! Gilt das mit dem Rädern auch, wenn man nicht sagt, wen jemand am Tag einer Ermordung von jemand anderem getroffen hat?«

»Selbstredend, Mademoiselle!«, zürnte Langustier.

»Madame und ich waren beim Marquis d'Argens in der Mohrenstraße. Ich musste sie hinschieben, weiß aber nicht, was sie dort gemacht hat. Der Marquis hat einen schwarzen Mann als Diener, und ich weigerte mich, mit ins Haus zu gehen. Ich wartete draußen auf dem Markt, bis ich wieder gerufen wurde und sie zurückschieben durfte.«

Langustier lächelte und warf dem Mädchen einen Taler zu. So wusste er, wohin er sich des Weiteren zu verfügen hatte. Erst aber musste er sich das Labor besehen, in dem Hessel den »weißen Stein« zu erschaffen suchte.

Während er in Richtung Krögel schlenderte, bemühte er sich, Ordnung in die Abläufe nach der Mordtat zu bringen. Der Tote war vermutlich zunächst in der Folterkammer des Grünen Huts versteckt und seine Jacke zwecks Applikation einer erfundenen Botschaft mitgenommen worden. Das Gepäck von der mutwillig beschädigten Kutsche hatte bis auf eine der Steinkisten in der Küche vor der Treppe zur Bratenküche Unterschlupf gefunden. Die Kutsche samt der dritten Kiste war zur Reparatur gebracht und diese am Morgen beim Gartentempel ausgeleert worden. Hütter hatte Hessel die Küche aufgeschlossen, Duffke durch den Kapellenhof die leere, sarggroße leere Marmorsammlungskiste mit der präparierten – um eine fingierte, eingenähte Geheimbotschaft bereicherte – Jacke von Criewens in den Grünen Hut bugsiert. Ein letztes Stückchen Marmor war bei dieser Aktion herausgefallen und unbeachtet liegengeblieben. Langustier hatte es am Morgen seiner Ankunft im Schloss als Unterlage für einen Topf mit Fleischbrühe benutzt und sehr praktisch gefunden. Kutscher und Diener hatten ihren toten Herrn in die leere Steinkiste gehoben und in dieser Verpackung durch die Küche hinaus auf den Schlüterhof getragen. Zuunterst war die Kiste auf den Gepäckträger der Kutsche gewandert, zwei andere darüber gekommen, so dass ein Zöllner es schon sehr genau hätte nehmen müssen, wenn er bis zu ihr vorgedrungen wäre. In einem solchen Fall oder wenn man es »eilig« hatte, tat eine Rolle Louisdor ganz unerwartet heilsame Wirkungen, das war allgemein bekannt. Da es laufend gewittert hatte am fraglichen Tag, dürfte sich die Prozedur der Kontrolle am Brandenburger Tor zudem verkürzt haben, resümierte Langustier. Charlottenburg hatten sie südlich umfahren und zunächst die Murellenschlucht angesteuert. Im dortigen Wald hatten Hessel und Duffke die Leiche von Criewens ausgeladen. Der Schäfer, der sie hierbei beobachtet haben mochte, war bestochen und vielleicht bedroht worden, den Mund zu halten. Die teuren Hunde trotz schlecht gehender Geschäfte legten beredtes Zeugnis von der gelungenen Überredung ab. Sie waren zweimal durch Spandau gefahren. Zweimal waren sie an der Murellenschlucht gewesen. Keine Räuber, keine Schüsse, keine Flucht vom Hahneberg. Sie mochten ausgiebig gerastet haben, nachdem sie die Kutsche ins Havelschilf gerollt hatten. Zum guten Schluss waren sie vom Havelufer bis Spandau gelaufen. Ziemlich viel Aufwand. Schweißtreibend gar, fand Langustier.

Er wog die eingetroffenen Briefe in der Hand, die ihm Marie ausgehändigt hatte. In ihnen würde die Auflösung stecken, was das Geschehen in der Schlossküche betraf, dessen war er sich sicher. Doch er trug gewaltige Scheu, sie zu öffnen. Vor allem wollte die Reihenfolge gut überlegt sein. Er steckte sie sorgsam wieder weg.

Übler Dunst von Angebranntem, Kindergejaule und Hundegebell, das Schimpfen zahnloser alter Frauen und die lockenden Gesten einiger Damen in aufreizenden, galanten Deshabillès bezeichneten ihm den Eingang zum Krögel. Er fragte eine Dame, die zweifellos keine war, nach dem Haus, in dem der Diener Hessel wohnte. Sie zeigte es ihm, indem sie sich bei ihm einhakte und ihn auf dem kurzen Stück Wegs die Vorzüge einer Massage und eines Bades unter ihren einfühlsamen Händen zu schildern versuchte. Der Blick auf oder besser in ihr Decolleté ließ Langustiers Schritte unsicher werden. Möglich, dass es auch die Kopfsteine des lästerlich schrägen Pflasters waren. Doch er dachte an Sophie und alle Anfechtung verflog. Mit einem Schimpfwort bedacht, das er bisher nicht kannte und lieber gleich wieder vergaß, trat er in ein Zwergenhaus ein. Eine normal große Ratte huschte durchs Treppenhaus. Langustier klopfte vergeblich an eine

Tür im Obergeschoss. Sie war so wurmstichig, dass sie einem festeren Druck ächzend nachgab. Der Einbrecher schaute sich in Ruhe um: Kaum drei Schritt in der Breite messend, dafür lang wie ein Schlauch, enthielt das vordere Zimmer hintereinander nur Tisch, Bett und Schrank. Eine Tür führte in ein größeres Gelass, in dem es aussah wie in Fredersdorfs Hexenküche, die er vor Jahren in der Friedrichsstraße gesehen. Jedoch überwogen hier nicht die Mineralsalze und Säuren in den Wandregalen, sondern eindeutig Wurzeln, Beeren und sonstige Pflanzenteile, die getrocknet in Gläsern mit eingeschliffenen Stöpseln ruhten. Lateinische Namen, die wenig sagten, standen darauf. Ein lateinisches Kräuterbuch lag aufgeschlagen auf einem Pult. Die offene Seite zeigte einen Strauch mit hängenden Blütentrauben. Cystisus laburnum, las er. Ein Lesezeichen steckte bei Ranunculus sceleratus, ein weiteres bei Convallaria majalis. Dies wenigstens erkannte Langustier sofort als Maiglöckchen. Er schrieb sich die Namen auf, hatte aber nicht die Geduld, die zugehörigen lateinischen Texte zu entziffern. Darin war er nie gut gewesen, auch wenn Französisch einer alten römischen Legionärssprache entsprungen sein sollte. Solanum dulcamara, Aethusa cynapium, Primula ocbconica, Helleborus niger, Conium maculatum, Agrostemma githago – letzteres war ihm wieder geläufig: eine Kornrade!

Alle diese Blümchen schienen wohl in getrockneter oder in Alkohol eingelegter Form auch an der Wand versammelt zu sein, einige Phiolen standen auf einem zentralen Arbeitstisch beisammen. Es sah ganz danach aus, dass Hessel hier die Liebestränke für seine Nachbarinnen braute. Keine schlechte Idee, wenn nur der Preis stimmte. Die Besucher der Badedirnen halfen gerne deren Vermögen ein wenig auf die Sprünge, indem sie bei eigenem Unvermögen einen Absud kauften, der ihnen Hilfe versprach.

Schon bald strebte Langustier der Stadtwohnung des Marquis d'Argens entgegen. War der Mann überhaupt in Berlin? Er war. Der Marquis, auch ein hoher Herr im buchstäblichen Sinne, blickte amüsiert unter seiner mehlbestäubten blonden Allonge auf Langustier herab, nachdem sein alter, schwarzer Hausdiener ihn hereingeführt hatte.

»Maitre Langustier! Ergebenster Diener! Welch ein Vergnügen, Sie zu sehen! Hat der König Sie geschickt, mich zu bekochen?«

Langustier lachte ihm entgegen.

»Meine Verehrung, Herr Marquis. Ergebenster Diener zurück, aber Se. Königliche Majestät wähnen mich auf Urlaub und wissen gar nichts von meinem Hiersein. Wissen dagegen Sie, lieber Marquis, um die Von-Criewen-Angelegenheit?«

Der Marquis bat ihn in einen prächtigen Raum, der eine leicht verkleinerte, ansonsten aber verblüffend genaue Kopie des Marmorsaales von Sans Souci war. Durch die hohen Bogenfenster blickte man schräg auf den Markt der Gens d'Armes mit seinen beiden von kleinen Häusern, Ställen und Verkaufslokalen eingekastelten Armenkirchlein. Im Vordergrund stand die deutsche, so genannte Markt-Kirche, dann folgte der weite Platz des Mittel-Marktes, und auf der anderen Seite, durch eine Öffnung in der Umbauung sichtbar, erhob sich die Französische Kirche.

»Ich weiß nur, was man in Hofkreisen erzählt. Selbst Se. Königliche Majestät waren sehr knauserig mit Andeutungen. Ein Überfall? Wie wenig vornehm!«

Des Marquis' golddurchwirkter Schlafrock bildete auf dem polierten Marmormosaik des Fußbodens die Rosette eines Lotusblattes.

»Monsieur, ich will nicht meine unmaßgeblichen Theorien vor Ihnen ausbreiten, denn das müsste Sie ermüden.

Ich wünsche mir aber, dass Sie mich in dreierlei Hinsicht aufklären!«

»Nichts lieber als das! Aufklärung ist doch unser aller Hauptgeschäft, die wir in der Akademie sind, nicht wahr?«

»Durchaus«, lächelte Langustier, der hier praktisch als einfaches Mitglied seinem Vereinsvorsitzenden gegenüberstand.

»Doch lassen Sie uns Platz nehmen. Im Stehen redet es sich so schlecht! Jean! Pardon, aber er hört schwer, seit ihn die Sklavenhändler geschlagen haben. Jean!!!«

Der alte Mohr erschien und neigte sein Ohr vor dem Marquis, welcher Schokolade anforderte.

»Wissen Sie, wo von Criewen wohnte?«

»Nein, Monsieur, ich bin so selten in Berlin. Und wenn, dann wohne ich entweder im Schloss oder hier. Wissen Sie, dass ich begonnen habe, an einer großen botanischen Enzyklopädie zu arbeiten? Ich kann es mir daher kaum leisten, öffentliche Lokale aufzusuchen. Man wird so oft eingeladen und schon ist der Tag herum, der eigentlich der Forschung hätte gehören sollen. Auch ist die Berliner Gesellschaft leicht pikiert, wenn man sagt, dass man mit dem König Umgang pflegt. Der Pöbel macht allenthalben gegen die Krone Stimmung, wegen des Krieges, Sie verstehen. Kurz gesagt: nein.«

»Wer war die Dame, die Sie am Montag, dem 13. August aufsuchte?«

»Sie erstaunen mich, Monsieur. Sie erstaunen mich ganz exorbitant! In der Tat besuchte mich eine Dame. Sie wurde in die Halle hereingeschoben in einer Art Portechaise auf Rollen. Ich musste mich unten mit ihr unterhalten, da wir sie nicht heraufheben konnten, respektive wollten, Jean und ich. Am Ende wäre sie die Treppe hinuntergekugelt und wir des Mordes angezeigt worden. Das dumme Hausmädchen wollte gar nicht herein, denn sie hatte Angst vor Jean. Wie spaßig!«

»Können Sie sich auch an den Namen der Dame erinnern?«

»O, pardon, Monsieur, naturellement! Madame Formentier!«

Der Diener brachte die Schokolade, die so heiß war, dass sich Langustier abscheulich den Mund daran verbrühte.

»Monsieur, ich bin untröstlich! Jean, du Scheusal!!! Bring etwas Kaltes, eine Frucht, bring Wasser, Salbe, Sahne, Jean, wie oft …«

»Halb so wild, es ist schon gut«, wehrte Langustier ab. »Was wollte die Dame von Ihnen?«

Der Marquis sprang auf und lief in ein Nebenzimmer, das offenbar dem Musikzimmer von Sans Souci nachgebildet war. Er kam mit einem Brief zurück.

»Lesen Sie selbst, was ich an den König schrieb.«

Langustier nahm und las:

»Sire, eine Frau, Madame Formentier, die ich nicht kenne, schrieb mir gestern, sie wende sich an mich, um Eurer Majestät mitzuteilen, sie hätte Ihnen Dinge von größter Wichtigkeit zu entdecken, die unmittelbar Ihre Person beträfen. Ich bat Sie, mich aufzusuchen, was sie auch tat, denken Sie sich: auf Rollen! Ich fragte sie, ob das, was sie wüsste, etwa ein Attentat gegen die Person Eurer Majestät anginge, und sie verneinte. Was sie übermitteln wolle, sei dennoch von äußerster Wichtigkeit, auch wenn es die Person Eurer ›geheiligten Majestät‹ nicht beträfe. Ich fragte sie aus, aber sie wollte mir ihr Geheimnis nicht lüften, sie könnte – beteuerte sie – es nur Eurer Majestät selbst anvertrauen. Ich glaube doch, es durch Fragen herausbekommen zu haben. Nach meiner Meinung handelt es sich um Folgendes: Sie ist als Untertanin der Königin von Ungarn geboren und hat viele fremde Offiziere, besonders Franzosen, kennen gelernt; einer dieser Offiziere hat wohl geglaubt, die Frau könnte einen Briefwechsel mit dem Wiener Hof unterhalten und ihm Nachrichten geben. Sei es nun, dass die Frau zunächst dazu verführt wurde und dass sie jetzt aus Furcht, was daraus sich für sie ergeben könne, ihre Absichten geändert hat, sei es auch, dass sie auf das Angebot nur einging, um den Hof von Wien zu täuschen und sich daher bei uns verdient zu machen. Jedenfalls sagte sie, dass sie sehr wichtige Papiere besitze. Ich glaube sogar, sie könnte uns den Geheimcode liefern, den der Hof von Wien ihr übergeben ließ, und dass dieser Code Eurer Majestät von Nutzen wäre, um andere Briefe zu entziffern! Ich bitte Sie daher, die trotz Rollen hübsche Dame wohlwollend zu empfangen. Sollte es sich auch nur um eine etwas phantasievolle Französin handeln, so müssten Sie es nicht bedauern, Sire, wenn sich herausstellte, dass sie eine Närrin ist.«

Langustier ließ das Blatt sinken. *Seine geheiligte Majestät*: Genau diese Wendung hatte Frau von Värnshagen benutzt. Wenn es neben dem Roll-Stuhl eines weiteren Indizes bedurfte.

»Haben Se. Königliche Majestät darauf geantwortet?«

»Der König, Monsieur, der sich anschickt, nach Cottbus zu gehen, da ihm der Gegner immer weiter nach Süden ausweicht, so dass Berlin nun gänzlich außer Gefahr ist, wie er mir ausdrücklich versichert hat – sonst wäre ich, beiher gesprochen, auch gar nicht hier – … ähem, also der König antwortete mit diesem Schreiben.«

Langustier empfing von dem Marquis ein Blatt mit wohlvertrautem Petschaft, indes in der fein säuberlichen Schreiberhand von Götzens abgefasst:

»Mein lieber Marquis! Ich glaube, dass Sie in Berlin jetzt ganz in Sicherheit sind. Die Barbaren sind in der Lausitz, und es ist auch ein rechtes Lausgesindel von gewaltigen Erzschäkern, Kanaillen und Schurken! Den 16. werde ich in Cottbus sein, da die Spitzbuben mir davonlaufen, so dass ich kaum hinterherkommen kann. Wenn sich Ihre Französin daselbst einstellen will, so soll sie mit ihrem Code wohl empfangen sein. Natürlich glaube ich nicht, dass er von Nutzen sein wird. Dergleichen ist meistens Mumpitz und die Erfindung von üblen Kujons. Es ist so leicht zu sagen, ich solle einen Defensivkrieg führen! Aber ich habe eine solche Menge von Feinden, dass ich notgedrungen die Offensive ergreifen muss. Ich stehe in einem großen Dreieck, wo ich zur Linken die Russen, zur Rechten die Österreicher und im Rücken die Schweden habe. Eine kleine Schlacht zur See wird sich mein verrückter Seegeneral, der arglose Hauptmann Bilgewasser, demnächst mit letzteren liefern, wenn die Agentenmeldungen stimmen. Wenn das so weitergeht, werde ich wohl gleichgültiger und fühlloser werden als Empedokles und Zeno selbst. Nein, mein lieber Marquis, ich mute Ihnen nicht zu, mich zu besuchen. Bleibe ich am Leben, so gedenke ich Sie erst wiederzusehen, wenn der Winter uns einen guten sechsmonatigen Waffenstillstand bringen wird. Leben Sie wohl, ich umarme Sie, mein lieber Marquis! F«

Langustier kramte in seinem Notizbuch, das deutliche Wasserschäden aufwies, aber benutzbar geblieben war. Er zeigte dem Marquis die Namen der Pflanzen aus Hessels Teeküche.

»Mein Gott, was wollen Sie sich für einen Abführtrank brauen? Hahnenfuß, Maiglöckchen, Bittersüßer Nachtschatten, Hundspetersilie, Becherprimel, Schwarze Nieswurz, Gefleckter Schierling und Kornrade! Das dürfte wohl genügen, um mehrmals über den Styx zu gelangen, wenn das möglich wäre. Und hier – das ist Goldregen! Falsches Ebenholz! Das von allen gekrönten Häuptern so gefürchtete makassarische Gift! Die eingetauchte Spitze einer Nadel soll beim Zustechen genügen, um einen Ochsen zu Fall zu bringen!«

Langustier löste zitternd den Zettel des Webers Pfannenstiel von dem Blatt, an dem er nach seinem Tauchgang mit der Schriftseite festgeklebt war. Seine Augen weiteten sich, als hätte man ihm Tollkirschenextrakt hineingeträufelt.

Er trank die inzwischen lauwarme Schokolade in einem Zug aus und fragte den Marquis, ob er ihm ein Pferd borgen könne. Auf dem Zettel stand:

»17. September 1759, Cottbus, Goldregen???«

Montag, der 17. September 1759

Nach fürchterlichem Herumirren in Sumpfgebieten und von tiefen Wassergräben durchzogenen Wäldern hinter Lübbenau, wo er sich in einem Gewirr aus Kanälen und Gurkenplantagen zu verhaspeln drohte, war Langustier erst gegen vier Uhr des Morgens in den kleinen Ort Briesen vor Cottbus gelangt. Es ging nicht anders, er musste in einem Gasthof einkehren – sein Pferd und er bedurften dringend der Stärkung.

Der Wirt, nicht eben erfreut über die zeitige Störung, aber sehr aufgeschlossen, nachdem ihm ein blanker Friedrichsdor entgegenblinkte, erklärte seinem spendablen Gast genau, durch welche der vier Öffnungen in der Cottbuser Stadtmauer er direkt hinein- und wie er dann zum Schloss auf der Bosse kommen würde: durchs Luckische oder Luckauer Tor nämlich! Außerdem erläuterte er ihm ganz ungefragt, dass die Cottbuser Krebsfresser hießen und den Krebs sogar im Wappen trugen, weil die Spree hier schon immer schier überquoll vor Flusskrebsen! Eine Probe der exzellenten Qualität werde er gleich zu schmecken bekommen. Schließlich stellte er ihm als Dreingabe noch vor die Ohren, dass der reichste Bürger der Stadt, der Tuchhändler Samuel Lobedan, ein neun- oder gar zehnmal höheres Einkommen hätte als der Oberbürgermeister, was in der Tat erstaunlich war, wie Langustier bei sich befand. Ein reiches kleines Gewerbestädtchen schien ihm dieses Cottbus zu sein! Nach drei Tellern vorzüglicher Krebssuppe, die hier so geschwind bereitet wurde wie andernorts der Mokka, fühlte er sich wieder besser. Es war höchste Zeit, die Post zu lesen, die bei Marie für ihn eingetroffen war.

Eller hatte ihm nicht mehr selbst schreiben können, denn er war vor einer Woche gestorben. Obwohl es absehbar gewesen war, traf die Nachricht Langustier wie ein Schlag. Ellers Nachfolger, ein gewisser von Theden, sandte ihm den gewünschten Auszug aus Ellers Obduktionsbericht. Von Criewens Magen war bis auf ein Bratenstückchen leer gewesen. Er starrte einen Augenblick auf das Blatt, dann lehnte er sich aufatmend zurück.

Jetzt konnte ihn keiner der anderen Briefe mehr schrecken. Heiter, fast gelassen las er den von Madame Huber, in dem sie ihre Freude über den wiedergewonnenen Ring zum Ausdruck brachte. Baron von Würmerhelm und Kastellan Hütter bezeugten übereinstimmend die Abfahrt der Frau von Brandt mit Frau von Quappendorff, wodurch diese entlastet war. Von Würmerhelm übermittelte ihm, was der Königin von der letzten Vorlesestunde aus dem *Candide* erinnerlich war. Noch am Morgen der Abfahrt hatte sie stattgefunden, und von Criewen hatte jene Stelle, die im Buch fehlte, sauber intoniert – der Ausriss war also erst danach erfolgt! Der fromme Baron lieferte schließlich auch die traurige Nachricht, die Langustier nach dem Ellerschen Befund keine Überraschung mehr bedeutete … Frau von Quappendorff bestätigte den Verlust einer ganzen wichtigen Gesteinsabteilung in der angekauften Maupertuisschen Sammlung, die man ihr inzwischen von Wassersuppe aus zugestellt hatte: Es fehlten die Marmore aus Karlsbad und Umgebung! Sophies Brief hob er sich auf. Er wäre ihm Belohnung, falls er rechtzeitig käme, oder Trost, wenn nicht. Wenn nicht? Welch ein Gedanke! Er dankte dem Wirt und schwang sich aufs Pferd, das sich nur schwer vom Inhalt des umgehängten Hafersacks verabschieden konnte.

Die Wache am Luckauer Tor machte keine Schwierigkeiten, denn Langustier hatte aus den Fürstenwalder Erfahrungen gelernt und wies sich mit Hilfe des unleserlichen Permissschreibens kurzerhand als Krebskoch des Königs aus. In der preußischen Krebsmetropole verfehlte dieser Titel seine Wirkung nicht. Man salutierte und wies ihn durch. Langustier sprengte die Luckauer Gasse entlang, bevor er das Schloss – oder besser: die umgebaute Burg – leicht erhöht auf einem Hügel erblickte.

Im Hof angelangt, erfuhr er, dass der König gerade in diesen Minuten mit einer Dame im Gespräch säße und keinesfalls gestört zu werden wünsche. Zum Glück erschien der Flügeladjutant von Götz, dem er seine Erkenntnisse dringlichst mitteilte. Von Götz verschaffte ihm Zutritt zum provisorischen Teezimmer der Trutzburg, dem gewaltigen Rittersaal. Indem er ihn durch einen Seiteneingang hineinlotste, gab er Langustier die Möglichkeit, eine neuerliche Blamage abzuwenden und im Schutz einer massiven Säule die Lage erst zu sondieren.

Langustier lugte vorsichtig um die Säule und sah zunächst Leopoldine Ludwigia von Värnshagen, die sich dem König im Gespräch graziös entgegenbeugte. Er hörte die Stimme des Königs, der in einem riesigen roten Plüschsessel mit vergoldeten Holzteilen lümmelte, die Beine auf ein gleichfarbiges Tabouret gelegt, und gerade seine Teetasse abgesetzt hatte. So hatten sie bereits Tee getrunken? Langustiers Herz machte einen großen Satz. Doch es schien sich nichts Nachteiliges zu ereignen. Der Monarch spielte mit seiner Krücke und sprach sehr zurückhaltend zu der Dame, die ihm im Roll-Stuhl gegenübersaß. Vertraulich war ihre Unterredung nur insofern, als dass die beiden Wachen an der Saalpforte genauso wenig von der Unterhaltung verstehen konnten wie Langustier. Was er sah, genügte jedoch bereits, den fernen Beobachter aufs Innigste zu peinigen. Wie gefährlich nahe saß doch die Dame dem Regenten – nichts Hinderliches befand sich zwischen den beiden! Hessel, der sie offenbar hereingeschoben hatte, stand seitlich am Teetisch, neben einem königlichen Kammerlakaien.

Langustier vermochte sich nicht zur Ruhe zu zwingen. Zu aufwühlend waren die Zweifel. Waren seine Schlussfolgerungen falsch gewesen? Hatte er sich in Fürstenwalde nicht auch gänzlich sicher geglaubt mit seinen Mutmaßungen und sich am Ende doch getäuscht? Fand hier eine Unterhaltung allein aus friedlichen Motiven statt? Zweifelsohne hatte Madame von Värnshagen dem Marquis d'Argens einen vorgeschobenen Beweggrund genannt, um sich interessant zu machen und ihre Chancen zu erhöhen, beim König in Privataudienz empfangen zu werden. Hatte der König sie als Formera wiedererkannt? Plauderten sie gar über alte Zeiten?

Langustier riss sich aus seiner Erstarrung. Wer den Monarchen schützen wollte, durfte keine Rücksicht auf eigene Befindlichkeiten nehmen! Er gab die schützende Deckung der Säule auf und schritt rasch und entschlossen auf die Gruppe zu. Er stand schon fast beim König, als dieser ihn bemerkte. Er reckte den Hals und stutzte: Madame von Värnshagen machte sich an der rechten Lehne ihres Stuhles zu schaffen. Diese war auf Federdruck als ein länglicher Deckel aufgeklappt und hatte jene lange und dicke, mit einer smaragdgrün schimmernden Lasur überzogene Nadel freigegeben, die jetzt aus der entschlossenen weiblichen Faust hervorragte. Ein todbringender, mit Hessels Goldregen-Gift überzogener Dorn!

Es war erstaunlich, zu welcher fast ballerinenhaften Behändigkeit das Moment der Gefahr seinen gesetzten Körper, dieses Monument entspannten Genusses, antreiben konnte. Langustier schnellte förmlich zwischen Dame und König. Gerade als der Zweite Hofküchenmeister Seiner Königlichen Majestät zum Leibwächter mutierte, trafen der Aufprall von Schall und Nadel ihn zeitgleich an Ohr und Flanke:

»Tod dem Tyrannen!«, schrie die Dame, deren Gesicht von flammender Zornesröte überflackert wurde, während sie ihren Sporn in Langustiers Seite rammte.

Der König sprang auf und brüllte nach den Wachen. Selbige stürzten blankziehend herzu. Langustier, die Furie durch eine Drehung von sich abkehrend, schaute auf das sonderbare Instrument, das in Höhe seiner Jackentasche wie ein Kaktusdorn in ihm zu stecken schien, ohne dass er indes einen Schmerz verspürte. Verwundert hielt er es kurz darauf in die Höhe. Sein kleines, tapferes Notizbuch in der Seitentasche hatte den Giftstich abgefangen.

Hessel hatte sich davonstehlen wollen, wurde jedoch von einem Lakaien mit der Teekanne am Hinterkopf getroffen und fiel, von grünem Tee triefend, mit einem Ächzen zu Boden. Die Porzellantrümmer ricochetierten über den Steinfußboden, vom König mit einem bedauernden »Mon Dieu!« bedacht.

Die Wachen drangen auf den giftnadelbewehrten Langustier ein – bis sie ihn erkannten und sich der schreienden Dame annahmen, die ihr Heil ganz sinn- und kopflos in der Flucht zu suchen schien und sich in ihrem Stuhl davonrollen wollte. Die Wachen hielten die Zappelnde von weiteren Taten ab und im Stuhl fest. Doch unterließen sie es, ihr den Mund zu verschließen, aus dem sich nun eine wutschäumende Suada gegen den König ergoss, der diesen Waffen schutzlos ausgeliefert war. Die Worte »fühllose Herzens-

Bestie«, »Europens Haupt-Schinder« und »Bruder-Mörder« ragten wie Stacheln aus dem Sermon heraus und verhakten sich in den Ohren der Anwesenden.

»Die Schweden haben es längst begriffen, wie man mit verhassten Königen und Königinnen verfährt, diesen kalten, blutrünstigen Henker-Seelen, die sich ihrem Wohle entgegenstellen und das Land wie höllische Sukkuben aussaugen. Dass Sie sich für den ersten Diener unseres bejammernswerten Gemeinwesens halten, das nichts anderes genannt werden kann als ein Sklavenstaat, wo das Joch auf den Untertanen liegt wie auf abgemergelten Ochsen, zeigt Ihre schändliche Schleifer-Gesinnung! Sie sind nichts als ein auspeitschender Sklaven-Treiber, ein mordender Räuber-König! Sie pressen Ihr Land aus, obwohl es bereits so leer ist wie ein ausgeklopfter Mehlsack! Sie opfern seine besten Söhne, indem Sie sie wie Vieh zur Schlachtbank führen! Dafür werden Sie dereinst bezahlen! Ihr Ruf wird schlimmer sein als derjenige Neros!«

Sie spuckte geräuschvoll aus und hielt verausgabt inne, während der König sie ungerührt fixierte. Dann senkte er den Blick, betrachtete die untere Spitze seiner Krücke und schob mit ihr bedächtig eine Porzellanscherbe über den Boden. Seine Stimme war eisig.

»Es seindt mich betrüblich, Madame, dass ich Sie dereinst nicht aufgeholfen, nachdem ich mit schlechten Versen Ihrem Fall mit verschuldete. Wie mich sicher hätte der gute Menschensinn bewegen müssen, wo mir die Mittel gegeben seindt, hätte ich Ihnen eine Rente verschreiben können … Ich bitte Ihnen um Vergebung, dass ich es versäumte! Auch dünkt mich der Brief, mit dem ich Ihnen geantwortet, nicht eben der kunstvollste gewesen. Doch was Sie mich ansonsten hier sagen wollen, entspringt nur ihrer närrischen Acteurs-Natur, die sich von allerlei Einflüsterungen scheinbar unterrichteter Köpfe zu Urteilen hinreißen lässt, von denen sie nichts capiret! Mich seindt nicht danach, mir von Ihnen maßregeln und schulmeistern zu lassen. Sie wissen nichts von den Bedingnissen, die mir nur allzu oft Handlungen vorschreiben, an denen mein Herz so wenig beteiligt sein kann wie das irgendeines anderen Fürsten an den seinigen. Es seindt wie die Partituren, die Ihnen vorzeiten ihre brillianten Hüpfers angaben. Sie trauern einer Zeit nach, in welcher die Frauenzimmers mit unkeuschen Gesten, Liebkosungen und Einflüsterungen in der großen Politik reüssiert haben – diese Zeiten, Madame, seindt endgültig passé!«

Er hieb die Krücke auf den Boden, dass die Porzellanscherbe, in der Mitte getroffen, knirschend zerplatzte.

Madame Värnhagens Blick erstarb. Sie sah hasserfüllt vor sich hin, erwiderte aber nichts. Der König schien sich wieder ganz im Zaum zu haben, denn mit sachlicher Neugier an seinen Retter gewandt, fragte er:

»So haben Sie dennoch Recht behalten. Wer seindt dieses bodenlägige Subjekt? Gar ein Spitzel-Mensch?«

»Es ist von Criewens Diener.«

Der Regent wurde fahl im Gesicht. Er setzte sich wieder an den Teetisch und schnaufte tief.

»Was hat Ihnen Güllbrandt berichtet? Wurde Criewens Tod aus Schweden veranlasst? Und wenn ja, warum?«

Langustier versuchte, Ordnung in seine Gedanken zu bringen, ehe er sagte:

»Seine Worte überzeugten mich vollends davon, dass es niemals einen Überfall auf Monsieur von Criewen gegeben hat. Die bei diesem gefundene Nachricht, die ich zum Anlass für Ihre bedauerliche, enervierende Kasernierung in Fürstenwalde machte, war ein Werk seines Dieners Hessel. Von Criewen hat der Königin am Morgen ihrer Abreise in Berlin aus dem *Candide* vorgelesen; die Seite, die später aus demselben Buch herausgerissen und in von Criewens Jacke eingenäht wurde, war zu diesem Zeitpunkt noch im Buch. Abgesehen davon, dass Ihre Agenten ganz anders verfahren und es keinen Sinn gemacht hätte, eine Buchseite herauszureißen und inwendig in einem Kleidungsstück zu verbergen, wenn man das Buch ganz zwanglos mit sich führt, hat von Criewen für ein aufwändiges Nähstündchen gar keine Zeit mehr gehabt. Leider ging mir das alles etwas spät auf. Die Nachricht hat mich abgelenkt.«

Der König fragte weiter:

»Was hat dem hübschen Schlingel da bewegt, von Criewen zu ermorden?«

Langustiers Gestalt straffte sich.

»Pardon, Sire, aber das hat er mitnichten getan. In seiner Position, die ihm weidlich Gelegenheit gab, den Nachrichtenaustausch mit Schweden zu observieren, wäre das wohl kaum sehr vorteilhaft gewesen. Der Mord an von Criewen gehört eher in den Bereich der von Eurer Majestät bereits gestreiften amourösen Politik.«

Der König zog die Brauen hoch.

»Mein Herr, die Folter seindt weitgehend abgeschafft – klären Sie mir auf – was sagt mich das?«

»Von Criewen hatte eine jugendliche Geliebte, Elsbeth Ramen. Mit ihr traf er sich am Morgen, als Ihre Königliche Hoheit zur Abfahrt rüsteten, im Grünen Hut, dem alten Festungsturm im Schloss. Alles Weitere aber – den Kasus von Criewens und seine Verstrickung in denselben betreffend – soll uns jetzt der Helfershelfer und heimliche Geliebte der Madame Formentier alias von Värnshagen mit eigenen Worten erzählen.«

Auf einen Wink des Königs hoben die Wachen Hessel vom Boden auf und setzten ihn auf einen Stuhl. Mit traurigen Augen blickte er ins Leere und behielt eine Hand auf dem Hinterkopf, der immer noch höllisch wehtun musste. Seine Stimme klang fern und belegt, als er schleppend zu seiner Rede ansetzte.

»Ich stand ... sozusagen Wache an der Tür zum Kapellenhof. Vorsorglich, falls noch jemand herumgelaufen wäre, der sie hätte stören können – meinen Herrn und die Ramen. Von Criewens bleicher Bruder Emil war unverrichteter Dinge wieder abgezogen, als ich mich postierte. Er hatte mit meinem Herrn reden wollen, doch wohl nur an der Tür gehorcht und eingesehen, dass es unpassend und kompromittierend gewesen wäre hineinzugehen. Aus der Küche, von der anderen Seite, wäre sicher niemand mehr in den Turm gekommen, da die Köchinnen alle schon aus der Bratenküche verschwunden waren. Ich brauchte also nichts weiter zu tun, als da zu stehen und zu warten. Da drangen plötzlich aufgeregte, laute Stimmen durch die dicke Tür. Ich legte das Ohr aufs Holz. Von Criewen erhitzte sich, dass es aus sei, dass sie den Mund halten solle, dass er sich nie mehr mit ihr treffen werde, denn sie wäre noch längst nicht flügge im Vergleich mit Madame von Quappendorff. Er wünsche, brüllte er, sie nicht mehr quengelnd auf Knien vor sich rutschen zu sehen, nein, er wünsche sie gar nicht mehr zu sehen! Wohl um sie davon abzuhalten, laut schreiend über den Kapellenhof in den Schlosshof hinauszulaufen, öffnete er ihr die andere Tür und folgte ihr hinaus in den Raum zur Bratenküche. Ich wartete noch, bis sie sicher aus dem Turmkeller waren, und öffnete nun meinerseits die Tür, vor der ich gewartet hatte. Ich schlich mich leise durch den Grünen Hut und weiter in den folgenden Raum, um zu hören, was zwischen ihnen noch geschrien würde. Sie waren schon in der Bratenküche, denn die Stimme Elsbeth Ramens, mit der sie ihn Scheusal nannte, klang entfernt. Er antwortete mit einem mir erst ganz unverständlichen Röcheln. Ich hastete in die Bratenküche, wo ich die beiden in der seltsamsten, mir zunächst unerfindlichen Haltung vorfand: Sie kniete am Boden, während von Criewen noch aufrecht stand, wenngleich leicht nach hinten gekrümmt, und sich mit beiden Händen mühte, einen Gegenstand zu fassen, der vorn auf seiner Jacke zu sitzen schien. Es sah für mich erst kurioserweise aus, als wollte er dort einen Orden fortnehmen. Dann jedoch war es etwas ganz anderes … mit einem Grabesseufzer riss er sich vor meinen Augen einen länglichen Stab aus der Brust. Ich habe schon viel gesehen, doch dieses Bild übertraf alles an Schrecknissen, die mir jemals begegnet!«

Hessel schluckte und hielt kurz inne. Die Zuhörer starrten ihn mit geöffneten Mündern an.

»Er besah sich nun erst selbst, was da in ihm gesteckt hatte, dann drehte er sich in meine Richtung, lachte, hielt das schreckliche Ding im Triumphe hoch, um urplötzlich wie ein Sack der Länge nach hinzufallen. Was mir scheppernd vor die Füße fiel, war ein reichlich krummer Bratspieß. Ich stellte ihn in meiner ersten Verwirrung beiseite und vergaß später, ihn gerade zu biegen und wegzuräumen.«

»Dies wiederum tat ich, ohne mir lange Zeit klar zu sein, was ich da in Händen gehalten hatte«, fügte Langustier hinzu.

Der König forschte, an Hessel gewendet, weiter:

»Und dann seindt Er der Ramen behilflich gewest, dem Toten verschwinden zu lassen, um ihr zu erpressen? Habt Ihr die Historie mit der Kutsche inszeniert?«

Hessel nickte zitternd.

»Elsbeth Ramen war bis zu dieser Stunde stets abweisend mir gegenüber, obwohl es mich heftig nach ihr verlangt hatte. Als ich sie jedoch in dieser misslichen Lage vorfand, sagte ich mir, dass sich das Blatt nun wenden könnte. Ich entwarf den ersten Schritt meines Planes ganz rasch; es war viel leichter, als man denkt. Die Kutsche beschädigen, um Zeit zu gewinnen. Da kamen die Steinkisten gelegen. Später auch zum Abtransport. Die Ramen sah mich schon bald mit ganz anderen Augen an, als ich ihr vorerzählte, was ich weiter unternehmen würde, sie zu retten. Denn ich war der Einzige, der ihr helfen konnte. Sie hatte ihn verletzen wollen, aber nicht töten. Es war ein Affekt, der sie trieb. Sie wusste sich keinen Rat. Sie wollte nicht vor die Richter treten für etwas, das sie niemals zu tun beabsichtigt hatte. Mit einem Wort: Sie würde alles tun für denjenigen, der sie aus ihrer Lage befreite.«

Langustier ergänzte:

»Dass der Ramen nicht zu trauen war, zeigte mir der Bericht des seligen Eller: Obwohl sie mir gesagt hatte, mit von Criewen gemeinsam Trauben gegessen zu haben, fand sich im Magen des Toten kein einziger Kern. Übrigens ließ sich der Kutscher zum Mittun verleiten. Man sollte ihn auf der Stelle festsetzen, er steht mit einer Kutsche unten im Hof!«

Der König befahl seine Wachen sofort hinaus.

Ludwigia von Värnshagen hatte Hessel bis hier scheinbar ruhig zugehört, doch nun brach es aus ihr hervor:

»Du bist nicht besser als mein feiner wollüstiger Cousin – bist ganz wie dein dreckiger Herr, du kleiner intriganter Schuft! Mir von Liebe sprechen und sich hinter meinem Rücken mit diesem Aas vergnügen wollen! Und dafür in Kauf nehmen, dass an einem wahnwitzigen vorgetäuschten Überfall eine politische Mission scheitert!«

Hessel entgegnete ruhig:

»Und was war mit von Millberg? Ich habe einmal einen Brief von ihm gefunden, der deinen Autodafés entgangen war.«

»Was glaubst du, wer du bist, dass du dich mit mir zu vergleichen wagst! Ein Diener mit einer Herrin! Du mieser ...«

»Genug! Entferne man das Frauenzimmer!«, ging der König enerviert dazwischen. Während die Tobende aus dem Saal geschoben wurde, übernahm der König das weitere Fragen: »Ja, mein lieber Langustier: Sagt mich – wer seindt Millberg? Ein Spion?«

»Sire, weit Schlimmeres noch! Der Major Reitwein, den ich auf Ihr Geheiß in der Charité besuchte, beschrieb mir den Mann, der bei Kunersdorf auf Sie geschossen hat. Reitweins Beschreibung trifft auf einen vertrauten Bekannten, ja auf den neben Hessel zweiten Geliebten dieser Frau zu, der als Offizier in schwedischen Diensten steht. Von Güllbrandt erkannte ihn nach der Beschreibung als jenen Millberg.«

»Ich werde diesem Millberg eine Rechnung über die Reparatur meiner Tabatière zustellen lassen!«, sagte der Regent mit bitterem Lächeln, während er mit einem Winken Anweisung gab, den schlotternden Hessel abzuführen.

Langustier reichte ihm den Brief des Barons von Würmerhelm, in dem berichtet wurde, dass sich Elsbeth Ramen vor drei Tagen in ihrer Magdeburger Stube erhängt hatte. Der König sinnierte:

»Verlor man alles, lischt der Hoffnung Licht, So ist das Leben Schmach, und Tod ist Pflicht!«

»Racine?«, fragte Langustier, doch sein Gegenüber antwortete nicht.

»Diesem Hessel wird es dem Kopf kosten müssen. Bis dahin mag er räsonieren, ob das Lügen und Betrügen und nach Weibsgezwitscher tanzen sich rentiert! Aus dem Geflöte wird fast immer Geplärre. Wie fatiguiert mich dieses Weibsgezänk! Es zeigt nur, dass man sich des Umgangs mit diesem intriganten Geschlecht besser gänzlich versagt! Mit der Formera seindt es eine andere Fatalität. Es macht keinen Sinn, eine Dame öffentlich zu bestrafen. Man ruft sonst sehr viel Attention in den Assemblees auf den Plan, wenn man derartige Dinge affichiert. Eine Dame im Roll-Stuhl, die mir abservieren wollte – was gibt denn das vor einen Effekt? Sie wird sich weit weg außer Landes begeben müssen, wo sie mir ohngefährlich ist.«

Als gäbe er sich selbst den Befehl, jetzt nicht weiterzudenken und in dieser leidigen Angelegenheit zu einem Ende zu kommen, fasste er Langustier ins Auge und deklarierte:

»Dem tapferen Reitwein werde ich ein Regiment geben, denn von Kleist ward inzwischen der irdischen Bürde enthoben, worum ich ihm beneide. Mir will ja keiner das bisschen Sterben erlauben ... Der hiesige Koch seindt ein arger Schmuddelpriester, dass ich mich nun erst recht über Ihr Wiedererscheinen freue. Beim Essen müssen Sie mich auch von den fluviatilen Tracasserien berichten, die Ihnen vorgekommen. Ich bin froh, dass Sie mich darüber nicht zum Revenant geworden seindt! Guten Morgen, Monsieur!«

»Ergebenster Diener, Sire! Er könnte schöner nicht sein!«

Langustier ging auf den lichtüberfluteten Schlosshof hinaus und schwang sich auf die von der Sonne gewärmte Mauerbrüstung. Er ließ die Beine baumeln und genoss die milde balsamische Luft. Für einen Augenblick, als er unbedacht die Augen schloss, fühlte er sich in die gerade überwundene Düsternis und die in ihr lauernden Schrecknisse zurückgerissen. Doch schon ein Blick über die weite, hübsche Landschaft kurierte ihn völlig und ließ ihn die überstandenen Fährnisse vergessen.

Im kleinen Tal drunten waren Gestrüppe und Wiesen zu sehen, die sich bis zur funkelnden Spree hinzogen, welche eine lang gedehnte Kurve um den Cottbuser Schlosshügel vollführte. Ein Ochsenkarren rappelte durch die Furt im ohnehin seichten Fluss. Langustier tastete nach den Briefen in seiner Jacke. Er zog den von Sophie heraus, öffnete ihn und las:

»Geliebter, bist Du wohlauf? Man redet hier so allerlei, und es ist schwer zu erfahren, wie es jetzt in Berlin aussieht. Ach, wenn Du doch gleich an meine Türe klopfen mögest und ich Dich umhalsen könnte ... Stattdessen muss ich in diesem elenden Magdeburg sitzen und mir die langweiligen Reden anhören, die sich allesamt nur um den Tod der Ramen drehen. Es kommt mir so zum Halse heraus, denn es gibt doch nur eine Meldung, die mich in Aufruhr geraten lässt: Die schreckliche Seekanonade, in die ich Dich gleich involviert wähnte! Bitte gib mir ein Lebenszeichen! Oder besser: Komme selbst, so bald Du kannst!«

Die zierliche Handschrift senkte sich wie ein kühlendes Pflaster auf Langustiers Gemüt. Wie sehnte er sich nach ihr!

Ob er sich vom König eine weitere freie Woche erbitten könnte? Er legte sich im Geist gleich eine stattliche Anzahl Krebse für ein rechtes Garçon-diner zurecht: Ein wahres Herrenessen würde er ihm bereiten und begleitend seine Bitte vorbringen. Krebse in Champagner! Und dazu die nächstbesten Kartoffeln der Region, die er für Henrike oder Fridoline oder wie auch immer des Herrn von Mellenthins Spitzenzucht hieß, ausgeben würde! Die fehlende *Candide*-Lektüre nachholen zu müssen – ein guter weiterer Grund, der sich überzeugend bei Sr. Königlichen Majestät vorbringen ließe, mehr freier Tage zu bedürfen. Die 10000 Taler, welche ihm die Königin als Prämie ausgelobt hatte, wenn er den von Criewenschen Fall seiner Lösung näher brachte, dachte er abschließend, könnte er sich eigentlich auch noch aufdrängen lassen, wenn er denn bald in Magdeburg bei Sophie wäre! Vorausgesetzt, der Tod der Ramen hätte ihn dieser Vergütung nicht verlustig gehen lassen ... Was wäre mit einem solchen Betrag nicht alles anzustellen beziehungsweise aufzurichten? Ein Häuschen in Potsdam zum Beispiel ließe sich damit errichten. Ein bisschen Träumen war ja erlaubt. Pfeifend begab er sich auf den Markt, die schönsten und frischesten Flusskrebse für Se. Majestät, den König, einzukaufen.

Historische Stichworte

Alte Münzen und heutige Kaufkraft

1 Taler = 24 Groschen = 288 Pfennige = ca. 60 €
1 Groschen = ca. 2,50 €
1 Pfennig = ca. 21 Cent
1 Friedrichsdor = 5 Taler = ca. 300 €
1 Dukaten = 1 Louisdor = 3 Taler = ca. 180 €
Ausgaben pro Tag für die Küche des Königs: 33 Taler = ca. 1980 €; in 46 Jahren Regierungszeit wendete der König für seine Küche somit insgesamt ungefähr auf: 554 070 Taler = 33 244 200 €
Jahresgehalt der Küchenmeister: 1000 Taler = ca. 60 000 €
Jahresgehalt der normalen Köche: 200–600 Taler = ca. 12 000 – 36 000 €
Jahresgehalt des Musikers Carl Philipp Emanuel Bach: 300 Taler = ca. 18 000 €
Den Zahlenangaben wurde eine Umrechnung der Deutschen Bank, Frankfurt, sowie der Staatlichen Münzsammlung, München, aus dem Jahr 1976 zu Grunde gelegt und anhand des Bundesbankberichts von 2002 die Kaufkraftentwicklung der DM zwischen 1976 und 2002 in Rechnung gestellt. Der Lebenshaltungskostenindex stieg in dieser Zeit um ca. 100%, so dass die für 1976 gefundenen Zahlen verdoppelt

werden mussten. Man sollte als Kleinverdiener abwägen, ob man einen Taler oder einen Friedrichsdor Trinkgeld gibt. Letzteres wäre wohl nur in einem Sternerestaurant oder bei wirklich gutem Geschmack bzw. Service angebracht.

Abreise der Königin nach Magdeburg

Die Monarchin verließ auf Befehl ihres Gatten, wenn es brenzlig wurde, Berlin. Zweimal, 1757 und 1760, bewahrte der Exodus die Königin und ihren Hof tatsächlich vor der Drangsalierung durch russische und österreichische Besatzungstruppen. Die im Text wiedergegebene Schilderung des Grafen Lehndorff beschreibt die Fahrt nach Magdeburg 1757. In diesem Jahr sammelte die Königin die Fluchtwilligen »im Schloss«, das heißt im Berliner Schloss (das, nebenbei bemerkt, damals nicht »Stadtschloss« genannt wurde wie das Potsdamer), und bewirtete sie vor der Reise dort mit einem Imbiss. Im September 1759 gestaltete sich die vorsorglich angeordnete Flucht aus Berlin etwas anders, als hier aus Schauplatzgründen fabuliert. Die Königin und ihr Hofstaat weilten im Schloss Schönhausen, als der königliche Marschbefehl sie erreichte. Der Unmut der Bevölkerung, vom Hofadel im Stich gelassen zu werden, war geringer als zwei Jahre vorher. Man hatte sich schon dran gewöhnt. Die Königin und die Ihren fuhren bereits um neun Uhr am 13. August 1759 ab. Der Kammerherr der Königin, Graf Lehndorff, fasst zusammen, wie es wirklich war: »[Montag] 13. August 1759. Doch dann, als wir mitten im Diner stehen ... tritt Fräulein v. Tettau herein, mehr tot als lebendig, und sagt: Der König befindet sich wohl, die Schlacht ist verloren, der Hof soll augenblicklich abreisen. Gott, welch ein Augenblick! Alles steht im Nu auf. Die Prinzessinnen haben weder Wagen noch Bediente hier … In kaum einer Stunde sind meine beiden Wagen beladen und ich mit meiner Frau zur Abreise fertig, aber in welcher Verfassung! Mehr als hundert Kutschen und Gepäckwagen stehen um das Schloss [Schönhausen] herum, die Königin und die Prinzessinnen essen noch etwas kaltes Fleisch, und gegen 9 Uhr fahren wir alle ab. Das Volk ist empört und ruft uns Schimpfworte nach, aber unsere Bestürzung und besonders die Angst um den König machen uns gegen dergleichen unempfindlich. Um 11 Uhr sind wir in Spandau.« (Vgl. Haug von Kuenheim [Hg.]: Aus den Tagebüchern des Grafen Lehndorff. Berlin, 1982, S. 123)

Elisabeth Christines Zähne

Selbige waren, glaubt man den Memoiren der Schwägerin – der in vielem glaubwürdigen Markgräfin Wilhelmine von Bayreuth –, wirklich in so schlechtem Zustand, dass sie sich nicht getraute, den Mund aufzumachen. Wie viel Ränke und Intrige in dieser Behauptung stecken, ist freilich schwer nachzuvollziehen.

Feindselige Brüder

Prinz Heinrich, wenngleich vom König gelobter, weil erfolgreicher Heerführer der 2. Armee, nannte seinen vierzehn Jahre älteren Bruder nur »den Schurken«, »die gemeinste Bestie, die Europa hervorgebracht hat« oder schlicht »den Tyrannen«, seit dieser den Bruder August Wilhelm 1757 öffentlich vor den Truppen gedemütigt hatte. August Wilhelm zog sich nach Oranienburg zurück, wo er 1758 starb.

Er hatte dem Bruder Friedrich »ewige Rache« für die Herabsetzung geschworen. Den Bruderhass des Prinzen Heinrich, der von Friedrich II. das schöne Rheinsberg geschenkt bekam, bezeugt die Inschrift des jetzt mustergültig restaurierten Obelisken für die gefallenen preußischen Helden und den Bruder August Wilhelm. (Vgl. Gregor Geismeiers Aufsatz: »Ein ewiger Protest gegen den *Tyrannen*« in: Die Mark Brandenburg, Heft 46, 2002, S. 24–32)

Giftabwehr bei Hofe

Der königliche Wein wurde gesondert und in verplombten Fässern verwahrt, dafür haftete der Kellerier. Der Küchenmeister dagegen wachte argusäugig über die Bewegungen seiner Untergebenen am Herd. Insonderheit achtete er auf verdächtiges Hantieren mit aufklappbaren Ringen oder verstohlen aus der Hemdmanschette rinnende Tropfen. Überliefertes Geheimwissen um die giftneutralisierende Wirkung einiger Nahrungsmittel erleichterte die Angelegenheit – überdies wenn die fraglichen Gegengifte schmackhaft genug waren, um vom Herrscher selbst verlangt zu werden. Der Kapphahn etwa neutralisierte die stärkste am Hofe gefürchtete Bosheit – das aus falschem Ebenholz oder Goldregen extrahierte »makassarische Gift«. Scheiben vom Kapaun wurden aus diesem Grunde beim Essen vorbeugend auf andere Speisen gelegt, um das unsichtbare Übel aus ihnen herauszuziehen und unwirksam zu machen. Im Übrigen tat auch ein rechter König das Seine zur Prävention und hielt sich die Serviteurs, wenn es ging, weit vom Leib, um nicht von ihnen mit Giftnadeln gestochen zu werden.

Was aus der Küche zur Fürstentafel ging, war in der Regel mit warmhaltenden Schutzhauben versehen, und die herrschaftlichen Trinkpokale besaßen Deckel, um unauffälligen Gifteinwurf zu erschweren. Das Kredenzen des Weins war nicht nur ein zeremonieller Bestandteil des Tafelrituals, sondern zugleich eine doppelte Giftprobe. Laut Lehrbuch für den Mundschenk hatte es folgendermaßen zu geschehen: Unter den strengen Augen des Hofmarschalls schritt der Mundschenk mit dem fürstlichen Deckelpokal zum Kredenztisch, wo er zunächst Wasser und Wein getrennt vorkostete, wie sie aus den jeweiligen Röhrchen der Kredenz herausflossen. Alsdann ließ er je nach Vorgabe Wasser und Wein in definiertem Verhältnis in den Deckelpokal einströmen, der sofort wieder verschlossen und in feierlicher Prozession zum Tisch getragen wurde. Hier musste die Mischung ein weiteres Mal von ihm probiert werden, bevor sich der Fürst ein Schlückchen genehmigte.

Bei den festen Speisen bestand die gängige Methode des Vorkostens in der summarischen Berührung aller aufgetischten Speisen durch ein aufgegabeltes Würfelchen Brot, das vom Vorkoster anschließend verspeist wurde. Obschon sich der praktische Nutzen dieser Giftabwehrmethode in engen Grenzen hielt, da keines der bekannten Arkana je in einer Konzentration zur Anwendung gelangte, die bei dieser Probe eine Bedrohung für den Vorkoster dargestellt hätte, wurden die Speisen auf diese Weise nicht kalt, denn eine getrennte Vorkostung jedes einzelnen, möglicherweise vergifteten Postens hätte endlos lange gedauert. Der Natternzungenbaum war das geheimnisvollste Giftabwehrwerkzeug. Es bestand aus einem Gerippe von Gold- oder Silberdrähten, in das zungenartige Steine eingefügt waren, bei denen es sich aber nicht um versteinerte Schlangenzungen, sondern um fossile Fischzähne handelte. Wie ein Dreizack oder ein kleiner Tannenbaum wurde dieses Gerät mit den Speisen in Berührung gebracht. Im Fall der Fälle sollte es zu

»schwitzen« beginnen. Ins Schwitzen kam jedoch nur der für das leibliche Wohl der Fürsten verantwortliche Koch.

(Hamburger) Aalsuppe

war im 18. Jahrhundert weit verbreitet. Johann Georg Krünitz' 1782 in Berlin erschienene »Oekonomische Encyklopädie« führt aus, sie sei ein Gericht »für gemeine Leute … an denen Orten, wo diese Fische in Mengen anzutreffen sind«. Ein 1790 in Stralsund erschienenes, von »einigen Hausmüttern« verfasstes Kochbuch empfiehlt die »Aalsuppe an Festtagen«, süßsauer abgeschmeckt, mit Aal, Fleischbrühe, Suppengrün, Erbsen, frischen Birnen und Klößen. (Vgl. Walter Grölls und Hans-Helmut Poppendiecks Artikel über die »Hamburger Aalsuppe« im Quarterly »Häuptling Eigener Herd«, Heft 17. Die von Vincent Klink und Wiglaf Droste herausgegebene kulinarische Kampfschrift erschien vierteljährlich und ist für jeden gedacht, der beim Essen, Trinken und Lesen auf den wahrhaft guten Geschmack kommen will. Info unter: www.haeuptling-eigener-herd.de)

Höfisches Liebesleben

Der Vergewaltigungsversuch des Soldatenkönigs wurde nach den Memoiren der Markgräfin Wilhelmine von Bayreuth geschildert, ebenso die Geschichte Friedrichs II., August des Starken, der Gräfin Orczelska und der Tänzerin »Formera«. Die Memoiren von Criewens sind den Memoiren von Graf Lehndorff nachempfunden, der Kammerherr der Königin Elisabeth Christine war.

Kartoffelkrieg

Die Bezeichnung ist vor allem als Spottname für den Bayerischen Erbfolgekrieg 1778–79 bekannt geworden, in dem Preußens Heer Schlachten suchend, aber nicht findend, über die Kartoffelfelder zog. Sie wurde jedoch, mit weit größerer Berechtigung, auch für den schwedisch-preußischen Grenzkonflikt während des Siebenjährigen Krieges verwendet, da die Schweden bei ihren Vorstößen gern Saatkartoffeln nach Schwedisch-Pommern entführten. Friedrich II. hatte die Kultivierung der Kartoffel 1756 per Edikt zur Hauptstaatsaktion und Bauernpflicht erklärt. Die frühesten Berliner Kartoffeln zog der Große Kurfürst in seinem Schlossgärtchen, dem Lustgarten, wegen der schönen Blüten. Im großen Stil als Nährpflanzen wurden märkische Kartoffeln zuerst auf dem 1721 von Franz Matthias Baron von Vernezobre erworbenen Gut Hohenfinow kultiviert.

Königliches Tafeln

In Friedenszeiten hielt Friedrich II. ein strenges Küchenregiment. Ein von den Köchen nach seinen Angaben erstellter Speiseplan wurde ihm morgens zum Frühstück (zwischen vier und fünf Uhr) vorgelegt und abgezeichnet oder verändert. Neben jedem Gericht stand der Name des verantwortlichen Koches, so dass hinterher keiner sagen konnte, er sei es nicht gewesen, wenn etwas schief ging.

Der König speiste, sofern Frieden war und er in Potsdam/Berlin weilte, zweimal täglich in größerem Rahmen: Mittags um zwölf und abends nach Konzert oder Oper gegen sieben Uhr. Waren Speisen angesetzt, die er besonders bevorzugte, wurde auf seinen Befehl auch schon einmal früher aufgetragen. Das ist für jede Küche eine arge Bedrohung.

Zur königlichen Tafel waren meistens 7–9 Gäste geladen. Hier versammelte der Regent Personen um sich, deren Gesellschaft er besonders suchte oder die er auszuzeichnen gedachte. Daneben fand – meistens in einem dem jeweiligen Speisezimmer benachbarten Raum – eine königliche Beitafel statt, an der die Adjutanten und die Kapitäne des Ersten Bataillons Garde speisten. Eine zweite Beitafel unterhielt bis 1758 der Geheimkämmerer Michael Gabriel Fredersdorf. An den Beitafeln fiel das Menü etwas weniger reichlich aus als an der Königstafel. Es wurden jedoch hie wie dort zu Mittag acht Schüsseln in zwei Gängen serviert, des Abends dagegen nur vier Schüsseln. Der erste Gang umfasste Suppe, Gemüse, Pasteten, Fisch, Ragouts und Frikassee; der zweite Braten, kalt Geräuchertes, Gebackenes und gebratene Fische. Der Nachtisch bestand aus Konfekt und frischem Obst. Der König liebte besonders ein »Meringues« genanntes Zuckerwerk, bestehend aus einer mit Rahm gefüllten Hülle von Zucker und Eiweiß, sowie »Diablotins« – überzuckerte Schokoladenbohnen. Im Alter goutierte er kleine trockene Schokoladentäfelchen.

Entgegen der allgemeinen Annahme ging es bei Friedrich II. in der Küche viel sparsamer zu als bei seinem Vater, dem Soldatenkönig. Nach seinem Amtsantritt 1740 reduzierte er die jährlichen Ausgaben für die Küche von 14 000 auf 12 000 Taler, eine Einsparung von umgerechnet ca. 120 000 €. Die Ausgaben für die Silberkammer, wo die edlen Tafelgerätschaften gepflegt und ergänzt wurden, wurden von 7291 auf 4000 Taler beschränkt; Ergebnis: 197 460 € weniger. In der Kellerei kürzte er das Jahresbudget am härtesten, nämlich von 10 000 auf 6000 Taler, das entspricht einem Minus von ca. 240 000 €. (Zum Thema »Königliche Tafelfreuden« vgl. das gleichnamige »Porticus«-Sonderheft, Jg. 9, 2003, der Stiftung Preußische Schlösser und Gärten, Berlin-Brandenburg. Darin findet sich auf S. 14–17 ein Artikel von Bärbel Stranka: »Fünf Stunden tafeln bei Friedrich dem Großen, zwölf Gänge in einer Stunde bei Wilhelm II.«)

Kriegsküchenmeister

Auch während kriegsbedingter Abwesenheit wollte Friedrich II. auf Delikatessen nicht verzichten. So folgte ihm der Hofküchenmeister Andreas Noël mitunter ins Feld, etwa am 4. April und 25. Oktober 1759 (Vgl. Brief Friedrichs II. vom 4. April 1759 aus Bolkenhayn; Friedrich der Große: Mein lieber Marquis! Zürich, 1985; und Karl Heinrich Siegfried Roedenbeck: Tagebuch oder Geschichtskalender aus Friedrich's des Großen Regentenleben. 3 Bde. Berlin, 1840, Bd. 1, S. 395)

Krögel

Die mittelalterliche Rotlichtgasse befand sich bis in die dreißiger Jahre am nachmaligen Standort des Kulturministerium der DDR. Im neunzehnten Jahrhundert hatte man dort, wo in der Fiktion von Criewens Stadtpalais steht, das Polizeihauptquartier Berlins und dahinter, an der Spree, die staatliche Münze angesiedelt.

Kurfürstlicher Sklavenhandel

Kurfürst Friedrich Wilhelm, für die gastfreie Ansiedlung von Hugenotten in seinem kleinen Land als *groß*, weil großmütig gerühmt, war auch kein kleiner Fürst, wenn man seine Aktivitäten in Westafrika in Anschlag bringt. Zwischen 1681 und 1698 ließ er ungefähr 30000 Afrikaner als Sklaven nach Amerika verschleppen. Zwischenstation und Umschlagplatz für diese Unglücklichen war die in dänischem Besitz befindliche Antilleninsel Sankt Thomas. Für einen Afrikaner, der den Großen Kurfürsten im »Ursprungsland« 15 Taler kostete, waren in Amerika 60–80 Taler einzuheimsen, also über das Vierfache. Bei der geschätzten Gesamtzahl der Verschleppten hatte die Brandenburgisch-Afrikanische Kompanie des angeblichen Menschenfreundes somit wohl mehr als 1,6 Mio Taler erlöst. Die ungeheure Strapaze der Schiffspassage kostete jedoch drei von vier Entführten das Leben. Der Große Kurfürst hat somit auch etwa 120000 fahrlässige Tötungen auf dem Gewissen.

Das im Text sozusagen als »Geisterschiff« aufkreuzende Dreimastvollschiff Friedrich Wilhelm zu Pferde lief 1680 bis 1693 unter kurbrandenburgischer Flagge und wurde vor allem für Sklaventransporte eingesetzt. Schiffsmodelle der gesamten kurbrandenburgischen Flotte sind in der 2003 eröffneten Schifffahrtsabteilung des Deutschen Technikmuseums in Berlin, Trebbiner Str. 9, zu bestaunen. Über den Kurfürsten als Sklavenhändler informiert Ulrich van der Heyden in seiner Studie: Rote Adler an Afrikas Küste. Die brandenburgisch-preußische Kolonie Großfriedrichsburg in Westafrika. Berlin, 2001; über die Flotte: Günther Schmidt: Schiffe unterm Roten Adler. Rostock, 1986.

Luise Ulrike von Preußen als schwedische Königin

Nachdem Verhandlungen über eine dänische Prinzessin von König Christian VI. abgeschlagen wurden, wandten sich die schwedischen Brautsucher auf Vorschlag der Zarin Elisabeth erfolgreich an den Berliner Hof. 1744 heiratete Adolf Friedrich von Schweden (34) die schöne und geistvolle Schwester Friedrichs des Großen, Luise Ulrike (24). Als König war Adolf Friedrich ein politisch unfähiger Biedermann. Da Schweden seit 1720 keine absolute Monarchie mehr war, lag die Macht bei den Reichsständen. 1755 scharte die machthungrige Königin eine Hofpartei um sich und schmiedete Umsturzpläne, für die auch ihr Bruder Friedrich II. Ideen geliefert haben soll. Das schwedische Offizierskorps, das fast vollständig royalistisch gesinnt war und der königstreuen Partei der »Mützen« angehörte, sollte die tragende Rolle bei der Aktion spielen. Doch der geplante Anschlag wurde von einem Vertrauten verraten. Die Hälse fast aller Verschwörer landeten auf dem Richtblock, denn der feige König wagte keine Intervention zugunsten seiner Anhänger. Luise Ulrike wäre beinahe von den Ständen ausgewiesen, sprich: nach Berlin abgeschoben worden, hätte sie nicht eine demütigende Abbitteerklärung unterschrieben. Die Gewalt des Königs wurde weiter vermindert, indem man ihm das Recht nahm, Ämter und Stellen zu besetzen. Die bald uneingeschränkt herrschende Gyllenborgsche Partei der »Hüte« forcierte Schwedens Eintritt in den Siebenjährigen Krieg. Erst nach dessen schmählichem Ende konnte Luise Ulrike triumphieren, denn nun brauchte man sie, um bei Friedrich II. ehrenhafte Friedensbedingungen zu erwirken. 1762 wurden zwischen Preußen und Schweden wieder die Grenzen der Vorkriegszeit festgeschrieben.

Madlitzer Park

Der von Langustier »vorausgesehene« Landschaftspark von Alt-Madlitz, auf halbem Wege zwischen Fürstenwalde und

Frankfurt/Oder gelegen, wurde zwischen 1780 und 1800 vom Reichspräsidenten Friedrich Ludwig Karl Graf Finck von Finckenstein (1745–1818) angelegt. Das zugehörige Madlitzer Herrenhaus der Finckensteins ist noch heute Wohnsitz der Familie und daher nicht zu besichtigen, wohl aber der Waldpark mit seinen kleinen Tempeln und eindrucksvollen weiten Blickachsen. Er wird schrittweise rekonstruiert. Friedrich II. war zum angegebenen Zeitpunkt vor Ort. (Für weitere Informationen über die gräfliche Familie vgl. Günter de Bruyn: Die Finckensteins. Eine Familie im Dienste Preußens.)

Prinzessin Heinrich

Die Hohenzollern hatten die hässliche Marotte, Prinzessinnen und Kaiserinnen nach dem jeweiligen Gatten zu benennen: Prinzessin Heinrich war die Gemahlin des Prinzen Heinrich; Kaiserin Friedrich die Gattin des Kaisers Friedrich.

Reisegeschwindigkeit

Wolfgang Menge gibt in »So lebten sie alle Tage. Bericht aus dem alten Preußen« (Berlin, 1984, S. 22) die Kutschreisegeschwindigkeit in Preußen mit weniger als 5 km/h an. Das wird von einem Fußgänger leicht übertroffen, galt aber fast nur für Bauernkarren oder Postkutschen. Um 1800 lautete die Faustregel für reich bepackte Postkutschen, die normalerweise von vier Pferden gezogen wurden, gar 1 Meile (ca. 7,4 km) in zwei Stunden = 3,75 km/h. Wer reich genug war, um sich mehr Vorspannpferde leisten zu können, kam freilich auch 1759 bereits schneller voran. Acht-PS-Rekordfahrten des Königs waren etwa: Berlin–Potsdam (ca. 3,5 Preußische Meilen à 7573 Meter, ca. 26,5 Kilometer) in 4 Stunden = 6,6 km/h; sowie Müncheberg–Küstrin (4 Meilen, ca. 30,3 Kilometer) in 1½ Stunden = 20,2 km/h? Nun ja, wer's glaubt. Die Sandwege im Barnim waren vielleicht wirklich besser. Mit einem rasanten Kurierpferd kam man in jedem Fall viel schneller voran. Durchschnittsgeschwindigkeiten von schätzungsweise 20–30 km/h werden möglich gewesen sein, so dass sich, bei regelmäßigem Pferdewechsel oder Erholungspausen, auch weitere Strecken (etwa Anklam–Freienwalde–Berlin oder Berlin–Cottbus) in ein bis zwei Tagen bewältigen ließen.

Schweden im Siebenjährigen Krieg

Nach dem Dreißigjährigen Krieg hatte das skandinavische Königreich 1679 die wichtige Handelsstadt Stettin und nach dem Ende des Nordischen Krieges und dem Tod Karls XII. 1720 das südliche Vorpommern einschließlich der Inseln Usedom und Wollin an Preußen verloren. Die Kontrolle über die Peenemündung war Schweden nur vom schwedisch-pommerschen Städtchen Wolgast aus möglich. Mit dem 1745 durchstochenen neuen Haffzugang und der Einrichtung des Hafens bei Swinemünde fiel der Peenestrom als Handelsweg in die Bedeutungslosigkeit. Friedrich II. verhängte Geldstrafen für alle Schiffe, die den alten Peeneweg benutzten. Am Kontrollpunkt bei Wolgast konnten die Schweden in der Folge kaum Zolleinnahmen erzielen.

Die antipreußischen Verbündeten versprachen Schweden, für die Rückgabe an Preußen verlorener Gebiete zu sorgen, wenn es sich ihrer Kriegskoalition anschlösse. Frankreich leistete beträchtliche Finanzhilfe. Ziel der schwedischen Operationen war die Besetzung der Mark Brandenburg, die Rückeroberung der Inseln Usedom und Wollin, die Eroberung der Küstenstädte des preußischen Pommerns sowie Stettins. Der Historiker Erik Lönnroth beschreibt indes die hinderliche schwedische Kriegsmoral sehr anschaulich: »So begann einer der erbärmlichsten Kriege, den Schweden je geführt hat. Die adligen Offiziere ... nahmen vorzugsweise Urlaub, um ihre politischen und privaten Interessen in Stockholm und anderswo zu verfolgen. Die ... Armee rückte vorsichtig in preußisches Gebiet ein, bis sie auf feindliche Gegenwehr traf, und zog sich dann wieder vorsichtig zurück.« (Erik Lönnroth: Schwedisch-Pommern und das Königtum Schwedens im 18. Jahrhundert. Greifswald 1999) Kurzzeitig konnte die Peenemünder »Schanz« durch gelandete Truppen im September 1757 beschossen und eingenommen werden, ging aber bald wieder verloren. Die größte schwedische Landoffensive fand im Jahr 1758 nach kurzzeitiger Aufhebung der Belagerung von Stralsund statt. Damals rückten die Schweden mit 145 000 Mann unter Graf Hamilton über Pasewalk, Prenzlau nach Neuruppin vor, wo ihnen 6000 Preußen unter General Karl Heinrich von Wedel bei Fehrbellin entgegentraten. Trotz des für die Schweden erfolgreichen Gefechts wichen sie nach Norden zurück und schlugen nach zahlreichen Scharmützeln und Gefechten mit schwachen preußischen Abteilungen im Januar 1759 unter den Mauern Stralsunds ihr Winterlager auf. Am 16. September 1759, kurz nach der Vernichtung der gesamten preußischen »Flotte«, gelang die Rückeroberung der Inseln Wollin und Usedom. Damit begann die Blockade Stettins und folglich des weiteren Oderwegs nach Schlesien. Sie endete erst nach dem Friedensschluss von 1763; die Schweden mussten auch Usedom und Wollin wieder räumen.

Schwedisch-Pommern

Das westliche Vorpommern war von 1648–1815 Teil des schwedischen Ostseedominiums, jedoch kein von Schweden annektiertes Land, sondern blieb als Territorium des deutschen Reiches eine selbstständige Provinz. Der schwedische König besaß Schwedisch-Pommern als Lehen. Er regierte sein »Herzogtum Pommern und Fürstentum Rügen« mittels eines Generalgouverneurs, dem ein Regierungskollegium aus pommerschen Beamten zur Seite stand. Amtssprache und Kultur Schwedisch-Pommerns waren Deutsch, wenngleich schwedische Bücher und Gelehrte in den örtlichen Zeitschriften Erwähnung und Besprechung fanden. Die normale Bevölkerung fühlte sich unter der schwedischen Regierung wohl, weil die Belastung mit Steuern gering war, was der Region eine im Vergleich etwa zu dem unter Abgaben stöhnenden Preußen relative Wohlhabenheit sicherte.

Schwedisch-preußischer »Seekrieg«

Im Juni 1757 wurde auf Beschluss des schwedischen Reichsrates der verstärkten Stralsunder Garnison ein »Pommerngeschwader« angegliedert. Im April 1758 begann es seine Tätigkeit mit dem Aufbringen des bewaffneten Kauffahrers *Alte Treu*, der als preußischer Aufklärer operiert hatte. Preußen hatte zu Beginn des Siebenjährigen Krieges keine Kriegsschiffe. Um den Ostseezugangs für die wichtigen Handelshäfen in Breslau und Stettin zu sichern und die Gewässer um Usedom und Wollin besser kontrollieren zu können, wies Friedrich II. Anfang 1758 den Generallieutenant Graf zu Dohna an, ein Seegeschwader aufzustellen. Mehrere Schiffe des Stettiner Kaufmanns Daniel Schulz wurden kriegstauglich umgebaut. Teile der bisherigen Besatzungen erhielten eine Expressausbildung zu Marineinfanteristen und -artilleristen. Bereits im Spätsommer 1758 kreuzte die preußische »Escadre« zum ersten Mal im Stettiner Haff. Die Schweden warteten jedoch vergeblich darauf, dass sich die Preußen im Greifswalder Bodden zu einem Seegefecht einfinden würden. Am 14. August 1759 begab sich das schwedische Pommerngeschwader unter Kapitän Ruthensparre in Stralsund daher auf Südfahrt. Zwei Tage später lag Wolgast querab, dann verlangsamte sich das Tempo. Die 1000 Infanteristen mussten die Schiffe mehrfach verlassen, damit flache Gewässerabschnitte passiert werden konnten. Mit Hilfe der Barkassen wurden die Galeeren und der Artillerieprahm über die Untiefen bugsiert. Am 22. August erreichten die Schweden die winzige schwerbefestigte Insel Anklamer Fähre und trafen kurz darauf in Höhe der Örtchen Mönchow und Kamp auf den preußischen Kampfverband, der die schmale Einfahrt vom Peenestrom oder »dem Strom« zum Kleinen Stettiner oder »Frischen« Haff (Fläche: 690 km^2, ø Tiefe: 3,8 m) abriegelte. 26 schwedische standen 13 preußischen Schiffen gegenüber. Trotz ihrer zahlenmäßigen Übermacht und der Seekriegserfahrung gelang den Schweden erst beim zweiten Anlauf der Durchbruch. Die preußischen Feuerstellungen auf Usedom bei Mönchow, die munter Kugeln gespuckt hatten, wurden unschädlich gemacht, die Preußen vertrieben. Zur Sicherung einer späteren Auspassage errichteten die Schweden eigene Geschützstellungen. Die preußischen Schiffe setzten sich unterdessen nach Ueckermünde ab. Als die Schweden vorrückten, gingen die Preußen weiter zurück – auf eine Linie hinter Neuwarp, wo die Fahrrinne zwischen Repziner und Woitziner Haken sehr schmal war. Ein anhaltender Sturm verzögerte den Beginn des schwedischen Angriffes.

Erst am 10. September kam es zum entscheidenden Treffen, das von neun bis halb zwei dauerte und mit einem vollständigen Sieg der Schweden endete. Deren erfahrener Geschwaderführer hatte sich nicht lange mit Schießen aufgehalten, sondern war gleich ans Entern gegangen. Die preußische Flotte, befehligt vermutlich von einem Infanteriehauptmann namens von Köller, bestand aus trutzigen, unbeweglichen Kähnen voller Kanonen. Sie wurden sämtlich ohne großes Federlesen eingenommen. Die Verluste werden in verschiedenen Quellen unterschiedlich hoch angegeben; zeitgenössische Berichte sprechen von insgesamt 40–50 Toten und Schwerverwundeten bei dem Gefecht. Die schwedischen Schiffe waren durch die preußische Kanonade schwer beschädigt, eine Barkasse lag gar, durch einen Eigentreffer vernichtet, auf Grund. 15 preußische Seeoffiziere, 9 Heeresoffiziere, 400 Seeleute und 200 Soldaten gingen in schwedische Gefangenschaft. Die gekaperten preußischen Kriegsschiffe steuerten Stralsund an, wo man sie instand setzte. Sie standen ein Jahrzehnt unter schwedischer Flagge, bevor sie 1769 auf dem Schiffsfriedhof landeten. (Vgl. Günther Lanitzki: Galeeren auf dem Peenestrom. Die preußisch-schwedische Seeschlacht von 1759 oder Wie die Kartoffel nach Skandinavien kam. Berlin, 2000)

Spitzel

Marquis d'Argens empfahl Friedrich II. in einem Brief vom 6. Oktober 1759 die Überprüfung der angeblichen Kenntnisse einer gewissen Frau Tagliazucchi. Sie behauptete, den Geheimcode der Österreicher zu kennen, war jedoch, wie Friedrich II. befand, der sie prüfen ließ, eine »Närrin«. Der

König befahl sofort, den »Erzbetrüger« zu verhaften, dem sie aufgesessen war. (Vgl. Friedrich der Große: Mein lieber Marquis! Zürich, 1985) Es sei betont: Sämtliche im Text zu lesenden Briefe des Marquis oder des Königs sind Kompilationen aus historischen Vorlagen und freier Autorenfantasie.

Tatwaffe Bratspieß

Das »Archiv für Kriminologie«, 211. Band (Heft 1/2, 2003, S. 174–179) berichtet, dass zwei Gäste eines Grillfestes über die authentische Zubereitungsart von Schaschlik stritten, bis einer von beiden starb. Das Opfer war Verfechter der usbekischen Zubereitungsvariante des Grillspießgerichts, der Mörder ein Kasache. Selbiger packte einen auf dem Grill liegenden und folglich mit Fleisch bestückten Metallspieß und stach ihn aus einem Meter Distanz »unter rechtshändiger Führung mit einem Ausfallschritt in die Brust seines Gegners«. Für die Vertreter der Anklage war es nicht weiter von Belang, welcher Nationalitätenküche das unfreiwillige Todesschaschlik entstammte. Die Fleischbremsklötze, Zwiebeldämpfer und Paprikapuffer hatten sich vergeblich bemüht, den Todesstoß abzumildern.

Versuchte Attentate auf Friedrich II.

waren sicher zahlreicher, als man weiß oder annimmt. Hier kann keine Auflistung der versuchten Ermordungen Friedrichs II. gegeben werden, da die historische Forschung ein diesbezüglich gravierendes Loch aufweist, etwa so groß wie der Durchschuss einer Kanonenkugel. Nur zwei Vorfälle seien erwähnt. Einer ereignete sich in der Anfangsphase des ersten Schlesischen Krieges, während Friedrich II. am 27. Februar 1740 in Wartha beim Mittagessen saß. Ein Landesdeputierter und ein Landdragoner segneten in einer Kutsche irrtümlicherweise das Zeitliche, da angreifende Österreicher glaubten, der König säße im Wagen. Fall zwei spielte sich in Dresden ab, leider ist nicht überliefert, wann: »Als er während des Siebenjährigen Krieges in Dresden war, sah er eines Tages, daß der Bediente, der ihm sein Frühstück brachte, ganz blaß war und zitterte. *Warum zittert Er so?*, fragte er streng. Der Diener glaubte, sein Verbrechen wäre entdeckt, warf sich auf die Knie und bat um Gnade. Man gab die Schokolade, die der Elende brachte, einigen Tieren, die sofort daran starben ... Friedrich unterdrückte den Vorfall gänzlich, man hat daher von dem Verbrechen nur im tiefsten Geheimnis gesprochen, und der Verbrecher selbst kam damit davon, daß er als Tambour in ein preußisches Regiment gesteckt wurde.« (Dieudonné Thiebault: Friedrich der Große und sein Hof, Leipzig, 1828, Bd. 1, Kapitel: Friedrichs Lebensweise)

Wassersuppe

Dieses real existierende »Sackgassendorf mit Gut« nordöstlich von Rathenow wies schon 1708 zwei Rittersitze auf. 1719–1781 gehörte die Ortschaft den von Zietens, zählte aber nie mehr als eine Hand voll Kossäten (= Häusler). Am 1775 erbauten und inzwischen ruinierten Gutshaus ist abgebröckelt das Allianzwappen der Familie von der Hagen aus Hohenauen zu erkennen, die das Gut Wassersuppe von den Zietens übernahm.

Weberprophet

In Königs 1789 erschienenem »Versuch einer historischen Schilderung der Hauptveränderungen der Religion, Sitten, Gewohnheiten, Künste, Wissenschaften etc. der Residenzstadt Berlin« wird anno 1759 auch der Leinenweber Pfannenstiel erwähnt. Er prophezeite etwa, dass die Türken in naher Zukunft Europa »überschwemmen« würden, dass der König sie jedoch »bei Krossen« vernichtend schlüge. Der Marquis d'Argens erstattete Heiligabend 1759 Friedrich II. brieflich Bericht: »Sire, hier ist eine gewichtige Persönlichkeit aufgetreten, gegen die Daniel, Jeremias, Hosea und alle großen und kleinen Propheten nichts sind. Diesen Menschen hielt man anderthalb Jahre lang für einen Narren, weil er vorausgesagt hatte, schon 58, daß Sie im Jahre 59 viel Unglück erfahren würden. Vor zwei Wochen suchte er diejenigen, denen er diese Prophezeiung gemacht hatte, auf und sagte ihnen ganz ernsthaft: *Meine Herren, Sie haben mich für einen Narren gehalten, weil ich Ihnen die Wahrheit verkündet hatte. Die Ereignisse haben bestätigt, was ich Ihnen sagte. Halten Sie mich ruhig auch weiterhin für einen Narren, aber ich sage Ihnen, daß der König alsbald über alle seine Feinde triumphieren und daß er bis zum Kriegsende stets Glück haben wird.*« (Brief des Marqis d'Argens vom 24. 12. 1759, in: Friedrich der Große: Mein lieber Marquis!, Zürich, 1985)

Langustier ermittelt weiter

ISBN 978-3-89809-009-4

ISBN 978-3-89809-018-6

ISBN 978-3-89809-013-1

ISBN 978-3-89809-019-3

ISBN 978-3-89809-026-1

ISBN 978-3-89809-028-5

ISBN 978-3-89809-501-3

Jeder Band 9,90 €

»Hier bahnt sich eine kleine Sensation an: die Profilierung eines Berliner ‚Geheimkommissärs' von ganz eigenem Schlag.«
Berliner Morgenpost

berlin.krimi.verlag
www.bebraverlag.de